Aaron Elkins · Yahi

AARON ELKINS

Yahi

EIN GIDEON-OLIVER-KRIMI

AUS DEM AMERIKANISCHEN
VON
SIGRID RUSCHMEIER

HAFFMANS VERLAG

Die Originalausgabe
»The Dark Place«
erschien 1986 bei Popular Library Edition, New York
Copyright © 1983 by Aaron J. Elkins

Deutsche Erstausgabe

Veröffentlicht als
Haffmans-Kriminalroman Nr. 122, Frühjahr 2000
Umschlagbild von Nikolaus Heidelbach

Alle deutschsprachigen Rechte vorbehalten
Copyright © 2000 by Haffmans Verlag AG Zürich
Gesamtherstellung: Ebner Ulm
ISBN 3 251 30122 5

Prolog

Mit einem Fluch, der gespenstisch in dem tropfnassen Regenwald widerhallte, setzte Eckert sich schwerfällig auf einen moosüberwachsenen, schwammigweichen Baumstamm. Dann stand er wieder auf und ließ den Rucksack, den er unter dem Cape trug, achtlos auf den klitschigen Boden gleiten. Er blieb stehen, rieb sich die Schultern, starrte auf seine von der Nässe schwarzen Schuhe und lauschte dem nicht enden wollenden, nieselnden Regen, der in den hohen Bäumen rauschte und auf die Plastikkapuze seines Capes pladderte, als krabbelten dort tausend spinnenartige Viecher.

Er war müde bis auf die Knochen: Rücken, Oberschenkelmuskeln, Kniebänder. Und wollte endlich wieder ins Trockene. Den dunklen, glitzernden Wald, das unheimliche, grüne, trübe Unterwasserlicht hatte er gründlich satt. Seit zwei Tagen und Nächten sprühte der Regen in Schleiern herunter, ließ nie nach, wurde nie stärker; es regnete immer so viel, daß er naß blieb, fror und sich rundum elend fühlte.

Seit acht Uhr lief er auf einem Wanderweg, der neu und auf der Karte noch gar nicht eingezeichnet war. Aber das Park-Service-Schild hatte verkündet: »North Shore, zehn Meilen«. Im Vergleich zu dem alten Weg sparte er fünf Meilen, konnte also zwei Stunden früher unter die heiße Dusche und in trockene Klamotten schlüpfen. Wo genau er jetzt war, wußte er nicht. Es beunruhigte ihn. Es konnten aber höchstens noch zwei, drei Meilen sein; mehr konnten es einfach nicht sein.

Er starrte wieder auf seine Schuhe. Der bloße Gedanke, den rechten auszuziehen und den Stein herauszuholen, der unter seinem kleinen Zeh klemmte, war unerträglich: Er müßte mit eiskalten Fingern den Knoten aufknüpfen, die nassen langen Schnürsenkel aufdröseln, den Schuh ausziehen, dann den Übersocken, den Socken, dann den Schuh wieder anziehen ... und das alles in dem naßkalten, Mark und Bein durchdringenden Nebel!

Bei dem plötzlichen Geräusch zu seiner Linken schaute er hoch. Sechs Meter von ihm entfernt, war, eingehüllt in den Dunst, eine Gestalt aus dem Unterholz getreten, die rechte Hand über dem Kopf erhoben. In der Hand befand sich ein merkwürdiger Gegenstand, schwer zu erkennen in den düsteren Schwaden. Ein langer, zusammengesetzter Stock? Eine Peitsche?

»Moment«, sagte Eckert.

Der Arm der Gestalt sauste herunter. Etwas knallte, schwirrte auf ihn zu. Eckert hatte ein Gefühl, als explodiere sein Herz. Die grüne Welt wurde rot und dann schwarz.

Auf der Kiesbank in der Biegung des Flusses beugte Hartman sich in dem dunstigen Regen vor, bemüht, Angelhaken und -schnur zu erkennen. Er blinzelte zweimal und streckte bei dem müden Versuch, sich zu konzentrieren, die Zunge heraus. Wenn er nicht aufpaßte, schnitt er sich noch in den Daumen. Der Kognak. Er hatte in der letzten Stunde fast einen halben Liter getrunken – seine Ration für drei Tage. Aber es wurde naß und kalt, und wenn er die ganze Nacht hier verbringen mußte, dann wollte er es auch so gemütlich wie möglich haben.

Er mußte an der Gabelung, wo der Wegweiser herausgerissen worden war, die falsche Richtung eingeschlagen haben. Eigentlich hatte er dem Tletshy Trail über die Wasserscheide und aus dem Regenwald hinaus folgen wollen, ohne noch einmal anzuhalten, aber das hier war bestimmt der neue Matheny Trail, was bedeutete, er angelte im Big Creek beziehungsweise versuchte, darin zu angeln. Morgen früh mußte er zu der Weggabelung zurück. Das dauerte nur wenige Stunden, aber er wollte nicht in der Dunkelheit gehen.

Er nahm noch einen kräftigen Schluck aus der Flasche und schaute sich mißmutig um. Eigentlich mochte er den Regenwald, aber es war beileibe kein Ort, an dem er die Nacht verbringen wollte. Doch mit dem Kognak und vielleicht einer über dem Propangaskocher gebratenen Forelle würde es nicht so übel werden.

Von wegen, nicht so übel; miserabel würde es werden. Der Regenwald wurde immer gruseliger, je dunkler es wurde, und nach einer naßkalten, unbehaglichen Nacht würde er am Morgen triefnaß, steif und verkrampft aufwachen. Er hatte vergessen, die Regenplane für das Zelt mitzunehmen, verdammt. Natürlich würde es morgen früh immer noch gießen. Verflucht, warum war es nicht der Tletshy Trail gewesen, der rechts abzweigte?

Es wurde schnell dunkel. Hartman wischte sich die Nässe aus den Augenbrauen, hockte sich auf den harten Kieselsteinen etwas bequemer hin und betrachtete stirnrunzelnd den Haken in seiner Hand.

Ein plötzliches Spritzen neben ihm schreckte ihn auf. Wahrscheinlich war ein Ast von einem Baum gefallen. Er schaute hoch. Über ihm waren keine Bäume; die Kiesbank verlief bis weit in die Flußbiegung hinein, neun Meter vom baumbestandenen Ufer entfernt. Voller Angst betrachtete er den Gegenstand in dem seichten Wasser. Für einen Ast war er zu gerade, er hatte sich wie ein Speer ins Flußbett gebohrt. Am Einfallswinkel erkannte Hartman, daß ihn jemand von hinten auf ihn geworfen hatte.

Er sprang hoch und wirbelte herum. Er konnte nur ein, zwei Meter in den trüben, grünen Nebel des Waldes hineinsehen. Nichts bewegte sich. Die einzigen Geräusche waren das Gluckern des Wassers über den Steinen und das stetige leichte Plätschern des Regens. Mit heftig klopfendem Herzen rannte Hartman zum Zelt, wo das Messer neben dem Kocher lag.

Er schaffte es nicht bis dahin. Als er von den glitschigen Steinen der Kiesbank auf die Erde am Ufer krabbelte, richtete sich etwas aus dem Unterholz direkt vor ihm drohend auf. Ungläubig starrte Hartman in ein Paar wilde, wahnsinnige Augen. Er versuchte auf der Stelle kehrtzumachen, rutschte aber auf den nassen Steinen aus und fiel zu Füßen der Gestalt auf die Seite. Über sich sah er eine schwarze Silhouette, die sich in schrecklicher Klarheit vor dem schwindenden Licht am Himmel abzeichnete, die hocherhobene rechte Hand hielt etwas, das – unglaublich! – nur ein schwerer, roh behauener Steinhammer, die Steinkeule eines Höhlenmenschen, sein konnte. Hartman schlug den linken Arm übers Gesicht, als der Hammer herunterkrachte.

Auszug aus der *Port Angeles Daily News*, vom 2. April 1976:

SUCHE NACH WANDERERN BEENDET
QUINAULT, WA – Die Verwaltung des Olympic National Park gab heute bekannt, daß die Suche nach den zwei Wanderern, die sich im vergangenen Monat in der Gegend von Quinault wahrscheinlich im Park verlaufen haben, aufgegeben wird. Clyde Hartman, achtunddreißig, aus Portland, Oregon, und Norris Eckert, neunundzwanzig, aus Seattle, verschwanden Anfang März innerhalb weniger Tage im dichten Regenwald nordwestlich des Lake Quinault. Der Leiter des Suchtrupps Claude Gerson sagte, eine so »ausgedehnte Suche sei im Olympic National Park noch nie durchgeführt« worden, aber es »fehle schlichtweg jegliche Spur von ihnen«.

Ein Mitglied des Suchtrupps berichtete Reportern:

»Da drin sind einfach keine Wege. Es ist ein Dschungel. Um da durchzukommen, braucht man eine Machete. Sie hätten zwei Meter neben dem Pfad liegen können, und wir hätten sie nicht gefunden.«

Ausschnitt aus dem *Seattle Post-Intelligencer* vom 1. Oktober 1982:

Wanderin im Olympic National Park
verschwunden
Mädchen im »Tal der Verschwundenen« vermisst

Suchtrupps des National Park durchkämmen das Quinault Valley nach der achtzehn Jahre alten Claire Hornick aus Tacoma, die letzten Dienstag als vermißt gemeldet wurde, nachdem sie sich nach einer Wanderung allein nicht wieder bei ihren Mitcampern auf dem Graves-Creek-Campingplatz in der Nähe des Lake Quinault eingefunden hatte. Nach Aussagen ihres Wandergefährten Gary Beller, zweiundzwanzig, ebenfalls aus Tacoma, war Miss Hornick auf dem Quinault River Trail in den Regenwald gegangen, »um ein, zwei Stunden allein zu sein«.

Das Quinault Valley erlangte vor sechs Jahren als »Tal der Verschwundenen« landesweit traurige Berühmtheit, nachdem eine einmonatige Suche nach zwei unabhängig voneinander als vermißt gemeldeten Wanderern nicht die geringste Spur von ihnen erbracht hatte. Die beiden sind nie gefunden worden.

1

Dr. Fenster spitzte pikiert die Lippen. Für Knochen hatte er nichts übrig, Knochen hatte er nie gemocht. Zuviel Rätselraterei, besonders, wenn sie eine Weile in der Erde gelegen hatten. Sie schrumpften und verbogen sich. Sie gaben keine schlüssigen Hinweise auf die Todesursache, und die Gewebetypen waren auch nicht zuverlässig zu bestimmen. Gab man ihm andererseits ein wenig Blut, Samen, Speichel oder, am allerbesten, ein größeres Organ, na, da hatte er doch etwas in der Hand. Da konnte sich ein Pathologe regelrecht hineinverbeißen.

Er seufzte geräuschvoll und ordnete die Knochen auf dem Eichentisch neu, diesmal fein säuberlich in Reih und Glied. Aber John Lau sah, daß er auch so nicht weiterkam. Nachdem Lau höflich gewartet hatte, daß der Ältere sprach, sagte er: »Was meinen Sie, Dr. Fenster? Ist es einer von ihnen?«

Gereizt schüttelte der Pathologe den Kopf und schob sich die runde Brille mit dem Drahtgestell die Nase hoch. Solch eine Brille würde ein fünfjähriges Kind in das Gesicht einer Comicfigur zeichnen, dachte Lau. Alles in allem sah Dr. Arthur Fenster aus wie einer Kinderzeichnung entsprungen: wie ein Kaninchen, das eine runde Brille trägt. Ein zorniges Kaninchen.

»Wie wollen Sie an dem Mist etwas erkennen?« sagte Fenster. »Ein paar Wirbel, ein Schulterblatt...« Empört schnipste er mit den Fingern gegen die Stücke. »Es könnte Eckert sein, vielleicht auch Hartman. Es war mindestens fünf Jahre in der Erde. Sieht aus wie von einem Mann in den Zwanzigern, vielleicht älter. Ich bin aber nicht einmal sicher, daß alles zur selben Person gehört.« Er kreuzte die Arme und lehnte sich entschlossen im Stuhl zurück. »Dieser Müll ist so gut wie wertlos. Reine Zeitverschwendung.« Er schaute den FBI-Agenten ärgerlich tadelnd an.

John Laus großes, flaches orientalisches Gesicht blieb ungerührt. »Hm, mehr haben wir aber nicht, Sir«, sagte er. »Können Sie uns sonst überhaupt nichts sagen?«

Fenster nahm einen der Rückenwirbel und zeigte damit auf Lau. »Sehen Sie den Auswuchs auf der Vorderfläche?«

Lau nickte. Er konnte die Vorderfläche zwar von keiner sonstwie bezeichneten unterscheiden, doch er sah, daß die häßliche, rauhe Vorwölbung kein normaler Teil des Knochens war.

»Ich weiß nicht genau, was das ist«, sagte Fenster. »Eine komische Exostose – ein Tumor, eine ausgefallene Variante von Knochenmarkentzündung. Vielleicht sogar Knochensyphilis, obwohl sich die normalerweise nicht in einem Rückenwirbel zeigt. Einerlei, wenigstens ein Anhaltspunkt. Schauen Sie sich Eckerts und Hartmans Krankengeschichte einmal an. Wenn einer von beiden eine Knochenkrankheit in einem höchst fortgeschrittenen Stadium hatte, stehen die Chancen gut, daß es auch einer der beiden ist.«

»Okay, das ist doch immerhin etwas«, sagte Lau und versuchte dankbar auszusehen. »Sie meinen nicht, ein Anthropologe könnte uns eventuell etwas mehr erzählen? Ich habe gehört, daß Gideon Oliver in der Nähe von Dungeness an einer Ausgrabungsstätte arbeitet. Das ist nur ein paar Stunden von Quinault entfernt.«

Lau hatte schon befürchtet, daß es falsch war, Gideon Oliver zu erwähnen, und so war es dann auch. Fenster schnaubte verächtlich und zog sich die Brille wieder auf die Nase. Dann schob er sie erneut hoch. »O Gott, verschonen Sie mich, bitte. Ich weiß, Sie halten seine Gutachten über den Fall Schuster und diese Entführung in Mexiko für die absolute Erleuchtung, aber ich bin Pathologe, und ich weiß es besser. Das waren Hirngespinste, Mist, Scheiße. Er hat Glück gehabt. Mit seiner anthropometrischen Theorie kennt er sich vielleicht aus – vielleicht, sage ich –, aber seine Schlußfolgerungen sind . . . *spekulativ*.« Er rollte seine beweglichen Lippen um das Wort, als würden sie davon besudelt.

»Trotzdem«, sagte Lau, obwohl er wußte, daß es keinen Zweck hatte. »Vielleicht...«

»Herr im Himmel, der Mann ist an der *Universität*!« Damit war der Fall doch wohl erledigt. Lau nickte resigniert. Es wäre schön gewesen, wenn der Pathologe empfohlen hätte, Olivers Hilfe einzuholen, aber notwendig war es nicht.

Das Telefon auf dem unordentlichen Schreibtisch an der Wand klingelte, und froh über die Ablenkung, schwang Lau in seinem Drehstuhl herum und nahm ab.

»Lau«, sagte er, und unmittelbar darauf: »Wo?« Er setzte sich gerade hin, kramte mit beiden Händen auf dem Tisch und verrenkte sich den Hals bei dem Bemühen, das Telefon zwischen Ohr und Schulter festzuklemmen. »Wie viele?« fragte er und schrieb etwas auf einen gelben Notizblock. Eine Weile saß er aufrecht da und hörte zu, dann ließ er sich plötzlich im Stuhl zurückfallen. »O Gott«, stöhnte er, »das hat uns gerade noch gefehlt.«

Er legte auf, schlug mit dem Block auf den Arbeitstisch und sagte zu Fenster: »Es sind noch fünf Leichen gefunden worden.«

»Leichen oder Skelette?«

»Skelette. Größtenteils Knochenfragmente, nicht besonders gut erhalten. Bei manchen handelt es sich nur um vier oder fünf Fragmente in einem Korb.«

»Wie bitte?«

»Ein paar sind in Körben begraben.«

Fenster verzog seinen winzigen roten Mund wie ein Kind, das den Atem anhält, und platzte plötzlich heraus: »Das ist doch lächerlich! Ich vergeude meine Zeit nicht länger damit, Knochenhäufchen in Körben durchzuwühlen. Es sind ohnehin nur alte indianische Grabstätten.«

»Wahrscheinlich, aber Sie wissen ja, daß nach unbestätigten Berichten hier in der Gegend seit fünfzig Jahren Leute verschwinden.«

»Ja, klar, nach unbestätigten Berichten stiefelt auch der Schneemensch hier herum, stiehlt Schafe und erschreckt kleine Kinder.«

Den Blick auf dem Notizblock, lächelte Lau ein wenig. Mit langsamen schweren Strichen kreiste er das letzte Wort ein. »Bigfoot«, sagte er laut. »Da haben Sie den Nagel auf den Kopf getroffen, Sir. In der Nähe der Knochenfunde sind ein paar fünfundvierzig Zentimeter lange Fußabdrücke gefunden worden. Sie sehen aus wie Spuren von Bigfoot, behaupten die Einheimischen.«

Diesmal nahm Fenster die Brille ab, wobei er geziert den Drahtbügel erst von einem Ohr, dann vom anderen abhob. Schweigend verstaute er sie in einem Etui und klappte es mit scharfem, endgültigem Klicken zu. Er erhob sich. »Hier mache ich nicht mehr mit, Mr. Lau. Ich beschäftige mich mit realen Dingen, nicht mit Ammenmärchen. Ich schaue mir Ihre fünf Körbe heute nachmittag an, und dann wartet in der Zentrale ein Fall auf mich. Ein *hallux major*.« Er machte eine Pause und schaute Lau an, als erwarte er Einspruch. »Eine Frau hat einem Mann, der sie vergewaltigen wollte, den großen Zeh abgebissen«, sagte er, jedes Wort betonend. »Man hat den Zeh gefunden, und ich will den Mann mit Hilfe dieses Zehs identifizieren. Das ist Realität, jawohl.«

Mit Mühe schaffte Lau es, seinen Ärger zu verbergen. Fenster nahm sein Jackett vom Stuhlrücken und schlüpfte hinein. »Wenn Sie mehr brauchen als meine bescheidenen Fähigkeiten, möchte ich Sie von ganzem Herzen ermutigen, Gideon Oliver von der Universität Fantasien zu holen.«

2

John wußte, daß Julie Tendler ihre Gefühle immer sehr direkt zeigte, aber jetzt funkelten ihre schwarzen Augen vor Überraschung. Sie legte ihr Schinken-Käse-Sandwich zurück auf das Butterbrotpapier. »Heißt das, Sie kennen Gideon Oliver? *Persönlich*?«

»Den Doc? Klar, warum nicht?« Um ihr Gesellschaft zu leisten, trank er eine Tasse Kaffee an ihrem Schreibtisch. Als Chief Park Ranger hatte sie die Leute begleitet, die die neuen Skelette ausgegraben hatten, und das Mittagessen verpaßt. »Er ist ein alter Kumpel von mir.«

»Ich dachte, Sie kennen ihn, weil das FBI ihn bei einigen Fällen konsultiert hat.«

»Nein, ich kenne ihn schon viel länger. Ich habe ihn kennengelernt, als ich in Europa bei der NATO gearbeitet habe, und eine Zeitlang haben wir zusammen dort rumgehangen. Wir treffen uns immer noch ziemlich oft. Warum so erstaunt?«

»Ich bin nicht erstaunt«, sagte sie, nahm das Sandwich und knabberte daran, »ich bin beeindruckt. Als ich vor ein paar Jahren Anthropologie im Nebenfach studiert habe, haben wir wochenlang ausschließlich sein Buch diskutiert.«

»Er hat ein Buch geschrieben?«

Das Sandwich wanderte zurück auf den Tisch. »Sie Spaßvogel! Er hat das umstrittenste – und wie ich meine, intelligenteste – Buch über die Evolution des Menschen geschrieben, das in den letzten Jahrzehnten veröffentlicht worden ist. Und er muß Hunderte von Artikeln publiziert haben.«

»Was Sie nicht sagen!« sagte John. »Essen Sie das saure Gürkchen?«

Sie verneinte. »Wie ist er denn? Er muß sehr viel älter sein als Sie.«

John biß das halbe Gürkchen ab und schüttelte den Kopf. »Nein, er ist in meinem Alter – vierzig, etwas jünger.«

»Vierzig! Kaum zu glauben. Ich dachte immer, er sei einer der großen alten Männer der Anthropologie. Erzählen Sie weiter!« Sie widmete sich wieder ihrem Sandwich, war in Gedanken aber ganz woanders.

»Wie zum Beispiel, ob er verheiratet ist?«

»Als Einstieg nicht übel.«

John aß die Gurke auf. »Nein, er ist nicht verheiratet. Gedachten Sie, die Fritten übrigzulassen?« Sie gab ihm die Tüte, und er riß sie auf. »Er war verheiratet, als ich ihn kennengelernt habe, seit neun oder zehn Jahren. Sie hatten eine phantastische Beziehung. Dann ist sie vor drei, vier Jahren bei einem Autounfall ums Leben gekommen, und das hat er wohl nie verwunden. Er ist immer noch verliebt in sie. Nora hieß sie, soweit ich weiß.«

Stirnrunzelnd betrachtete sie das Sandwich, als interessiere es sie plötzlich wahnsinnig. »Hat er jetzt mit Frauen nichts mehr im Sinn?«

Laut knirschend kaute John eine Pomme frite. »Sind Sie immer so an den großen alten Männern der Anthropologie interessiert?«

»Nein, aber das ist ja auch der erste, den ich treffe. Hat er nun noch was mit Frauen?«

»O ja, er mag Frauen sehr, wenn Sie das meinen. Früher war er mal mit einer Frau in Heidelberg zusammen, einer Janet Feller, aber ... ich weiß nicht, ich hab ja schon gesagt, ich glaube, er ist immer noch in seine Frau verliebt.«

»Wie sieht er aus?« fragte Julie, weiter unverhohlen neugierig. »Gut?«

»Hübsch würde ich nicht sagen«, sagte John schulterzuckend. »Aber was weiß ich? Er ist ungefähr so groß wie ich, vielleicht ein bißchen kleiner: einsdreiundachtzig, einsfünfundachtzig. Scheint ganz gut erhalten. Soweit ich sehe, mögen die Frauen ihn.«

Julie hatte ihr Sandwich aufgegessen, zerknüllte das Butterbrotpapier und warf es in den Papierkorb neben dem Schreibtisch. Sie nahm den Deckel von ihrem Plastikbecher mit Kaffee und trank. »Komisch, da diskutiert man zehn Wochen lang die Theorien und Ideen von jemandem beinahe so, als debattiere man mit ihm persönlich, und fragt sich nie, wie er aussieht, und stellt ihn sich nie als Menschen vor.«

John lachte. »Er ist aber durch und durch menschlich. Sogar richtig ein bißchen verschroben.«

Johns Lachen war ansteckend, Julie lachte mit. »Wie das?«

»Hm, am Anfang wirkt er vielleicht ein bißchen reizbar, und meistens redet er wie ein Professor und schwebt in irgendwelchen höheren Regionen. Einmal habe ich erlebt, wie er zwanzig Minuten nach einem Notizbuch gesucht hat, und dabei hatte er es sich unter den Arm geklemmt.« Wieder lachte er, warf den Kopf zurück und bugsierte sich die letzten Fritenkrümel in den Mund. »Er ist schon ein ulkiger Bursche, leicht aufbrausend, aber gleichzeitig, ich weiß nicht, sanft. Sie werden ja sehen.«

»Er klingt faszinierend.«

»Ja«, sagte John, nickte und dachte an zurückliegende Zeiten. »Er ist der Typ, der bei Kleinigkeiten leicht ausflippt, aber in einer Krise, wenn es Spitze auf Knopf steht, möchte ich niemand anderen um mich haben. Und ich weiß, wovon ich rede.«

Schweigend trank Julie ihren Kaffee und lächelte über den versonnenen Blick des Agenten. »Es klingt, als ob Sie ihn ganz schön mögen«, sagte sie leise.

»Ja, ich mag ihn.«

Rasch verflüchtigte sich der Ausdruck, als sei es ihm peinlich. Er zerknüllte die Frittentüte zu einem krumpeligen Ball und beförderte ihn in den Papierkorb. »Lassen Sie den Doughnut etwa übrig?«

3

Aus der Luft war der See wunderschön, tiefblau im warmen Sonnenlicht, mit weißen Segelbooten getupft. Die Segler winkten, als der Pilot die kleine Cessna 210 weich auf dem Wasser aufsetzte, der Motor hallte dröhnend wider. Der am Ufer beginnende, sich meilenweit gen Nordwesten erstreckende dichte Wald war der Regenwald, das wußte Gideon. Er betrachtete ihn neugierig, ein ganz klein wenig enttäuscht, weil er fand, daß er angenehm kühl aussah, nicht im geringsten bedrohlich.

Das Flugzeug landete nicht weit von, wie er wußte, Lake Quinault Lodge, einer Gruppe großer Gebäude, weiträumig und harmonisch am Ende einer riesigen, satten Rasenfläche gelegen, die sich gut sechzig Meter bis zum Seeufer hinunterzog. Die blauweiße Cessna wendete und fuhr, auf ihren eigenen Wellen sanft schaukelnd, langsam zur Anlegestelle am Rand des Rasens.

Unter den zwei Dutzend Leuten, die dort herumstanden, erkannte er John sofort, und wie immer freute er sich, weil auch der große Hawaiianer jedesmal richtig froh zu sein schien, wenn er ihn sah. In Jeanshemd und -hosen stand er ruhig und gelassen da und grinste Gideon fröhlich durch das Flugzeugfenster an.

Als Gideon aus der Tür der Cessna sprang, waren längeres Händeschütteln, Rückenklopfen und schließlich eine kräftige Umarmung fällig. Nicht zum ersten Mal fiel Gideon auf, daß er John Lau als einzigen Mann unter seinen Bekannten ohne Hemmungen und wie selbstverständlich umarmen konnte.

Mit einem letzten festen Schulterklopfen drehte sich John zu einer schwarzhaarigen, ungefähr dreißig Jahre alten Frau in dem grauen Hemd und der olivgrünen Hose des National Park Service um. »Das ist Julie Tendler. Sie ist Chief Ranger hier. Hat uns wahnsinnig geholfen.«

»Tag, Professor«, sagte sie. »Ihr Buch ist toll. Ich habe Anthropologie im Nebenfach studiert«, fügte sie erklärend hinzu.

»Freut mich, daß es Ihnen gefallen hat«, sagte er mit dem nachsichtigen Lächeln einer Berühmtheit, die sich leutselig gibt. In Wirklichkeit war er entzückt. Als Autor von *Ein strukturell-funktioneller Ansatz in der Hominidenphylogenese im Pleistozän* war er vom Beifall der Massen noch nicht gerade übersättigt.

Gideon warf sich seine Reisetasche über die Schulter, und über den leicht ansteigenden Rasen begaben sie sich in das Hauptgebäude des Hotels. Auf dem Weg dorthin berichtete John ihm von den drei vermißten Personen. Zwei waren vor sechs Jahren auf dem damals neuen, aber mittlerweile geschlossenen Matheny Trail zwischen den Regenwäldern von Queets und Quinault verschollen. Die dritte, Claire Hornick, war erst vor ein paar Tagen, ungefähr acht Meilen von dort, verschwunden. Bei der Suche nach ihr war man auf die Knochen gestoßen und hatte daraufhin das FBI eingeschaltet.

Gideon meldete sich in der Lodge an und ließ seine Tasche am Empfangstisch. Sie gingen durch das noble alte Foyer mit seinen bequemen altmodischen Korbmöbeln.

»Seit Ewigkeiten habe ich keine Schreibtische aus Korbgeflecht in einem amerikanischen Hotel gesehen«, sagte Gideon. »Auch keinen Papagei im Foyer.«

»Ja«, sagte Julie, »es ist ein herrliches altes Hotel.«

John hielt die Tür auf, und Gideon verbeugte sich etwas verlegen, um Julie den Vortritt zu lassen; er war sich keineswegs sicher, ob ihr die Geste gefiel. Aber mit einem freundlichen Lächeln spazierte sie hindurch, alle drei traten sie hinaus in die Stadt Quinault. Es war ein Schock. Sie hatten das Hotelgebäude von dem weitläufigen, sonnigen Rasen aus erreicht, auf dem sich Sonnenbadende und lachende Volleyballspieler tummelten. Dahinter lagen zehn Quadratmeilen offener Wasserfläche. Als sie es durch den Hintereingang verließen, wenig mehr als hundert Meter weiter, befanden sie sich jäh in einer sonnenlosen, schattigen Welt beinahe undurchdringlichen Grüns, stiller und merklich kühler und feuchter als der Rasen.

Die »Stadt«, aus der Luft war sie nicht zu sehen gewesen, bestand aus ein paar über hundert Jahre alten Häusern zu beiden Seiten einer schmalen Straße. Rechts eine alte Post und ein verwitterter Dorfladen – »Lake Quinault Merc« hieß es auf dem Schild – samt Holzveranda, komplett mit schläfrigem alten Hund, der alle viere von sich streckte. Zur Linken die Quinault Ranger Station, eine Gruppe kleiner Schindelhäuser. Aufragende Wände aus Zedern und Fichten, die so hoch und dicht zusammenstanden, daß der Himmel nur als schmaler Spalt über der Straße sichtbar war, schlossen alles ein und ließen es zwergenhaft winzig aussehen. Die Straße selbst vermittelte den täuschenden Eindruck, als sei sie an beiden Enden von weiteren Baumwänden abgeschnitten. Man fühlte sich wie auf dem Boden eines tiefliegenden Korridors, einer engen grabähnlichen Schlucht, die tief in die lebendige Baummasse geschnitten war.

Auf seine eigene Weise war es außergewöhnlich schön, aber Gideon, der an die Zwergeichen und offene weite Hügellandschaft Kaliforniens gewöhnt war, empfand es als so erdrückend, daß er sich unbewußt mit der Hand an den eh schon offenen Kragen fuhr, um mehr Luft zu kriegen.

»Faszinierend«, sagte er. »Ich bin noch nie in einem Regenwald gewesen.«

Julie lachte. »Aber das ist kein Regenwald«, sagte sie und richtete den Blick die Straße hinunter weit hinter die Baumbarriere. »Der Regenwald ist dort drin. Das hier ist ein ganz normaler Wald.«

Im Gebäudekomplex der Ranger Station wurde es besser. Die Bäume und Sträucher waren, vielleicht von einem früheren, klaustrophobischen Chief Ranger, zurückgeschnitten, damit ein offener Raum entstand, und Gideon atmete freier, als er hineinging.

Im Arbeitsraum hinten im Hauptgebäude waren die Funde aus sechs Gräbern hübsch ordentlich auf einem verschrammten Eichentisch ausgebreitet, jeweils einige kümmerliche Fragmente vor einer numerierten Papiertüte. Vier zusammengehörige Funde lagen neben zerfransten, erdverkrusteten Körben mit rot-schwarzem Muster. Vor dem einzigen Stuhl mit Armlehnen befanden sich auf dem Tisch außerdem das Vergrößerungsglas und die Tastzirkel, um die Gideon am Telefon gebeten hatte.

Fünf Funde, darunter die aus den Körben, identifizierte er rasch als indianisch, sie mußten mindestens zwanzig Jahre in der Erde gelegen haben.

John nickte enttäuscht. »Das hat uns Fenster auch schon gesagt.«

»Eins scheint mir völlig klar zu sein«, sagte Gideon. »Die Körbe, die Tatsache, daß die Leichen eingeäschert worden sind, und die Tatsache, daß sie alle unterschiedlich lange begraben waren – die hier mindestens hundert Jahre, würde ich sagen –, das alles deutet auf eine alte, etablierte Begräbnisstätte hin.«

Julie runzelte die Stirn. »Ich weiß nicht. Ich kenne die Geschichte dieses Regenwaldes ja nun so gut wie sonst kaum jemand, aber ich habe noch nie gehört, daß hier Indianer gelebt haben. Und meines Wissens sind auch Feuerbestattungen in Körben bei nordamerikanischen Indianern nicht sehr üblich.«

»Vielleicht nicht. Ich bin kein Ethnologe, aber ich weiß, daß die Praxis existiert beziehungsweise existiert hat. Zum Beispiel bei einigen Völkern Zentralkaliforniens.«

Als Julie immer noch skeptisch dreinschaute, sagte er entschieden: »Vertrauen Sie mir, ich bin eine weltberühmte Autorität.«

John lachte, aber Julie sah ihn komisch an. »Kleiner Scherz am Rande«, sagte Gideon. »Jetzt wollen wir uns den letzten Fund hier mal ansehen. Fenster meint, das könnte einer von den Wanderern sein?«

»So ist es, Doc«, sagte John. »Willst du die Personenbeschreibungen?«

»Nein, machen wir's wie immer. Mal sehen, was ich allein herausfinde. Ich will mich nicht durch vorgefaßte Meinungen beeinflussen lassen«, erklärte er Julie zuliebe und betrachtete das Häuflein brauner Knochen.

»So gehört es sich auch für eine weltberühmte Autorität«, sagte Julie.

Gideon schaute rasch auf.

»War auch nur ein Scherz«, sagte sie. »Ehrlich.« Sie lächelte, und Gideon sah auf einmal, daß sie sehr hübsch war.

Er richtete seine Aufmerksamkeit wieder auf die Knochen. »Viel ist es ja nicht gerade«, sagte er. »Es ist zum Teil verbrannt und sieht ganz danach aus, als ob ein Tier daran gewesen wäre und sich mit dem größten Teil davongemacht hätte. Schaut her, hier sieht man es, da hat etwas am Rand des Schulterblatts genagt.«

Julie zitterte plötzlich und entschuldigte sich. »Tut mir leid, an so was bin ich wohl nicht gewöhnt.«

»Sie müssen nicht hierbleiben«, sagte John freundlich. »Wenn Sie –«

»Nein, ich bin total neugierig. Achten Sie gar nicht auf mich. Wenn ich ohnmächtig werde, machen Sie einfach ohne mich weiter.«

Gideon beugte sich über die Fragmente und untersuchte sie gründlich: den vierten und fünften Lendenwirbel, von ein paar braunen Bänderfetzen zusammengehalten; den dritten und vierten Brustwirbel; ein rechtes Schulterblatt, intakt bis auf das Angenagte und die Bruchstellen am Rand.

Er schüttelte den Kopf. »Das wird schwierig. Die Rasse kann ich an dem, was hier liegt, keinesfalls erkennen, aber ich bin ziemlich sicher, es ist von einer männlichen Person.«

John kritzelte etwas in sein Notizbuch, er sah alles andere als hoffnungsvoll aus, aber Julie war begeistert dabei.

»Woran erkennen Sie, daß es männlich ist?«

»Am Schulterblatt. Sehen Sie die rauhen, gefurchten Bereiche auf dem Fortsatz?« Er gab ihr den Knochen. Einen Moment lang zögerte sie, dann nahm sie ihn. »Der Delta- und der Trapezmuskel, da... Wissen Sie noch was aus dem Biologieunterricht?«

»Nicht viel«, sagte Julie.

»Also, hier setzen die großen Schultermuskeln an«, sagte Gideon, sorgsam darauf bedacht, daß er nicht überheblich klang. »Die rauhe Oberfläche des Knochens deutet darauf hin, daß die Muskeln schwer und kräftig waren. Ein weibliches Wesen hat kleinere Schultermuskeln, und man würde kaum Furchen sehen.«

»Und wenn es eine Frau mit kräftigen Muskeln war?« fragte Julie. »Frauen sind heutzutage sehr viel sportlicher als früher.«

»Na ja, wenn die Weltmeisterin im Schwergewichtheben vermißt wird, haben wir sie vielleicht gefunden, aber das glaube ich nicht. Es geht um mehr als die Frage, wie sportlich man ist. Wenn ein Mann und eine Frau gleich viel Sport treiben, hat der Mann trotzdem viel schwerere und kompaktere Muskeln und dickere, aufgerauhtere

Knochen. Um die auch nur annähernd zu kriegen, müßte eine Frau noch weit mehr Sport treiben als er.«

Julies Mundwinkel verzogen sich nach unten.

»Tut mir leid, wenn Sie das als diskriminierend empfinden«, fuhr Gideon fort, »aber es gibt wirklich ein paar genetisch bestimmte Unterschiede zwischen Männern und Frauen, und die Muskelmasse gehört nun einmal dazu. Ich rede natürlich rein theoretisch; über diesen Knochen hier kann ich absolut nichts Gesichertes sagen.«

»Ich weiß nicht, ob ich Ihnen da so ohne weiteres zustimmen kann«, sagte Julie.

Gideon wollte schon etwas Ärgerliches erwidern, da fügte sie hinzu: »Aber wer bin ich, daß ich einer weltberühmten Autorität widerspreche?« und lächelte wieder so herzlich, daß er dachte: Sie ist wirklich außerordentlich attraktiv, sogar schön.

»Männlich«, sagte John kurz und knapp und schrieb weiter. »Okay. Sonst noch was? Kannst du uns sonst noch was sagen?«

Er sah so betrübt aus, daß Gideon lachte. »Du meinst, etwas, das mein Honorar rechtfertigt? Ja, ich glaube schon.« Er nahm das Schulterblatt und drehte es in seinen großen Händen. »Er ist älter als dreiundzwanzig«, sagte er nach einer Weile. »Die Wachstumsfugen sind alle geschlossen.«

Gideon legte den Knochen auf den Tisch, beugte sich dicht darüber und benutzte das Vergrößerungsglas wie eine Juwelierslupe. »Und er ist definitv unter vierzig. Man sieht keine atrophierten Stellen.«

»Was für Stellen?« fragte John finster und schrieb mit.

»Atrophierte. Wenn man ins mittlere Alter kommt, wird die Blutzufuhr zum Schulterblatt geringer, und der Knochen atrophiert an manchen Stellen.« Als John zusammenzuckte, fügte Gideon hinzu: »Keine Bange, es ist harmlos.«

Gideon drehte und wendete den Knochen noch ein paarmal und betrachtete ihn durch das Vergrößerungsglas. »Aha!« sagte er. »Schaut euch das an. An der Circumferenz der Schultergelenkpfanne sind nur ganz geringe Wulstbildungen –«

»Doc«, sagte John, »das mußt du uns langsamer oder in Englisch erzählen.«

»Keine Sorge, ich schreibe es dir auf. Wichtig ist, daß die Wulstbildungen ungefähr mit dreißig anfangen. Ich würde sagen, er ist neunundzwanzig oder vielleicht gerade dreißig geworden, wenn man in Betracht zieht, daß die Wachstumsfugen aussehen, als seien sie seit sechs, sieben Jahren geschlossen.«

John legte den Schreibblock hin und nahm Gideon ins Visier. »Doc, mal ehrlich? Eckert war neunundzwanzig. Wußtest du das?«

»John, du weißt, daß ich solche Spielchen nicht spiele.«

»Ja«, sagte John, »stimmt.« Er schrieb noch etwas auf seinen Block.

»War er muskulös, einsachtundsiebzig bis zweiundachtzig, fünfundachtzig Kilo?« fragte Gideon.

John blätterte die Akte durch. »Größe: einsachtzig«, sagte er, untypischerweise so etwas wie Ehrfurcht in der Stimme, »Gewicht: dreiundachtzig. Nicht einmal dich hätte ich für fähig gehalten, das an einem einzigen Knochen zu erkennen, geschweige denn, an einem Schulterblatt.«

Lässig zuckte Gideon mit den Schultern, warf Julie aber einen Seitenblick zu. Zu seiner Genugtuung schien sie genauso beeindruckt zu sein wie John. »Nur ein paar allerdings wohlbegründete Vermutungen«, sagte er. »Wir können einige Größenberechnungen mit den Wirbeln anstellen. Mal sehen, ob wir zu dem gleichen Ergebnis kommen.« Er nahm einen Wirbel. »Hier gibt's auch schon einen Knochenauswuchs, was das geschätzte Alter von ungefähr dreißig bestätigt. Was zum Kuckuck ist denn das?« sagte er und betastete den merkwürdigen Höcker.

»Fenster war sich nicht sicher. Er meinte, vielleicht«, John blätterte die Notizen durch, »irgendeine Knochenkrankheit... Exostose...«

»Das glaube ich nicht«, sagte Gideon, und seine Stimme wurde ganz aufgeregt. Er hatte den Knochen in der Hand und beugte sich darüber, das Vergrößerungsglas berührte den Knochen praktisch, er hielt es sich zwei, drei Zentimeter vor die Augen.

»Sie sehen aus wie Sherlock Holmes«, sagte Julie.

»Hm«, sagte Gideon nach einer Weile. »Definitiv.«

»Sie *klingen* auch wie Sherlock Holmes«, sagte sie. »Ich bin gespannt wie ein Flitzebogen. Was ist es?«

»Es ist kein Auswuchs«, sagte Gideon und gab ihr den Knochen. »Ich glaube, es ist eine Pfeilspitze, die den Wirbel durchbohrt hat und abgebrochen ist. Der abgebrochene Teil steckt immer noch darin, es ist diese rauhe Ausbuchtung.«

»Eine Pfeilspitze?« rief John, rutschte im Stuhl nach vorn und streckte die Hand nach dem Knochen aus. Behutsam zupfte er mit den Fingerspitzen an dem vorstehenden Stück. »Das sieht aber doch aus wie Knochen.«

»Es ist auch Knochen«, sagte Gideon. »Eckert – wenn er es war – wurde mit einem Knochenpfeil erschossen.«

»Aber die Menschen benutzen seit Jahrhunderten keine Knochenpfeile mehr«, sagte Julie. »Heutzutage benutzen selbst die primitivsten Gruppen der Erde Metallspitzen.«

»Ja«, sagte Gideon ruhig, »wirklich erstaunlich. Aber ich bin überzeugt, daß es Knochen ist. Es ist kein Periost mehr daran.«

»Doc«, mahnte John.

Gideon lächelte. »Schon gut, ich spreche Englisch.« Er

schob John das Vergrößerungsglas zu. »Die äußere Schicht des Knochens ist das Periost, die Knochenhaut. Die bleibt an dem Knochen, selbst wenn er Hunderte von Jahren begraben gewesen ist; von mir aus auch Tausende. Aber wenn man ein Werkzeug aus Knochen herstellt und es formt und glättet, schrappt man die Haut unweigerlich ab. Wenn du genau hinsiehst, erkennst du die äußere Schicht auf dem ganzen Wirbel, auf der Ausbuchtung aber nicht.«

John hielt Vergrößerungsglas und Knochen vor sich, als sei er weitsichtig und versuche eine Speisekarte zu lesen. »Ich sehe nichts –«

»Na gut, ist auch nicht so wichtig«, sagte Gideon. »Schau dir den Knochen rund um die Ausbuchtung an. Du siehst, daß er nach innen zusammengedrückt ist, offenbar durch die Kraft des Pfeils, der eingedrungen –«

»Stimmt!« rief John. »Es sieht aus, als ob . . . es ist alles . . .«

Julie war aufgestanden und schaute über seine Schulter durch das Glas. »Zusammen- und nach innen gequetscht«, sagte sie.

»Richtig«, sagte Gideon. »Zusammen- und nach innen gequetscht.« Er nahm die Knochen, faßte den vorstehenden Teil fest an und wackelte daran.

Sofort kam die Spitze heraus, lautlos und ohne den zerquetschten Rand des Lochs zu zerstören, in dem der Pfeil gesteckt hatte. Ein schwacher Geruch nach Verwesung machte sich bemerkbar. Julie wich zurück und rümpfte die Nase.

»Aha, es ist die Spitze eines Wurfgeschosses«, sagte Gideon.

»Das kannst du laut sagen«, erwiderte John. »Verdammt und zugenäht.«

Gideon legte die Spitze auf den Tisch. Es war ein dreieckiges Stück elfenbeinfarbiger Knochen und fast drei

Zentimeter lang, die Basis rissig und zerklüftet. »Die war doch tiefer drin, als ich dachte. Sie ist beinahe glatt durchgegangen.«

Er beförderte die Spitze auf ein Stück weißes Papier und umfuhr den Umriß mit einem Bleistift. Dann verlängerte er die Form mit einer punktierten Linie. »Schwer zu sagen, aber ich gehe mal davon aus, daß das Ganze so ausgesehen hat.« Er hatte ein spitz zulaufendes sieben, acht Zentimeter langes Gebilde gezeichnet, das stumpfe Ende ungefähr vier Zentimeter breit.

Julie kam an den Tisch zurück und stellte sich zwischen die beiden Männer. Als sie sich über die Zeichnung beugte, wurde sich Gideon bewußt, wie nah ihre Hüfte und ihr schwacher, frischer Duft waren.

»Ich habe viel Ethnologisches und Archäologisches über die Nordwestküste gelesen, Dr. Oliver«, sagte sie, »und das sieht mir gar nicht nach einem Pfeil aus. Viel eher nach einer Speerspitze, wie sie am Marmes Rockshelter in Ost-Washington gefunden wurden.«

»Ja?« sagte Gideon neugierig. »Ja, es könnte ein Speer sein.« Er veränderte die Skizze ein wenig, zeichnete ein paar Linien hinein. »So sieht's schon besser aus. Dann wäre der Holzschaft hier befestigt gewesen.«

»Einen Moment mal«, sagte John. »Behaupten wir nun, der Typ wäre mit einem Speer umgebracht worden – mit einem Holzspeer mit Knochenspitze? Das ist aber doch reichlich bizarr, um es milde auszudrücken.«

Gideon lehnte sich im Stuhl zurück und zuckte mit den Schultern.

»Und worauf läuft das Ganze hinaus?« fragte John. »Ist er von einem Indianer getötet worden?«

»Mit einem Knochenspeer?« sagte Julie. »Sie machen mir Spaß. Die Speerspitze, von der ich geredet habe, ist zehntausend Jahre alt. Und die Indianer hier sind Stämme wie die Quileute und die Quinault. Sie betreiben Fischzuchten und Motels. Mit Computern. Die rennen nicht mit Knochenspeeren durchs Gelände.«

»Kennen Sie überhaupt jemanden, der das tut?« fragte John mit einem Anflug von Gereiztheit. Er schaute Gideon an. »Schon gut, wie lautet deine Theorie, Doc?«

»Hm, hm«, sagte Gideon. »Ich bin der Anthropologe. Ich habe dir gesagt, es sind die Überreste eines kräftigen männlichen Weißen von ungefähr neunundzwanzig Jahren, und das hier in seiner Wirbelsäule ist ein Knochenspeer. Du wirst dafür bezahlt, daß du mit den Theorien ankommst. Aber ich stimme Julie zu; du bist auf dem falschen Weg, wenn du meinst, daß der Speer nur auf Indianer hinweist.«

John schob seinen Stuhl zurück und sprang auf. »Also gut«, sagte er und trottete wie ein riesiger Bär mit großen Schritten in dem kleinen Raum hin und her, »wir entdecken eine Leiche auf einem indianischen Begräbnisplatz. Die befindet sich in indianischen Körben, zusammen mit, wie du mir erzählst, indianischen Skeletten. Darin steckt ein Knochenspeer, der genauso aussieht wie die, die früher von den hiesigen Indianern benutzt wurden. Aber«, sagte er und ließ sich auf den Stuhl zurückplumpsen, »ein Indianer kann keinesfalls der Mörder sein. Der Logik kann ich nicht folgen.«

»Paß auf«, sagte Gideon, »ich meine nicht, es könnte *kein* Indianer gewesen sein. Hinz und Kunz können es gewesen sein. Ich meine nur, geh nicht davon aus, daß die Umstände ausschließlich auf Indianer hindeuten.«

Julie rückte von seiner Schulter weg, drehte sich herum und setzte sich auf den Tisch, verstörend nahe. Er hätte einen Arm auf ihren Oberschenkel stützen können, ohne sich vom Stuhl zu erheben. »Ich weiß auch nicht, ob ich Ihrer Argumentation folgen kann«, sagte sie und schaute auf ihn hinunter.

Ihrer Argumentation? Absurd, aber er fühlte sich im

Stich gelassen. Er hatte mit ihrer Unterstützung gerechnet. »Was genau stört Sie daran?« fragte er.

»Als allererstes, woher wissen Sie, ohne Labortests durchzuführen, ob das Skelett nicht schon zwanzig oder vielleicht sogar hundert Jahre in der Erde gelegen hat? Ich weiß, daß Sie den Boden oder das Klima hier nicht kennen . . .« Sie machte eine Pause, damit er antwortete.

»Ich weiß es einfach«, sagte er, weil es der Wahrheit entsprach, »man kriegt ein Gefühl dafür, auch wenn man seine Methoden nicht quantifizieren kann. Die Farbe der Knochen . . . das Gewicht . . . die Dichte . . .« Er nahm den Rückenwirbel. »Wenigstens fünf Jahre, höchstens zehn.« Er drehte sich zu John um. »Hast du schon mal erlebt, daß ich mit meinen Vermutungen danebengelegen habe?«

»Mehr als einmal. Was ist mit den Handknochen im Fall Reilly oder dem Armknochen, von dem du behauptet hast, er sei angespitzt, und dabei hatte nur ein Hund daran genagt?«

»Das war etwas anderes. Der Oberarmknochen war angespitzt worden, auch wenn es nur ein Hund war –« Er hielt inne und stimmte in Johns ungezwungenes Gelächter ein. John hatte sich das Recht verdient, ihn zu kritisieren.

Bei Julie war er sich hingegen nicht so sicher. »Und was stört Sie als zweites?« fragte er sie.

Sie nahm einen der Körbe. »Die hier«, sagte sie. »Ich werde das nachher mal in meinen Büchern überprüfen, aber ich bin sicher, die sind nicht von modernen Indianern aus dem Staat Washington. Die Form ist falsch und die Art, wie die Dekoration darauf angebracht ist. Das Geflecht sieht auch nicht danach aus. Glaube ich zumindest.«

Da mochte was dran sein, Gideon wußte wenig über Korbflechterei. »Da können Sie recht haben«, sagte er, und es tat ihm gar nicht leid, daß er Gelegenheit hatte, ihr zuzustimmen.

Julie stellte den Korb auf den Tisch. »Außerdem leben im Regenwald überhaupt keine Indianer, da haben auch nie welche gelebt, sie waren jedenfalls nicht so seßhaft, daß sie Grabstätten angelegt hätten.«

»Doc«, sagte John ungeduldig, »der Einwand ist doch gut, oder? Ich meine, ist das Ding von jemandem geschnitzt worden, der genau wußte, was er tat?«

Gideon nahm die Spitze in beide Hände und glitt mit den Fingern über die Oberfläche. »Sie ist primitiv«, sagte er, »aber einerlei, wer sie hergestellt hat, er hatte viel Erfahrung. Warum? Denkst du, daß jemand versucht, es so aussehen zu lassen, als sei der Mord von Indianern begangen worden?«

»Ja«, sagte John.

»Warum haben sie den Leichnam dann aber begraben? Ihr habt ihn doch nur durch Zufall gefunden.«

John nickte ernst. »Ich weiß. Ich versuche ja nur, alle Möglichkeiten in Betracht zu ziehen.« Er schaute auf den Tisch, plötzlich war ihm unbehaglich. »Hör zu«, sagte er, »ich habe mir fast die Zunge abgebissen, um dir nichts von den Bigfoot-Spuren zu erzählen, die sie neben der Leiche gefunden haben –«

»Bigfoot!« sagte Gideon und verdrehte die Augen zur Decke. »Jetzt mach mal halblang, John, du hast hier ein absolut lösbares Verbrechen mit einer rationalen Erklärung. Über ein Lebewesen, von dem es kein Fitzelchen konkreter Beweise gibt – keine lebenden Exemplare, kein Skelettmaterial, keine Fossilien, keine Kadaver, nicht einmal ein zuverlässiges Foto –, darüber diskutiere ich nicht. Die bloße Vorstellung, daß ein Riesenanthropoid existiert, ohne daß ihn je einer gesehen hat...« Auf einmal sah er John an. »Was meinst du damit, daß du dir fast die Zunge abgebissen hast, mir nicht zu erzählen –«

John zwinkerte mit den Augen, blieb aber ansonsten ernst. »Ich hatte Angst, du hältst mir eine Vorlesung, wenn ich es erwähne.«

Gideon lachte. »Siehst du? Das spricht doch für deinen gesunden Menschenverstand. Also kein Gerede mehr von Bigfoot.« Aber dann sagte er: »Ihr habt Spuren gefunden?«

»Ja«, sagte John, »definitiv von gestern, *nachdem* wir das erste Skelett gefunden haben, so daß kein direkter Zusammenhang besteht. Die hiesige Sasquatch-Gesellschaft war ganz aufgeregt und hat Abgüsse gemacht, und wir haben auch ein paar gemacht und sie in die Zentrale geschickt. Fenster wollte nichts damit zu tun haben. Behauptete, da hätte sich jemand einen Scherz erlaubt.«

»Er hat recht. Vergiß Bigfoot, John. Du machst dich und das FBI lächerlich. Und so sicher wie das Amen in der Kirche lasse ich mich da nicht hineinziehen.«

»Hör mal«, sagte John, »so blöd bin ich nun auch wieder nicht. Ich halte es auch für einen Scherz. Aber ich vergesse doch nicht etwas, das damit in Zusammenhang stehen könnte.« Und einen Augenblick später fügte er hinzu: »Du könntest dir die Spuren wenigstens einmal ansehen.«

»Es war kein Bigfoot, John, und ich vergeude meine Zeit nicht damit, getürkte Fußspuren ernst zu nehmen.«

Da war John aber schon wieder aufgesprungen und fuchtelte mit den Armen in der Luft herum, wie immer, wenn er aufgeregt war. »Es war kein Indianer! Bigfoot war es auch nicht! Wer war es dann, ein Phantom, das mit einem Knochenspeer herumläuft, Leute absticht und sie im Wald verscharrt? Oder hat Eckert sich vielleicht selbst mit dem Speer ins Jenseits befördert?«

Nach dem Lunch, Schinkensandwiches und Kakao aus dem »Lake Quinault Merc«, bestimmte Gideon Alter und Geschlecht der indianischen Grabfunde, nicht ohne Julie und John ausführlich zu erläutern, was er herausfand: ein Mann in den Vierzigern, noch ein Mann von ungefähr achtzig, zwei ältere Frauen und zwei Säuglinge, möglicherweise Zwillinge, die in einem Grab bestattet und von Fenster irrtümlich als einem Toten zugeordnet worden waren. Er stellte im Oberkiefer des alten Mannes einen abscheulichen Abzeß fest, die vermutliche Todesursache, aber von den anderen war nicht genug da, als daß er weitere Erkenntnisse hätte gewinnen können.

Gideon legte das Vergrößerungsglas und einen angekokelten Fersenknochen aus der Hand und rieb sich den Nacken.

»John, ich bin hier völlig unnütz. Warum fahre ich nicht zurück nach Dungeness und gehe wieder an meine Ausgrabung?«

»Nur zu, wenn du willst, Doc, aber warum machst du nicht eine Pause und verbringst die Nacht in der Lodge? Das FBI zahlt die Spesen, und morgen setzen wir dich in den Flieger.«

»Das Essen in der Lodge ist nicht schlecht, wenn das ein Anreiz ist«, sagte Julie, und fügte dann, als habe sie die ganze Zeit mit John gesprochen, hinzu: »Professor Oliver könnte uns bei der Pressekonferenz morgen helfen.«

»In dem Fall bleibe ich natürlich«, sagte Gideon lächelnd.

Am frühen Abend war John mit dem Versprechen nach Seattle zurückgeflogen, daß er zur Pressekonferenz zurück sein werde. Falls nicht, könne Gideon als Anthropologe frei über alles sprechen, was er herausgefunden habe, aber nicht im Namen Johns oder des FBI.

»Und«, sagte John mit einem Lächeln, »vergaloppier dich nicht! Stell bitte nicht eine gewagte Hypothese nach der anderen auf!«

Das versprach Gideon hoch und heilig, und er und Julie verabschiedeten John an der Anlegestelle des sonnenbeschienenen blauen Sees. Danach kam es Gideon ganz normal vor, Julie zu fragen, ob sie mit ihm zu Abend essen würde, also wagte er es. Sie willigte genauso selbstverständlich ein, und sie verabredeten sich für eineinhalb Stunden später im Foyer der Lodge.

Gideon verschwendete selten Gedanken auf sein Äußeres, in den letzten Jahren schon gar nicht mehr. Er wußte, er war nicht im herkömmlichen Sinne hübsch, dafür sorgte schon seine zweimal bei Boxkämpfen im College gebrochene Nase. Er wußte aber auch, daß er mit seinen sanften braunen Augen und der angedetschten, schiefen Nase, der kräftigen Stirn und dem scharf geschnittenen männlichen Kinn zugleich weich und hart aussah, was viele Frauen anziehend fanden. Ob das seit neuestem sichtbare Grau an seinen Schläfen ihn attraktiver machte, hatte er sich bisher allerdings noch nicht gefragt.

Weshalb fragte er es sich jetzt, da er in dem altmodischen Badezimmer in seinem Cottage vor dem Spiegel stand? Der Grund war natürlich Julie. Sie war irgendwie zu ihm durchgedrungen, berührte ihn in einer Weise, wie es ihm seit langem nicht mehr geschehen war. Während eines in aller Ruhe genossenen, erholsamen Bads in der antiken, wunderbar bequemen, einsachtzig langen Badewanne – eine Dusche gab es nicht –, ertappte er sich dabei, daß er Dinge fühlte und bedachte, die er beinahe schon in die Vergangenheit verbannt hatte.

Er war keineswegs auf der Suche, er war auch nicht der Typ, dessen Antennen ständig ausgefahren waren und bebten. Neun Jahre hatte er mit Nora zusammengelebt und sie so tief und rückhaltlos geliebt, wie ein Mann es nur vermag. Sie war im Leben einzigartig gewesen, und sie blieb einzigartig, obwohl sie seit drei Jahren tot war.

Dennoch traf er alle Jubeljahre einmal eine Frau, die ihn erregte und die alten Gefühle entfachte.

Als er mit siebenunddreißig unsicher wieder angefangen hatte, sich mit Frauen zu verabreden, waren sie alle scharf auf eine »ernsthafte gefühlsmäßige Bindung«, während er einzig und allein auf direkten, unkomplizierten Sex aus gewesen war. Aber seit neuerdings seine eigenen Wünsche auf eine ernsthafte gefühlsmäßige Bindung gerichtet waren, wollten die Frauen, die er kennenlernte, eine kurze Bettgeschichte, und damit hatte es sich.

Er hatte keine Ahnung, was Julie wollte, und er bezweifelte auch, daß sie etwas von ihm wollte. Sie war nicht einmal der Typ Frau, den er normalerweise körperlich anziehend fand, weder blond noch langgliedrig und elegant wie Nora. Julie hatte schwarze Haare und leicht schräge, kohlschwarze Augen, die anscheinend ständig lachen wollten. Sie war rund und sogar ein bißchen pummelig – in einer entschieden angenehmen Art –, Noras kühle Eleganz hatte sie nicht. Nora hatte in einem Museum oder einem schicken Restaurant immer wunderbar zu Hause ausgesehen. Julie sah aus, als gehöre sie in einen Kibbuz, in die helle Sonne, mit einer Hacke in der Hand und weißen Shorts über den provozierend geschwungenen Hüften. Er überlegte, wie ihre Beine nackt aussahen. Vermutlich fest und gebräunt und glatt. Herrgott, in den engen Rangerhosen sahen sie ja schon attraktiv genug aus.

Sie wartete auf ihn, als er ins Restaurant kam, und sie bestellten als Aperitif einen Martini. Gideon erzählte ihr von der Grabungsstätte in der Dungeness Bay, an der er in seinen Herbstferien arbeitete.

»Es ist eine tolle Grabungsstätte. Gleich in der ersten Woche habe ich ein Schabeisen und einen bearbeiteten Karibuknochen ausgebuddelt, und vor ein paar Tagen ein bißchen Holzkohle und dann etwas menschliches Skelettmaterial – von einem Mann und einer Frau. Der Abfolge der Schichten nach zu urteilen, kann man alles bis zu zwölf-, dreizehntausend Jahren zurückdatieren. Was heißt, daß es mindestens so alt ist wie die Mastodon-Fundstelle bei Sequim, vielleicht noch älter.«

Die Kellnerin brachte die Martinis. »Ich heiße Eleanor«, sagte sie und stellte sie auf den Tisch. »Wohl bekomm's!«

Sie stießen an. Julie lächelte. »Ich finde es richtig schön, wenn ein Mann so begeistert von seiner Arbeit erzählt.«

»Es ist nicht nur die Arbeit; es ist ebensosehr der Ort sowie die Tatsache, daß ich dort allein arbeite. Die Höhle ist in einer Felsklippe direkt über der Dungeness Bay, und man hat einen weiten Blick auf die herrlichen Meerengen. Das Graben selbst geht ganz leicht und wie automatisch, wissen Sie, eher mit dem Zahnstocher als mit dem Spaten. Man stochert herum und träumt und denkt nach, und ab und zu schaut man auf, und da ist das blaue Wasser, und die Möwen...«

Julie schaute ihn über den Rand ihres Glases an, ihre schwarzen Augen funkelten. »Ich hab so das Gefühl, Sie sind gern allein.«

Gideon zog die Stirn in Falten. Klang er exzentrisch? Wie ein Einsiedler? »Hm, manchmal ja, aber es ist nicht so von aller Welt abgeschnitten, wie es sich gerade anhörte. Ein paar Abende in der Woche verbringe ich mit einem meiner alten Professoren, und die Grabungsstätte ist direkt unter einer Hauptstraße. Wenn ich aufhöre zu graben, klettere ich ein paar Meter die Felsklippe hoch und gehe über die Straße zu meinem Motel. Mit Fernsehen, Kühlschrank, all den Errungenhaften der modernen Zivilisation. Wenn Sie in der Gegend da oben noch nie waren, sollten Sie mal kommen. Die Fahrt kann nicht länger als drei Stunden dauern. Dann zeige ich es Ihnen.«

»Haben Sie mich soeben in Ihr Motel eingeladen, Professor?«

Gideon lachte. »Erzählen Sie mir was über sich. Wie lange sind Sie schon beim Park Service?«

Sie erzählte ihm, sie arbeite seit sechs Jahren als Ranger und Ökologin, zuerst einen Sommer lang in Mesa Verde, dann in Lassen und seit zwei Jahren nun in den Olympic Mountains. Sie hatte einen Masters Degree in Ökologie, Nebenfach Anthropologie, und einen B.A. in Psychologie.

Gideon trank seinen Martini – er war gut: kräftig, trokken und eiskalt – und hörte ihr zu, das heißt, mindestens ebensosehr schaute er sie an. Sie hatte sich umgezogen und trug einen klassischen, beigefarbenen Hosenanzug, ihre Augen und ihr Haar wirkten noch schwärzer. Und er kam zu dem Schluß, daß sie in einem schicken Restaurant mitnichten fehl am Platze und in einem Museum unter Garantie hinreißend aussehen würde. Wenn sie den Kopf zum Trinken senkte, fielen ihr die weichen dunklen Lokken ums Gesicht wie in Zeitlupe in einem Fernsehwerbespot. Als sie sich beide einmal nach vorn über den Tisch beugten, roch er den sauberen, waldigen Duft ihres Haars.

Aus irgendeinem Grunde fing sie an, über ihr Privatleben zu reden. Mit achtzehn hatte sie in ihrer Heimatstadt Denver geheiratet, sich aber nach ein paar Monaten scheiden lassen, weil ihr junger Gatte Probleme mit Drogen hatte. Dann war sie in die Armee geraten und hatte als Militärpolizistin in Deutschland gedient.

»Das war eine interessante Erfahrung. Ich habe Schießen gelernt und bin ziemlich gut in Judo und Karate geworden.«

»Da zieh ich die Einladung in mein Motel wohl besser zurück«, sagte Gideon.

Als die Kellnerin kam, um die Bestellung aufzunehmen, hatte er noch nicht einmal in die Speisekarte geschaut.

»Der geräucherte Lachs hier ist berühmt, Professor«, sagte Julie.

»Da hat sie recht, Professor«, fiel die Kellnerin ein, und als Gideon sein Einverständnis nickte, notierte sie es mit offensichtlicher Befriedigung.

»Julie«, sagte Gideon, »ich bin der letzte, der nicht ein wenig Respekt zu schätzen weiß, aber ›Gideon‹ wäre mir schon lieber als ›Professor‹, wenn Sie nichts dagegen haben.«

»Nein, wunderbar; mir ist nur aufgefallen, daß John Sie ›Doc‹ nennt, deshalb dachte ich, das gefiele Ihnen.«

»Vor Urzeiten habe ich ihm gesagt, er soll mich mit Vornamen anreden. Woraufhin er mich ›Gid‹ genannt hat. ›Doc‹ ist ein Kompromiß.«

Gideon fiel auf, daß sie ihn nichts Persönliches fragte, woraus er schloß, daß John ihr von Nora erzählt hatte. Er freute sich darüber, denn es hieß, daß Julie so interessiert gewesen war, Fragen zu stellen.

Als der Lachs zusammen mit einer Flasche Gamay Beaujolais kam, die Gideon entgegen Eleanors ausdrücklichem Hinweis, zu Fisch gehöre Weißwein, bestellt hatte, wurde er ihm ehrfürchtig vorgesetzt.

»Wohl bekomm's«, sagte Eleanor, auch die Stimme heiser vor Ehrfurcht.

Der Fisch war wirklich außerordentlich gut, das rosafarbene, feste Fleisch schmeckte wie feines Kalbfleisch.

»Das ist Alaskalachs«, sagte Julie. »Die Quinault-Indianer haben Zuchtanlagen im See, sonst kriegt keiner die Erlaubnis. Die Lodge hat einen Spezialvertrag mit ihnen.«

»Köstlich.«

»Sie fangen sie mit Speeren mit Knochenspitzen«, sagte Julie, vor sich hinkauend.

Gideon legte die Gabel weg. »*Was?*«

Julie lachte. »War nur ein Witz. Sie fangen sie nur mit den modernsten Methoden, wirklich.«

»Freut mich zu hören«, sagte Gideon und widmete sich wieder seinem Fisch, aber in Gedanken kehrte er zu der dreieckigen Speerspitze auf dem Tisch im Arbeitsraum zurück. Geistesabwesend trank er seinen Beaujolais.

»Huch«, sagte Julie, »ich habe ihn auf ernste Gedanken gebracht.« Sie trank ihr Glas aus und hielt es ihm hin, damit er nachschenkte. »Reden wir wieder über uns.«

Gideon schüttelte langsam den Kopf. »Irgendwas geht mir im Kopf herum...«

»Was?«

»Ich weiß nicht, aber irgend etwas stimmt nicht. ›Stimmt nicht‹ ist vielleicht verkehrt, aber irgend etwas ist nicht stimmig.« Er schenkte ihr und sich nach. »Ach, zum Teufel. Intuition kommt, wie sie kommt, man kann sie nicht forcieren; zumindest ich meine nicht.«

Sie stießen wieder an und unterhielten sich für den Rest des Hauptganges über alles mögliche. Als Gideon um die Rechnung bat, sagte Eleanor, sie dürften gar nicht daran denken zu gehen, ohne zum Kaffee die Spezialität des Hauses, Schokolade-Käsesahnekuchen, zu bestellen.

»Wenn sie ihn bringt und wieder ›Wohl bekomm's‹ sagt, fang ich an zu schreien«, sagte Julie.

»So wahr mir Gott helfe, ich bringe sie um.«

»Wohl bekomm's«, wünschte Eleanor von Herzen, als sie ihnen den Kuchen servierte. Als Antwort bekam sie ein prustendes Gelächter, so daß sie sich völlig perplex, aber strahlend von dannen begab.

Im letzten rötlichen Abendlicht gingen sie über den menschenleeren, kühlen Rasen zum Ufer und lauschten dem sanften, stetigen Plätschern der Wellen auf den Kieselsteinen.

»Werfen Sie jetzt einen Stein ins Wasser?« fragte Julie.

»Warum sollte ich?« Genau das hatte er gerade tun wollen.

»Angeborener männlicher Wesenszug. Steckt in den Genen. Ist Ihnen das noch nie aufgefallen? Ab dem zarten Alter von drei kann kein männliches Wesen an einem Gewässer vorbeigehen, ohne einen Stein hineinzuwerfen. Darum versanden unsere Seen.«

»Aha. Aber ich bin kein hundsgewöhnlicher Werfer. Ich bin Weltklasse-Steinchenschmeißer, Silbermedaille bei den Olympischen Spielen neunzehnhundertvier. Also, Platz da.«

Seitlich aus der Hüfte heraus warf er einen Kieselstein in den dunkler werdenden See. Als er über das Wasser hüpfte und sich auf der glatten Wasseroberfläche Kreise ausbreiteten, zählten sie beide die weichen Spritzer. »Zwei, drei, vier ... fünf.«

»Ein neuer Weltrekord«, sagte Gideon, »und Sie waren dabei.«

»Lassen Sie mich auch mal«, sagte Julie. »Achtung!«

»Sie halten ihn zu hoch. Sie müssen von unten heraus werfen.«

»Ach ja?« Sie warf den Stein. Ein schweres Platschen ertönte. »Eins«, sagten sie.

»Sehen Sie?«

Julie schüttelte den Kopf. »Nein. Ich glaube, das ist etwas, das Männer können und Frauen nicht. Basta.«

»Da könnten Sie recht haben. Frauen werfen anders als Männer; sie haben andere Schultergürtel. Bei einem Mann ist der oberste Teil des Brustbeins auf einer Ebene mit dem dritten Brustwirbel –« Als Julie lachte, hörte er auf zu reden. »Da haben Sie's, John hat recht«, sagte er lächelnd. »Ich neige dazu, Vorträge zu halten.«

»Mir gefällt's«, sagte sie. »Sie sind Professor. Da gehört es sich so. Sind Sie auch immer zerstreut?«

»Hm, ja, äh, das kommt mehr oder weniger auf den Charakter des ... Wie lautete die Frage noch, bitte?«

Wieder lachte sie, und eine Weile blieben sie schweigend stehen, lauschten dem Wasser und atmeten die saubere Brise, die vom See kam. Gideon hegte allmählich den Gedanken, den Arm um sie zu legen. Taten die Leute das noch beim ersten Rendezvous? Oder rannten sie schnurstracks ins Bett und legten sich die Arme erst dann um die Schultern, wenn sie sich besser kannten?

»Kalt?« fragte er, als er sah, daß sie zitterte. »Würden Sie gern einen Schlummertrunk an der Bar trinken?«

»Ich mag Bars nicht so besonders.«

»Ich auch nicht«, sagte er aus tiefstem Herzen. »Aber in meinem Cottage habe ich Whiskey, wir müssen nur über den Rasen gehen.«

Eine endlose Sekunde lang sah sie ihn an. »Ich glaube fast, diesmal ist die Bar besser.«

Als sie vom See wegschlenderten, lächelte sie und nahm seinen Arm. »Ich muß erst mal wieder Karate üben.«

Nach dem ruhigen kühlen Seeufer war die Bar ein Schock, voll fröhlicher, lauter Menschen zwischen fünfzig und siebzig. Selbst die Wände waren überfüllt: von allen geeigneten Stellen schauten Elch-, Antilopen- und Rotwildköpfe mit glänzenden, grüblerischen Augen auf sie herab. Über dem Tresen hing ein monströser Lachs, und übers Klavier tappste sogar ein kleiner Bär, der einen Fuß erhoben hatte und mitten im Laufen erstarrt zu sein schien.

Sie fanden einen freien Tisch in einer Ecke und setzten sich. In dem Gelächter und so nah beieinander waren sie plötzlich gehemmt und immer noch auf der Suche nach einem Gesprächsstoff, als Gideons Kognak und Julies Grand Marnier kamen.

»Jetzt werd ich aber üben«, sagte Julie. »Ich will Ihren Steinchenschmeißerrekord brechen, selbst wenn meine Wirbel komisch sind.«

»Sie sind nicht komisch«, sagte Gideon fröhlich und

tat sein Bestes, um die Unterhaltung wieder in Gang zu bringen, »es geht nur um das Verhältnis zum Brustbein...« Jäh stellte er seinen Kognakschwenker hin. »Heiliger Strohsack, wissen Sie, wo Ihr siebter Brustwirbel ist?«

»Nein. Hab ich den verloren?«

»Nein, ich meine es ernst«, sagte er. »Er ist ungefähr in der Mitte des Rückens, da, wo der Brustkorb am umfangreichsten ist.«

»Faszinierend, aber ich kann mich des Gefühls nicht erwehren, daß ich etwas nicht ganz mitkriege.«

»Julie, der siebte Brustwirbel – der, in dem die Speerspitze steckte – der ist hier...« Mit der linken Hand langte er über seine rechte Schulter und mit der rechten unter den linken Arm, aber er kam nicht dran. »Lassen Sie mich Ihren ertasten«, sagte er und beugte sich zu ihr vor.

»Professor Oliver! Ist das gestattet in der Öffentlichkeit?«

»Verdammt, Julie –«

»Zu Befehl, Sir«, sagte sie schnell, stellte ihren Likör hin und drehte sich so, daß er an ihren Rücken kam.

Mit geübter Hand fand er rasch den vertrauten Vorsprung des letzten Halswirbels am unteren Teil des Halses, dann den ersten Brustwirbel und dann den zweiten. Danach war das Rückgrat wegen der Rückenmuskeln schwerer zu ertasten, aber er arbeitete sich sorgfältig nach unten und zählte laut, bis er auf den siebten drückte.

»Da!«

»Autsch!«

»Sehen Sie, er ist mitten in Ihrem Thorax.«

Er nahm die Hand von ihrer Wirbelsäule und lehnte sich zurück. »Wenn ein Speer den siebten Brustwirbel von vorn durchdringen soll, muß er hier eindringen.« Er legte einen Finger in die Mitte seines Brustkorbs.

»Das täte weh, und zwar nicht zu knapp.«

»Und nicht zu lange. Ich wäre sofort tot. Aber darüber denke ich nicht nach.«

Sie schob ihm seinen Kognak über den Tisch zu und wartete, daß er weiterredete, ihr Blick war jetzt sehr viel ernsthafter.

»Schauen Sie«, sagte er, die Hand wieder auf dem Brustkorb, »der Speer hätte durch den dicksten Teil des Brustbeins gehen und vermutlich ein paar Bänder, die Rippen und Brustbein verbinden, durchschneiden müssen. Und zwar, nachdem er die Sehnen des Brustmuskels durchtrennt hätte.«

Er trank den Kognak, ohne ihn zu schmecken. Vor seinem inneren Auge sah er den Brusthohlraum. »Dann wäre er mitten durchs Herz gegangen, schnurstracks durch das Ding – und das Herz ist ein wahnsinnig zäher Muskelklumpen. Und danach – Venen, Nerven und Speiseröhre wollen wir mal außer acht lassen – ist er mehr als zwei Zentimeter in einen lebendigen Wirbel eingedrungen.«

»Tolle Leistung für eine Knochenspeerspitze«, sagte sie.

Er nickte. »Und vergessen Sie nicht, Eckert war ein großer Kerl mit starken Knochen und Muskeln. Julie, ich kann mir nicht vorstellen, wie jemand einen Speer mit solcher Kraft werfen kann. Einen rasierklingenscharfen, perfekt ausbalancierten Speer vielleicht, aber nicht einen mit solch einer groben Knochenspitze.«

»Und was ist, wenn es überhaupt kein Speer war? Wenn ein Pfeil von einem Bogen abgeschossen worden wäre, hätte da mehr Kraft drin gesteckt?«

»Ja, aber die Spitze ist zu groß für einen Pfeil. Der Schaft müßte ein Meter fünfzig lang sein, damit er austariert werden könnte.«

»Was ist mit einer Armbrust?«

Gideons Miene erhellte sich einen Moment lang, dann schüttelte er den Kopf.

»Da wäre die notwendige Kraft dahinter, aber ich glaube, die Spitze ist auch zu groß für eine Armbrust. Über Armbrüste weiß ich allerdings nichts; wir können John fragen.«

»Uach«, sagte Julie und zitterte plötzlich.

»Was ist?«

»Ich habe mir gerade vorgestellt, wie jemand mit einer Armbrust durch den dunklen Regenwald schleicht und sich an Menschen heranpirscht.«

Ihre Hand lag auf dem Tisch am Fuß des Glases. Er legte seine darauf. »Ja, gruselig«, sagte er. »Aber wenn Sie die Armbrust ausschließen, sind die Alternativen noch gruseliger.«

»Wie zum Beispiel?«

»Wie zum Beispiel, daß jemand Eckert auf den Rücken geworfen und dann einen Holzhammer benutzt hat, um ihm den Speer durchs Herz zu treiben. Das hätte es gebracht.«

»O weia, wenn Sie gruselig sagen, dann meinen Sie es aber auch. Warum sollte das jemand tun? Ich meine, wenn wir die Möglichkeit ausschließen, daß Eckert ein Vampir war.« Als er nicht lächelte, fuhr sie fort: »Gideon, glauben Sie, es war so ein abstruser Kult? Oder machen Sie nur Witze?«

Er tätschelte ihr die Hand. »Nein, mitnichten, aber ich glaube auch nicht, daß das passiert ist. Das Problem ist«, sagte er und trank seinen Kognak aus, »das Problem ist nur, die einzige andere Schlußfolgerung, auf die ich komme, ist noch abstruser.«

Schweigend saß er da und starrte zwei tiefe, ruhige Atemzüge lang auf das leere Glas auf dem Tisch.

»Dr. Oliver«, sagte Julie schließlich, »hat Ihnen schon einmal jemand gesagt, daß Sie manchmal ein klitzekleines, aufreizendes bißchen langsam sind, bis Sie auf den Punkt kommen?«

»Des öfteren«, sagte er lächelnd. »Ich versuche nur gerade, die rechten Worte zu finden, ohne wie eine Gestalt aus einem Dreißiger-Jahre-Horrorfilm zu klingen.« Er legte die Hände flach auf den Tisch und schaute sie offen an. »Also gut, Frau Lehrerin, die Schlußfolgerung, die zu ziehen ich mich gezwungen sehe, ist folgende: Eckert wurde von jemandem – von etwas – mit übermenschlichen Kräften umgebracht.«

Julie riß die Augen auf. Wie Katzenaugen glühten sie in dem trüben Licht kurz auf, als hinter Gideon jemand ein Streichholz anzündete. »Gideon, Sie meinen doch nicht etwa...?«

»Bigfoot? Keineswegs. Übermenschlich bedeutet nicht notwendigerweise übernatürlich, Julie. Bigfoot existiert nicht, er kann nicht existieren.«

»Aber was hat Eckert dann umgebracht?«

Gideon schüttelte langsam den Kopf. »Das ist mir ein absolutes Rätsel.«

4

Gideon war bester Laune. Wie üblich hatte er gut geschlafen, war gegen sechs aufgestanden und hatte über die dunstigen Fußwege auf dem Hügel vor der Lodge einen erfrischenden Frühmorgenspaziergang unternommen. Belebt, aber feucht und kalt, hatte er dann im Speiseraum ein großes Frühstück mit Eiern und Schinken verzehrt und bei zwei Tassen Kaffee dagesessen und zufrieden den ruhigen See betrachtet.

Nun saß er satt, entspannt und angenehm müde auf einem verwitterten, bequemen hölzernen Gartenstuhl, die langen Beine ausgestreckt und übereinandergeschlagen. Die Pressekonferenz dauerte bereits eine halbe Stunde, und bisher hatte Julie die meisten Fragen beantwortet.

In ruhigem professionellen Ton hatte sie den drei Reportern erklärt, daß eines der vor zwei Tagen aufgefundenen Skelette vorläufig als Eckert identifiziert worden und ein Knochenspeer das mutmaßliche Mordinstrument gewesen sei. Gideon goß sich Kaffee aus der silbernen Thermoskanne nach, die aus dem Speiseraum auf den Rasen gebracht worden war, und lehnte sich wieder im Stuhl zurück. Er ließ seine Gedanken schweifen und döste beinahe ein. Fragen und Antworten wurden heruntergeleiert; das goldene Morgensonnenlicht schien warm auf seine Wangen.

Er öffnete die Augen und merkte plötzlich, daß die Reporter ihn freundlich anschauten, die Stifte gezückt.

»Oh«, sagte er, »ich habe leider die Frage nicht mitbekommen.«

»Aha, hm, da haben wir Provinzler den Professor wohl zum Einschlafen gebracht«, sagte der älteste der Reporter, ein stämmiger, rotgesichtiger Mann von fünfzig, der vor dreißig Jahren gewiß ein rasender Jungreporter gewesen war. Runder flacher Filzhut, Fliege, breites Grinsen. Die Fliege saß am Platze, das süffisante Grinsen auch, ursprünglich war es sicher ein Lächeln gewesen.

»Tut mir leid«, sagte Gideon. »Ich war mit den Gedanken ganz woanders. Wenn Sie die Frage wiederholen würden, beantworte ich sie gern, Mr. . . .«

»Gestatten, mein Name ist Hood, Zeitungsfritze, wie ich schon sagte. Meine Freunde nennen mich Nate. Ich sage Ihnen eins, Gideon, von Knochen und so hab ich keinen blassen Schimmer, aber wenn mich nicht alles täuscht, bräuchte man die Kraft von zehn Ochsen, um dem armen Burschen einen Knochenspeer durchs Brustbein zu jagen . . . heißt das so?«

»Ja, Sternum.«

»Hm, Sternum, Sternum, eijeijei.« Er schlürfte einen Schluck Kaffee und schlug seine dicken Beine übereinander, dehnte den kräftigen Stoff seiner Hosen und gab in unangenehmer Detailtreue die Konturen eines feisten Oberschenkels preis. »Also, durch sein Sternum und dann sein Herz und durch alles andere da drin, und trotzdem tief im Rückgrat steckengeblieben.«

»In einem Wirbel. Im siebten Brustwirbel.«

»Alles klaro. *Numero* sieben. Auch egal, ich zerbreche mir die ganze Zeit den Kopf darüber, was für ein starker *hombre* man sein muß, um das hinzukriegen. Meinen Sie nicht auch?«

»Eine gute Überlegung, Mr. Hood. Sie haben ganz recht. Jeder x-beliebige könnte das nicht. Man braucht außergewöhnliche Kräfte, übermenschliche Kräfte, um diesen Speer – diesen Knochenspeer – so tief dort hineinzutreiben.«

»Was ist mit Bigfoot?« Die Frage kam von einem hochaufgeschossenen, nervösen Mädchen von zwanzig, das sich kurz und bündig als Walker vom *Globe* vorgestellt hatte.

Gideon lächelte. »Bigfoot könnte es getan haben, unter der Voraussetzung, daß er – wie groß soll er sein, zweifünfzig, zweisiebzig und gebaut wie ein Gorilla? Doch ich glaube, gegen diese Schlußfolgerung spricht einiges, und zwar mit am gewichtigsten, daß er mit an Sicherheit grenzender Wahrscheinlichkeit nicht existiert.«

»Aber –« fing das Mädchen an.

»Aber *etwas* hat den Mann getötet«, fiel Hood ein. »Was für ein Etwas *rennt* denn nun im Quinault Valley rum? Ich bitte Sie, übermenschliche Kräfte, trägt einen Knochenspeer . . .?«

Julie wurde unruhig und öffnete den Mund, aber Gideon sprach als erster: »Das sagen Sie, Mr. Hood, nicht ich. Ich weiß nicht, was Mr. Eckert umgebracht hat, beziehungsweise, *wer* ihn umgebracht hat, und ich hoffe, das werden Sie in dem Artikel, den Sie schreiben, in Betracht ziehen.«

»*Falls* ich einen Artikel schreibe. Sie geben uns ja nicht gerade viel, über das wir schreiben können.«

Walker vom *Globe* hob eine Kinderhand mit abgekauten, schmuddeligen Nägeln und einem zentimeterkurzen Bleistiftstummel. »Und was tut das FBI, um –«

Diesmal unterbrach Julie. »Ich glaube, wir haben zu allem Stellung bezogen, zu dem wir das können. Es tut mir leid, daß Mr. Lau nicht hier ist, um Ihnen die Auffassungen des FBI mitzuteilen, aber ich gebe Ihnen Bescheid, sobald es etwas zu berichten gibt.«

Als die Reporter weg waren, schenkte Gideon noch einmal zwei Tassen Kaffee aus der silbernen Kanne aus. »Das war gar nicht übel«, sagte er. »Meine erste Pressekonferenz, wußten Sie das?«

»Darauf wäre ich nie gekommen.«

»Wie meinen? Ich finde, ich habe mich gut geschlagen. Hat Ihnen gefallen, wie ich diese miese Type Hood abgefertigt habe? Ich weiß, was er wollte.«

»Oh, großartig, wunderbar. Mit dem größten Vergnügen werde ich die Zeitungen lesen.«

»Was ist, Julie? Was habe ich falsch gemacht, außer daß ich eingeschlafen bin?«

Sie wollte sich nicht näher darüber auslassen, und in einträchtigem Schweigen tranken sie ihren Kaffee, genossen das Sonnenlicht und die fröhlichen Stimmen der Hotelgäste, die in Ferienstimmung zum See hinunterbummelten.

»Gideon«, sagte Julie nach einer Weile, »was, glauben Sie denn, hat ihn umgebracht?«

»Wer, nicht was.«

»Gut, wer?«

»Ich kann mir einige Möglichkeiten vorstellen. Als erstes eine rituelle Exekution oder eine Opferung. Vielleicht ein Kult – so was in der Art, über das wir gestern abend gesprochen haben: ein Pfahl durchs Herz getrieben oder etwas Ähnliches.«

»Wie schrecklich. Glauben Sie das wirklich?«

Gideon fuhr mit dem Finger um den Rand der leeren Tasse. »Nein, ich bezweifle es. Ich habe noch nie gehört, daß so etwas schon einmal passiert ist. Nicht, daß ich etwas über Kultmorde wüßte. Oder wissen wollte.«

»Und die anderen Möglichkeiten?«

»Hm, daß vielleicht eine kleine Gruppe Indianer, primitive Indianer, in dem Regenwald lebt –«

»Gestern abend nach dem Abendessen habe ich noch einmal in meiner *Ethnographie der Nordwestküste* gelesen. Im Regenwald selbst haben nie Indianer gelebt.«

Gideon zuckte nachdenklich mit den Schultern und beobachtete eine laute, lachende Gruppe Teenager, die in der Nähe Volleyball spielte, Jungen gegen Mädchen. »Fern sei mir«, sagte er, »mich mit der *Ethnographie der Nordwestküste* anzulegen, doch wenn sie dort auch nicht gelebt haben, so sind sie dort gewiß gestorben. Die Korbbestattungen, zumindest die, bei denen ich die Rasse bestimmen konnte, waren von waschechten amerikanischen Indianern. Und die Körbe sahen mit Sicherheit amerindianisch aus, selbst wenn sie nicht von hier sind.«

»Kann sein ... Sie sind ja nicht der erste, der die Vermutung äußert. Dennis Blackpath, ein graduierter Student aus Alabama oder Mississippi, hat mehrere Sommer hier verbracht und um Quinault herumgeschnüffelt und für seine Dissertation geforscht.«

»Blackpath? Das klingt, als sei er selbst Indianer.«

»Ist er, glaube ich, auch – zumindest teilweise. Er hatte die Theorie, daß es einen eigentlich ausgestorbenen indianischen Stamm im Regenwald gibt.«

»Wahrhaftig? Warum haben Sie das nicht schon früher erwähnt?«

»Na ja, das war vor sechs oder sieben Jahren – vor meiner Zeit. Und ich weiß auch nur deshalb etwas davon, weil er unter den anderen Rangern hier über die Jahre so was wie eine Witzfigur geworden ist. Er war wohl ein Spinner erster Güte. Und hat natürlich nie etwas gefunden.«

»Trotzdem«, sagte Gideon, »wenn er Beweise hatte...«

»Gideon«, sagte sie und lehnte sich aufmerksam gespannt nach vorn, »wenn da drin eine Gruppe Indianer herumwandern würde, dann wüßte ich das. Man hätte sie gesehen, sie hätten Spuren hinterlassen, es hätte Gerüchte gegeben.« Sie schüttelte den Kopf. »Nein, ich sehe einfach nicht, wie das möglich sein soll.«

»Ich weiß«, sagte Gideon verdrossen. »Sehr glaubhaft ist es nicht, was?«

»Außerdem: die Chose mit den übermenschlichen Kräften.«

»Wieso?«

»Indianer sind nicht stärker als andere Menschen auch. Oder?«

»Nein, natürlich nicht.«

»Also, ob Indianer oder nicht, die Frage, warum der Speer so tief eingedrungen ist, müssen Sie immer noch beantworten.«

»Ja«, sagte er. »Ich meine, nein. John muß sie beantworten. Meine Rolle bei dem Ganzen ist beendet. Soll ich uns noch ein bißchen Kaffee holen?«

»Nein, danke. Werden Sie böse, wenn ich Sie etwas frage?«

»Wahrscheinlich. Woher soll ich es wissen, wenn Sie noch gar nicht gefragt haben?«

Julie lachte, ein lustiges, leichtes Lachen, bei dem Gideon das Gefühl bekam, daß sie einander mochten und verstanden. »Mein Gott, ich habe noch nicht einmal gefragt, und schon ist er sauer.«

»Ja«, sagte Gideon, »und zwar deshalb, weil etwas in meinem Unterbewußtsein, scharfsinnig, wie es nun einmal ist, mir sagt, es geht um Bigfoot.«

»Ja, aber schließlich und endlich ist ›übermenschliche Kraft‹ *Ihr* Terminus –«

»Zu meinem wachsenden Bedauern.«

»– und Sie haben keine eigenen plausiblen Theorien. Schauen Sie, John müßte jede Minute hier sein. Könnten wir nicht alle drei losgehen und uns diese Fußspuren einmal anschauen? Sind Sie nicht ein klitzekleines bißchen neugierig?«

Vom Volleyballspielfeld kam ein Schrei, und der Ball hüpfte über das rutschige Gras auf sie zu. Gideon fing ihn mit einer Hand, stand auf und schlug ihn, alles in einer einzigen Bewegung, mit der Faust übers Netz, mehr als zwanzig Meter entfernt.

»He, toller Schlag, Mister«, rief ein großes, blondes Mädchen mit langen, braunen Beinen. »Jungs, habt ihr das gesehen?«

»Ja und? Keine Kunst«, murmelte einer der Jungs so laut, daß Gideon es hören konnte.

»Genau, keine Kunst«, sagte Julie und lächelte ihn an. »Glotzen Sie nicht so selbstgerecht. Das ist kein Talent, sondern der *Macho*schultergürtel.«

Gideon stand in der Sonne, schaute auf sie hinunter, die reine Morgenbrise zerzauste ihm das Haar, er spürte den Schmerz von dem Volleyball noch auf den Fingerknöcheln und war merkwürdig glücklich. Er langte nach ihrer Hand und zog sie einfach so aus dem Stuhl, er fühlte sich stark und als ob alles möglich wäre.

»Okay«, sagte er, lachte und hielt sie an beiden Händen, »schauen wir uns die Fußspuren dieses Monsters mal an.«

Sie fuhren auf der South Shore Road nach Osten durch riesige Föhren, Hemlocktannen und Fichten, die moosüberzogen und mit Flechten bedeckt waren. Nach ein paar Meilen verengte sich der See zum Fluß, dem Upper Quinault River, die befestigte Straße ging in einen Kiesweg über und der in eine bloße Fahrrinne. Im Fahrerhäuschen des Park-Service-Pickup war es eng für sie alle drei. Gideon saß unbequem in der Mitte, eingezwängt zwischen Julie auf dem Fahrersitz und John zu seiner Rechten, und ließ sich durchrütteln. Julie fuhr schnell und gut, am Steuer und im Wald war sie offenbar in ihrem Element.

Gideon hatte seine anfängliche Reaktion auf den Wald überwunden. Die hoch sich erhebenden, immer dunkler werdenden Bäume im schimmernden Licht erschienen ihm nun majestätisch und wunderschön.

»Dann gehe ich also davon aus«, sagte er zu Julie, »daß das hier der *echte* Regenwald ist.«

»Ist es«, sagte sie mit Besitzerstolz. »Wie gefällt er Ihnen?«

»Verdammt dunkel«, murmelte John zum Fenster hinaus.

»Herrlich«, sagte Gideon einfach.

Julie lächelte ihn sichtlich erfreut an.

»Wodurch wird er denn, genaugenommen, zum Regenwald?« fragte er.

»Weil es dauernd regnet, verdammt«, grummelte John und schaute immer noch aus dem Fenster. »Schlimmer als in Seattle.«

»Eigentlich«, sagte Julie, »regnet es von Juli bis Oktober kaum. Der ganze Regen fällt im Winter.«

»Wieviel Regen fällt im Jahr?« fragte Gideon und fügte, rechtzeitig mit Johns Gebrummel, schnell hinzu: »Verdammt noch mal, zuviel!«

Sie lachten. Julie sagte: »Drei bis vier Meter fünfzig im

Jahr; ungefähr dreihundertundsiebzig Zentimeter.« Sie wartete Gideons obligatorisches leises Pfeifen ab und fuhr dann fort: »Im strengen Sinne ist es kein Regenwald. Mit dem Begriff bezeichnet man eigentlich nur die tropischen Wälder mit breitblättrigen Bäumen, Lianengewächsen und Lehmboden. Die Bäume hier sind immergrün, und der Boden ist phantastisch fruchtbar. Bis zu achtzig, neunzig Zentimeter tief können Sie mit den Fingern durch Humus graben. Aber die Temperaturen sind mild, es ist naß, die Baumkronen bilden ein ziemlich geschlossenes Dach, Unmengen Farne und Blumen und Moose wachsen auf dem Boden, und die meisten Botaniker stimmen heutzutage darin überein, daß er damit als Regenwald zu klassifizieren ist – der einzige in der nördlichen Hemisphäre und der einzige auf der Erde mit Nadelhölzern.«

»Ich bin angemessen beeindruckt«, sagte Gideon.

»Viel zu sehr wie Hawaii«, sagte John. »Alles ist so verdammt naß und matschig, es fällt auseinander, wenn man es anfaßt.«

»John«, sagte Gideon, »Sie müssen der einzige Mensch auf der ganzen Welt sein – und bestimmt der einzige, der dort geboren ist –, der Hawaii haßt.«

»Verdammt zu naß«, sagte John wieder. »Ich wünschte, ich würde nach Tucson versetzt.«

Nach einer halben Stunde überquerten sie den Fluß auf einer erstaunlich modernen Brücke und folgten einem Wegweiser zur North Fork Ranger Station. Dann fuhr Julie den Wagen rechts ran – bis dahin war der Randstreifen nicht breit genug zum Parken gewesen –, und hielt.

»Da sind wir«, sagte sie. »Es ist da oben auf dem Kamm.«

Auf einem schmalen Zickzackpfad wanderten sie den sanften Abhang hinauf. Gideon, der im Wald so gut wie keinen Ortsinn hatte, verlor in dreißig Sekunden den Wagen und die Straße aus den Augen. Binnen zweier Minuten hatte er keine Ahnung mehr, in welcher Richtung sie sich befanden. Aber der Pfad war gut markiert und leicht begehbar, und Gideon versank in den Düften und vielen verschiedenen Grüns.

Nach zwanzig Minuten verließen sie den Weg, kletterten eine knapp fünfzig Meter hohe Böschung hoch und standen auf einer schmalen Lichtung. Sofort war der Weg verschluckt; es war, als seien sie meilenweit von Wegen überhaupt entfernt. Vor ihnen war eine sechzig mal sechzig Meter große Fläche vom Unterholz freigemacht und mit tiefen rechtwinklig zueinanderstehenden Gräben versehen.

»Sieht aus wie eine Ausgrabungsstätte«, sagte Gideon. »Sind die Leichen hier gefunden worden?«

»Ja«, sagte John, »und hier sind die Fußspuren.« Er ging quer über die Lichtung auf die andere Seite, Gideon und Julie folgten ihm, alle drei bewegten sich vorsichtig zwischen den Gräben hindurch. »Die Spuren kommen offenbar von dort«, fuhr John fort, »ziehen sich einmal um die Lichtung herum und verschwinden dann hierher.«

»Ganz schön zertrampelt, was?« sagte Gideon stirnrunzelnd.

»Ja, nach all den Leuten von der Sasquatch-Gesellschaft und dann unseren Männern, die die Abgüsse gemacht haben, ist wohl nicht mehr viel übrig, das sich noch anzusehen lohnt.«

Julie lief ein paar Meter ins Unterholz in die Richtung, aus der die Fußspuren gekommen waren. »Ein guter Abdruck müßte noch da sein, wenn er nicht seit gestern auch vermasselt ist... Hier ist er.«

Frisch im weichen Humusboden des Walds abgebildet, befand sich ein riesiger Fußabdruck mit gespreizten Zehen, im großen und ganzen geformt wie der eines Menschen, aber eben sehr, sehr lang.

Gideon kniete sich hin und zog ein Maßband heraus. »Sechsundvierzig Komma drei zwei Zentimeter«, sagte Julie, »und an der breitesten Stelle zwanzig Komma drei zwei Zentimeter.«

Gideon bestätigte die Maße rasch, legte sich dann, alle viere von sich gestreckt, auf die lockere, duftende Erde, stützte sich auf die Ellbogen und begutachtete den Fußabdruck, die Nase dreißig Zentimeter darüber. Nach einer Minute kniete er sich wieder hin, klopfte sich die Erde ab, den Blick aber immer noch auf der Spur.

»Bedaure, Leute«, sagte er. »Glaubt mir, ich würde euch liebend gern sagen, daß er aussieht, als sei er von einem lebendigen Wesen.« Er schaute John an und schüttelte den Kopf. »Aber er ist fingiert.«

Er hatte mit Widerspruch gerechnet, doch John kniete sich ebenfalls hin, um besser sehen zu können. »Woran merkst du das?« fragte er leise.

»Da drückt sich kein Schritt ab, da ist keine Dynamik drin. Bei einem im Prinzip menschlichen Fußabdruck wie dem hier erwartet man, daß er von einem im Prinzip menschlichen Schreiten stammt, das beginnt, wenn die Ferse den Boden berührt. Dann drückt sich die Seite des Fußes ab, macht einen Bogen bis zum Ballen und endet mit dem Abfedern der Zehen.« Er stand auf und zeigte auf den Abdruck. »Dieser Abdruck ist aber platsch! von hinten bis vorn auf einmal gemacht worden, und dann hat man ungeschickt versucht, ihn an der Ferse zu korrigieren, um ein Schreiten zu imitieren. Meiner Meinung nach würden eher ein Pferd oder ein Hirsch einen solchen Abdruck hinterlassen, aber ich weiß natürlich nicht viel über Spuren –«

John, immer noch auf den Knien, schaute auf. »Du weißt *was*?«

»Genauer gesagt, weiß ich überhaupt nichts über Spuren. Ich kann eine Bärenspur nicht von einer Kaninchenspur unterscheiden.«

»Ja, lieber Himmel, warum bist du dann so gottverdammt sicher, daß die hier nicht echt ist?«

»Weil es mit Fußabdrücken nichts zu tun hat. Es ist eine Frage der Biomechanik der Fortbewegung –«

Da war John aber auf den Beinen und wedelte wild mit den Armen. »O Mann, Doc, wenn du so anfängst zu reden, dann weiß ich, du hast keine Ahnung, was du sagst.«

»Das stimmt nicht«, sagte Gideon gereizt. »Ich kann doch nichts dafür, wenn du außerstande bist, meiner vollkommen direkten wissenschaftlichen Redeweise zu folgen –«

»Keine Panik, Jungs«, sagte Julie, setzte sich auf einen umgefallenen Baumstamm und zog sich die Schuhe aus, »ich weiß was über Spuren, und ich glaube, Gideon hat recht. Aber wir können es ja empirisch überprüfen.«

Ihre Füße waren breit und kräftig und braun, wie Gideon sie sich vorgestellt hatte, und sie hatte kleine, feste Zehen. »Aah«, sagte sie, »ein herrliches Gefühl! Ihr solltet auch die Schuhe ausziehen.« Sie wackelte mit den Zehen. »Alles klar, was soll ich tun?«

»Gehen Sie auf die andere Seite der Lichtung und kommen Sie dann so normal wie möglich zurück«, sagte Gideon.

Das tat sie und marschierte schnurstracks zu Gideon. Sie reichte ihm bis etwas übers Kinn.

»Jetzt«, sagte er, »stampfen Sie neben dem rechten Fußabdruck, den Sie dort gemacht haben, mit dem rechten Fuß einmal fest auf.«

Sie stellten sich nebeneinander, um sich die Spuren anzusehen. Zu erklären gab es eigentlich nichts mehr, aber Gideon konnte es nicht lassen. »Es wird euch nicht entgehen«, sagte er in seiner professoralen Art, »daß der einzelne Fußabdruck, der in den Boden gestampft ist, sich klar und deutlich abzeichnet. Aber schaut euch die Spuren an, die beim Gehen entstanden sind. Nur an Ferse und Zehen sind sie richtig tief; die äußeren Ränder sind zwar sichtbar, aber undeutlich und flach. Der Innenrand zwischen Ballen und Ferse hat überhaupt keinen Abdruck hinterlassen.« Er schaute Julie an, grinste anzüglich, und zwirbelte einen imaginären Schnauzbart. »Sie haben einen wunderhübschen Spann, meine Liebe, wunderhübsch.«

»Danke«, sagte sie.

»Sehr wichtig ist«, fuhr Gideon fort, »daß die Gehspuren kleine Erdverwerfungen direkt hinter den Zehen haben. Die entstehen, wenn sich die Zehen bei jedem Schritt neu abstoßen. Ebenso charakteristisch ist, daß die Zehen den tiefsten Eindruck hinterlassen, die Ferse einen flacheren und die Sohle den flachsten. Wohingegen der eingestampfte Abdruck –«

»Alles paletti, Doc«, sagte John und fügte sich gutmütig ins Unvermeidliche, »du hast recht. Der hier ist getürkt.«

»Wirklich, einwandfrei«, sagte Julie.

»Klar«, murmelte Gideon, »wie Watson Holmes immer erzählte – *a posteriori*.«

Auf dem Weg zurück über den Pfad fiel Gideons Blick auf einen grauweißen, flechtenüberzogenen Knochen, der in dem hellen Licht glänzte. Er bückte sich und hob ihn auf.

»Wahrscheinlich von einem Elch«, sagte Julie. »Von denen gibt's hier eine Menge.«

»Ja, wahrscheinlich«, sagte Gideon. »Es ist ein Oberschenkelknochen von der Gattung Cervidae.«

Sie wanderten weiter, während er den Knochen in der Hand herumdrehte.

»Was ist so Besonderes daran?« fragte John.

»Ich weiß nicht, ob was Besonderes daran ist. Nur . . .«
Er blieb stehen, hörte aber nicht auf, den Knochen herumzudrehen. John und Julie blieben auch stehen. »Seht ihr, wie er gesplittert ist, und direkt am Anfang des Risses hat er eine Kerbe.«

Sie nickten und Julie betastete die Kerbe.

»Genauso sehen die Knochen an den Stätten der Urmenschen aus, sie haben sie mit einem Steinbeil aufgehackt, damit sie an das Mark kamen. Solche habe ich auch an der Grabungsstätte gefunden, an der ich arbeite.«

»Kann es nicht ein Tier gewesen sein?« fragte Julie. »Oder eine Kugel? Oder ein Sturz?«

Gideon nahm den Knochen noch einmal gehörig ins Visier. Dann warf er ihn über die Schulter in den Wald. »Sie haben völlig recht. Selbst weltberühmte Autoritäten denken oft eingleisig.«

Sie gingen weiter den Pfad hinunter und kamen so plötzlich auf die Straße, daß Gideon beinahe in den Wagen gerannt wäre.

5

Steif und verkrampft lag Gideon bäuchlings hinten im Dreck der niedrigen flachen Höhle, alles tat ihm weh, seine Knie und Ellbogen waren aufgescheuert. Seit Stunden war er hier schon eingeklemmt, halb blind erstickte er beinahe an den Kieselstein- und Staubwolken, die mit jeder Bewegung herunterkamen. Sein Haar war schwer vom Schmutz, seine Nasenlöcher verkrustet, es knirschte ihm zwischen den Zähnen.

Er schwebte im siebten Himmel.

Er legte die winzige Spitzhacke und die Bürste neben den neuentdeckten Oberarmknochen und schob sich, lang, wie er war, auf den Ellbogen rückwärts, wobei er einen Kieselsteinregen auslöste. Am Eingang, wo sich die Höhle weitete, setzte er sich hin und streckte sich. Jedesmal, wenn seine Gelenke knirschten und die Muskeln schmerzten, zuckte er zusammen.

Er fand den Rest des Apfelsafts, den er zum Mittagessen getrunken hatte, und nahm einen großen Schluck aus der Flasche. Der Saft war in der Sonne warm geworden, wusch ihm aber den Staub aus der Kehle. Wund und weh und zufrieden lehnte er sich an den Felsen und betrachtete die zauberhafte Szenerie unter sich. Vor dreizehntausend Jahren war es weit weniger zauberhaft gewesen.

Die Höhlenbewohner hätten hier nicht neun Meter über einem hübschen schmalen Strand mit dunklen Kieseln gelebt, sondern meilenweit vom Wasser entfernt, über einer riesigen grauen Fläche öden Landes, das von dem sich zurückziehenden Gebirgsgletscher flach gerubbelt wurde. Sie hätten weder Baum noch Strauch gesehen, sondern nur Morast und Gletschertopfseen mit dem langsam schmelzenden, stehenden Eis, das der Gletscher hinter sich gelassen hatte. Weit in der Ferne hätten sie beobachten können, wie das Meerwasser eindrang und die Meerenge von Juan de Fuca entstand. Am Horizont hätte sich die Kante der immensen Treibeisplatte, schwarz von aufgewühltem Fels und Erde, ihren Weg zurückgeschliffen bis dahin, wo heute Britisch Columbia ist.

Eine Treibeisplatte gab es nicht mehr. Wo ihre bedrohliche Kante hochragte, war nun die grüne, weiche Silhouette von Vancouver Island. Und zwischen Vancouver und dem algenbedeckten Strand genau unter ihm waren zwanzig Meilen Wasser und die dünne weiße, gebogene Linie der Landzunge von Dungeness, dreihundert Meter vor der Küste. Die Meerenge von Juan de Fuca – ein englischer Kapitän aus dem achtzehnten Jahrhundert hatte sie nach einem griechischen Seemann aus dem sechzehnten Jahrhundert benannt, der inkognito auf einem spanischen Schiff gefahren war – war über dem von dem Gletscher vernarbten Land angeschwollen und hatte es überflutet, bis sie von Vancouver bis zur Olympic-Halbinsel und vom Pazifik bis zum Puget Sound einen tiefen, mächtigen Kanal bildete.

Er trank den Apfelsaft aus, erhob sich auf dem schmalen Felsvorsprung und schaute vergnügt auf das glatte Gewässer, das wie Glas ausgesehen hätte, wenn nicht die springenden Lachse silberne Spritzer verursacht hätten, die immer dort glitzerten, wo man sie nicht erwartete. Über ihm schrien Möwen, und die eleganten, schwarzköpfigen Raubseeschwalben zogen ihre weiten, flachen Kreise.

Gideon seufzte glücklich. Fast ein Monat blieb ihm noch hier, bevor er seinen Lehrverpflichtungen an der Northern Cal wieder nachkommen mußte. Und morgen früh fuhr er nach Lake Quinault, und zwar nicht, um sich um einen muffigen, Jahre zurückliegenden Mord zu kümmern, sondern um Julie zu treffen. Wenn die Untersuchungen noch andauerten, würden sie wegfahren, um ihnen zu entkommen; an den Strand, vielleicht nach Kalaloch oder La Push.

Mit drei leichten, elastischen Schritten kletterte er die alten, verzogenen Planken hoch, die er hierher geschleppt hatte, um sie als Rampe zur Spitze des Kliffs zu benutzen. Wie immer erschreckte ihn der Anblick oben einen Moment lang, und wie immer überraschte es ihn, daß drei Meter über dieser herrlichen, scheinbar von Gott und der Welt verlassenen Grabungsstätte in einem Küstenfelsen der Ort Dungeness mit seinen weiten, sorgsam gepflegten Rasenflächen und Blumenbeeten lag, seinen stattlichen Einfamilienhäusern und gediegenen Cottage Motels.

Er ging über den Marine Drive direkt auf den kurzgeschoreren Rasen der Bayview Cottages, fünf schmucken, graugeschindelten kleinen Häusern mit weißem Anstrich, die aussahen, als seien sie in einem Stück von der Küste von Maine hierhertransportiert worden. Bis auf die kleinen rustikalen Schilder über den Veranden waren sie alle gleich. Gideons hieß Seemöwencottage.

Drinnen griff er zum Telefon und wählte eine Nummer in Sequim.

»Hallo, Bertha«, sagte er. »Ist Abe da?«

Ein paar Sekunden später sagte die Stimme eines alten Mannes, dünn, aber energiegeladen: »Hallo, Gideon, bist du's?«

Gideon lächelte. Abe Goldstein war in einem Getto in der Nähe von Minsk geboren und mit siebzehn in die Vereinigten Staaten geflohen. Da sprach er kein Englisch, hatte kein Geld und nichts Vernünftiges gelernt. Auf der Pitkin Avenue in Brooklyn hatte er von einem Handkarren aus Garn und Bänder verhökert und war zur Abendschule gegangen, um Englisch zu lernen. Nach sechs Jahren hatte er am City College in New York den Abschluß gemacht und vier Jahre später, 1934, seinen Doktor in Anthropologie an der Columbia University. Dort hatte er dann zwanzig Jahre lang gelehrt, weitere zwanzig an der University of Wisconsin, wo er Gideons Professor gewesen war. Mit einigen ehrenvollen Jahren an der University of Washington hatte er seine Lehrtätigkeit beendet.

Nach fast sechzig Jahren in Amerika, von denen er die meisten als herausragender Wissenschaftler von weltweitem Ruf verbracht hatte, sprach er immer noch wie ein gerade eingewanderter ambulanter Bänderhändler. Na ja, meistens; sein Akzent variierte heftig. Mehr als ein akademischer Widersacher behauptete, es handele sich um eine bewußte Marotte, und Gideon, kein Widersacher, neigte dazu, dem zuzustimmen. Wenn es je einen exzentrischen

Gelehrten gegeben hatte, dann war es Abraham Irving Goldstein.

»Ja, Abe«, sagte er, »ich bin's.«

»Nu, was macht die Buddelei?«

»Nu, was soll sein?«

»Mit einem alten Mann solltest du keine Scherze treiben. Nu erzähl schon.«

»Heute war ein toller Tag, Abe. Deshalb rufe ich an. Ich habe den Oberarmknochen eines Jugendlichen gefunden, vielleicht von einem Elf-, Zwölfjährigen, in der vierten Schicht. Es sieht also ganz nach der Wohnstätte einer Familie aus. Und ein Stück Holz. Was es ist, weiß ich nicht genau. Rechteckig, fünf, sechs Zentimeter breit, mit einem Loch an einem Ende. Ungefähr dreißig Zentimeter lang, es sei denn, es handelt sich nur um ein Teilstück. Ziemlich vergammelt – muß in Gips gegossen werden, *in situ*.«

»Wunderbar. Nu eben.«

Gideon wartete. Das »Nu eben« bedeutete, daß Abe nicht nur Gideons Ausgrabungen im Kopf herumgingen.

»Hör mal, Gideon, du hast nicht zufällig den *Chronicle* von gestern gelesen?«

»Nein, was steht drin?«

»Alles über dich, das steht drin. Willst du es hören?«

»Ich weiß nicht. Du machst mir Angst. Du klingst ein bißchen zu glücklich darüber.«

Abes entzücktes, herzhaftes Kichern kam durch die Leitung, Gideon lächelte vor sich hin und goß sich einen Teacher's Whiskey in ein Marmeladenglas von einem Regal. An Eis oder Wasser kam er, ohne das Telefon abzulegen, nicht heran, deshalb blieb er stehen und trank ihn pur, den einen Ellbogen auf den Fernsehapparat gestützt.

»Worum geht's in dem Artikel, Abe? Um das Interview in Quinault?«

»Worauf du Gift nehmen kannst. Aufgepaßt! Zuerst die Überschrift. Bist du bereit?« Ein theatralisches Räuspern, dann: »Zitat: Unbekannte Kreatur pirscht durch Quinault. Könnte Bigfoot sein, sagt berühmter Knochendetektiv Gideon Oliver. Zitat Ende.«

»Junge, Junge«, sagte Gideon, holte tief Luft und sank mit Whiskey und Telefon in einen Plastiksessel.

»Sag mal, Gideon, was ist ein Knochendetektiv? Was ganz Neues? Sowas habe ich noch nie gehört.«

»Nun mach schon, Abe, laß den Rest hören.« Abe zu Gefallen behielt er den unwirschen Ton bei, aber er war eher amüsiert als ärgerlich. Jetzt begriff er, was Julie gemeint hatte.

»Glaub mir, es kommt noch besser. Übrigens, was machst du heute abend? Warum kommst du nicht hier in die Siedlung Hafendämmerung? Dann kannst du es selbst lesen, und Bertha hat schon einen Braten in der Röhre. Wir trinken eine Flasche Bier, ein schönes Glas Tee. Und dann...«

Das austrudelnde »und dann« bedeutete, daß außer dem Braten noch etwas schmorte. Nicht daß es nur simplen Schmorbraten oder Flaschenbier in Professor Abraham Goldsteins Heim gab. Wenn sich auch Akzent und Redeweise aus den Straßenhändlerzeiten erhalten hatten, die Vorlieben beim Essen nicht.

»Und dann was, Abe?«

»Nu, also komm her, so wirst du es sehen. Was hast du sonst Besseres zu tun? Los jetzt, mach glücklich das Herz eines alten Mannes.«

Gideon lachte. Abes Ausdrucksweise wurde mit jeder Sekunde gräßlicher. »Also gut«, sagte er, »ich muß mich aber erst waschen. Soll ich was mitbringen?«

»Eine Flasche Rotwein wäre schön, Cabernet, aber aus Kalifornien, nicht aus Washington. Um französischen würde ich dich gar nicht zu bitten wagen.«

»Was ist mit der Flasche Bier und dem Glas Tee?«

»Für mich reichen die, aber du bist der Gast; ich muß dich anständig behandeln. Beeil dich, es ist so deprimierend hier in dem Altenheim.«

Abe wohnte weder in der Siedlung Hafendämmerung noch in einem Altenheim, sondern in Sun Meadow, einer friedlichen, von Wald umgebenen Gemeinde mit luxuriösen Häusern, die um einen Golfplatz standen, auf dem er nie spielte. Wie der Name schon sagte, lag Sun Meadow in dem berühmten Regenschatten der Olympics. Die Stürme vom Pazifik luden den Hauptteil der Nässe an den dem Wind zugewandten Hängen der Gebirgskette ab, so daß nur ungefähr sechsunddreißig Zentimeter im Jahr auf den »Bananengürtel« auf der anderen Seite fielen. Fünfunddreißig Meilen weiter weg konnte die jährliche Niederschlagsmenge vier Meter fünfzig betragen.

Abe meckerte ständig, daß dort zu wenig los und zu viele sonnenhungrige alte Leute seien (die meisten waren Jahrzehnte jünger als er), aber Gideon wußte, daß Abe in den grünen, sanften Hügeln zwischen Sequim und Dungeness sein Paradies auf Erden gefunden hatte.

Abe begrüßte ihn an der Tür. »Willkommen auf dem Letzten Ruheacker«, sagte er. »Ins Arbeitszimmer, bitte.« Er ging voraus, seine weichen alten Hausschuhe raschelten auf dem glänzenden Parkett. Aufseufzend ließ er sich in einem von zwei Ledersesseln nieder, vor einer Wand voll Fotos eines unglaublich jungen Abraham Goldstein: In Kenya beäugte er einen Schädel, auf den Aleuten krabbelte er aus einem Iglu, im Kongo umringten ihn scheue Pygmäen, mit einem grinsenden, krausköpfigen Melanesier mit Knochen durch die Nase und Abes Tropenhelm keck auf dem Kopf posierte er Arm in Arm.

Der alte Mann im Sessel war fünfundsiebzig, aber er

war besser gealtert als manch anderer. Er hatte zwar Arthritis und war entsetzlich fragil, aber nicht dicker geworden und in dem jungen Mann auf den Fotos leicht zu erkennen. Die wirre schwarze Haarmähne war weiß, aber nicht dünner, und Abe trug sie in einem wild abstehenden Afro. Seine Augen waren immer noch lebhaft und verschmitzt, was durch die pergamentenen Fältchen, in denen sie beinahe versanken, noch verstärkt wurde.

»Mach dir einen Drink«, sagte er, »und mir auch.«

»Was möchtest du?« fragte Gideon, »ein Glas Seltzer? Einen Becher Pflaumensaft?«

»Werd nicht komisch. Gib mir einen Chivas Regal, aber mit Wasser. Meine Leber ist auch nicht mehr die alte.«

Gideon mixte zwei Scotch mit Wasser und setzte sich neben Abe. Dann nahm er den *Chronicle* vom Couchtisch und schaute dorthin, wo Abe mit dem Finger auf den Artikel, Seite zwei, piekste.

UNBEKANNTE KREATUR PIRSCHT DURCH QUINAULT.
KÖNNTE BIGFOOT SEIN, SAGT BERÜHMTER
KNOCHENDETEKTIV GIDEON OLIVER
von Nathaniel Hood

QUINAULT – Experten sind der Meinung, daß das verkohlte Skelett, das vergraben im Quinault Valley gefunden worden ist, von Norris Eckert, 29, sein könnte, einem der beiden Wanderer, die dort 1976 verschwunden sind. Der Anthropologe Gideon Oliver, hochdotierter Berater des FBI, teilte mit, Eckert sei offenbar von einer großen Knochenspeerspitze getötet worden, die eingebettet im siebten Halswirbel im Rückgrat des Skeletts gefunden wurde. »Man braucht übermenschliche Kräfte, um eine Knochenspitze so tief hineinzutreiben«, sagte der kalifornische Wissenschaftler. Auf die Frage, welches Lebewesen solche Kräfte besitze, antwortete Oliver:

»Meiner Ansicht nach kann es Bigfoot gewesen sein«, und beschrieb die Kreatur im weiteren als »zweivierzig bis zweisiebzig groß und gebaut wie ein Gorilla«.

Eckerts sterbliche Überreste wurden bei der Suche nach Claire Hornick, 18, aus Tacoma, gefunden, die nun in dem Gebiet vermißt wird.

Gideon faltete die Zeitung zusammen und legte sie wieder auf den niedrigen Tisch. Abe nahm sie, tat so, als lese er sie noch einmal, schüttelte den Kopf und gluckste. »Das wär was«, sagte er. »Zweivierzig bis zweisiebzig groß, ha? *Oi, oi, oi*«, trällerte er. »Wie ein Gorilla, wahrhaftig.« Er lachte lauthals los. »Gott bewahre, hast du das wirklich gesagt?«

»Hm, den Wirbel haben sie falsch angegeben, wie du weißt. Es war T-7, nicht C-7. Und leider liegen sie auch bei dem ›hochdotiert‹ gewaltig daneben. Ansonsten, muß ich leider sagen, ist es einigermaßen korrekt. Da muß ich mich an der Uni mächtig anstrengen, bis über die Sache Gras gewachsen ist.«

Abe tätschelte ihn am Knie. »Man lernt nie aus«, sagte er. »Komm, Zeit zum Essen. Bertha hat sechs Uhr gesagt.«

Bertha war Abes unverheiratete fünfzigjährige Tochter, die ihr ganzes Leben im Schatten ihres berühmten Vaters verbracht hatte. Sie hatte einen M.A. in Anthropologie und eine Weile an einer städtischen Schule unterrichtet, sich aber schon lange mit offenbarem Behagen in die Rolle der Haushälterin geschickt. Sie kochte vorzüglich und hatte ein phantastisches *boeuf à la mode* (also doch Schmorbraten, aber was für einer!), mit gedünsteten Tomaten und gebutterten, hausgemachten Nudeln zubereitet.

Wie üblich wurde während des Essens nicht über Anthropologie gesprochen. Langjährige Freunde, die sie nun einmal waren, plauderten sie von alten Zeiten und alten Bekannten. Bertha und Abe benutzten oft jiddische Ausdrücke, die Abe Gideon immer umständlich und größtenteils völlig unnötig erklärte.

Kaum hatte Bertha das Geschirr abgeräumt und war Kaffee kochen gegangen, sagte Abe: »Hör mal, ich will mit dir über diese Bigfoot-Angelegenheit reden.«

»Abe«, sagte Gideon, »das Zitat ist aus dem Zusammenhang gerissen, das weißt du. Ich meine doch nicht –«

»Ich weiß, ich weiß.« Mit seiner dünnen Hand machte er eine flatternde wegwerfende Bewegung. »Kennst du einen Professor Chace aus Berkeley?«

»Einen Anthropologen? Nein.«

»Hast du von Roy Linger gehört?«

Gideon schüttelte den Kopf.

»Du hast noch nie von Roy Linger gehört?«

»Abe, wenn du mir etwas Bestimmtes sagen willst, bitte –«

»Schon gut, immer langsam mit den jungen Pferden, reg dich ab. Dieser Roy Linger ist ein berühmter Forschungsreisender, Jäger, ein reicher Mann. Im Textilgewerbe oder so was –«

»Deiner alten Branche.«

Einen Augenblick war Abe verwirrt, dann lachte er entzückt und schlug mit der Hand auf den Tisch. »Recht hast du. Vielleicht hatte sein Vater den Karren nebenan! Egal, dieser Linger ist sehr aktiv in der Sasquatch-Gesellschaft; sie machen dauernd Expeditionen und gehen in die Berge, um Bigfoot zu suchen.«

»Ist er fündig geworden?« fragte Gideon trocken.

Abe wedelte mit dem Zeigefinger unter Gideons Nase herum. »Sei nicht so neunmalklug, mein Herr. Du junger Spund hast noch eine Menge zu lernen. Hör zu, dieser E. L. Chace aus Berkeley ist angeblich der Bigfootexperte Nummer eins; er redet dauernd in irgendwelchen Seminaren oder im Fernsehen. Hat ein paar Bücher geschrieben. Bist du sicher, daß du nie von ihm gehört hast?«

Bertha kam mit dem Kaffee, blieb aber höflich mit dem Tablett in der Tür stehen, während ihr Vater weiterredete.

»Also, dieser Professor Chace hat gestern einen Vortrag in Seattle gehalten und ist heute abend bei seinem alten Freund Mr. Roy Linger in Port Townsend. Und dreimal darfst du raten! Er liest diesen wunderbaren Artikel über dich und möchte dich kennenlernen. Also ruft dieser Mr. Roy Linger in der Universität an, um sich zu erkundigen, wo du steckst, und sie verweisen ihn an mich, und so weiter und so fort.«

»Ich hoffe«, sagte Gideon, »daß du mir jetzt nicht erzählst, du hast ihn hierher eingeladen. Abe, ich will den Bigfootexperten Nummer eins nicht kennenlernen!«

»Aber nicht doch, nicht doch.« Er schaute hinter sich. »Bertha, steh nicht dumm rum. Bring uns den Kaffee.«

Sie schenkte den Kaffee, eine aromatische italienische Mischung, in winzige grün-weiße Tassen, die Gideon einmal als Geschenk aus Sizilien geschickt hatte. Abe trank eine halbe Tasse und leckte sich geräuschvoll die Lippen.

»Aber nicht doch«, sagte er noch einmal. »Würde ich ihn hierher einladen, ohne dich vorher zu fragen? He?«

»Entschuldigung«, sagte Gideon immer noch etwas skeptisch, schnupperte an dem Kaffee und nahm einen kleinen Schluck. »Da war ich etwas vorschnell.«

»Wohl wahr.« Abe trank den Rest seines Kaffees. »Nein, ich habe ihm gesagt, wir könnten dorthin fahren ... Bertha, wie spät ist es?«

Sie drehte sich um und schaute auf die Wanduhr hinter sich, die er mit einem Blick nach oben hätte sehen können. »Halb neun.«

»In einer Dreiviertelstunde.«

»Wohin fahren?« fragte Gideon.

»Nach Port Townsend, zu Linger. Für den Verdauungskognak. Sehr schick.«

Gideon stellte seine Kaffeetasse hin, ergriff sie mit Daumen und Zeigefinger und ließ sie langsam auf der Untertasse kreiseln. »Abe, du hältst doch die Bigfootgeschichten nicht für glaubwürdig, oder?«

»Nein, aber ich verwerfe sie auch nicht rundheraus. Ich finde, es klingt verrückt, aber vielleicht bin ich auch nicht allwissend.«

»Ich habe die Fußabdrücke in Quinault überprüft. Sie waren ganz offensichtlich gefälscht, sehr laienhaft.«

»Und wenn du ein paar gefälschte menschliche Fußabdrücke findest, beweist das, daß es so was wie menschliche Wesen nicht gibt?«

»Schon gut, aber über Bigfoot ist soviel Mist geschrieben worden, so viel Schmu und soviel schlicht und ergreifend Unwissenschaftliches... Ich will nichts damit zu tun haben.«

»Schau mal«, sagte Abe honigsüß, »einem Mann, der Bücher über das Thema verfaßt hat, einem Professor an einer großen Universität widme ich doch bereitwillig ein Stündchen meiner Zeit. Vielleicht lerne ich etwas.«

Gideon lächelte und wandte sich an Bertha. »Wie alt ist der Mann jetzt?«

»Im letzten Juli ist er fünfundsiebzig Jahre jung geworden.«

»Spiel dich nicht so auf, verdammt noch mal«, sagte Abe ärgerlich.

»Fünfundsiebzig und gibt mir immer noch Nachhilfe in Aufgeschlossenheit.«

»Die hast du auch nötig«, blaffte Abe. »Kommst du oder nicht?«

»Okay, gehen wir«, sagte Gideon immer noch lächelnd. »Aber ich warne dich. So leicht bin ich nicht zu überzeugen.«

Abes Miene erhellte sich sofort. »Nein, natürlich nicht. Komm, sperr Augen und Ohren auf. Es sei denn, du hast ein paar andere Antworten parat?«

»Antworten?«

»Darauf, wie sich dieser Bursche Eckert einen Speer in seinen T-7 eingefangen hat. Wenn es kein zweisiebzig großer Gorilla war, wer dann? Bertha, wo sind meine schwarzen Schuhe mit der Schnalle? Die, die man nicht schnüren muß?«

6

Roy Linger und Port Townsend paßten zusammen wie die Faust aufs Auge; zwei hübsche, elegante Anachronismen, die ihre Blüte hinter sich hatten. Die Stadt, besonders der Teil auf dem Hügel, hätte auch vor hundert Jahren schon so ausgesehen: viktorianische Häuser, die meisten zwar bescheiden, aber viele mit Mansarddächern, Kuppelgiebeln und schmalen Dachveranden, die einen weiten Ausblick über den Meeresarm Admiralty Inlet und die Townsend Bay boten.

Linger selbst war F. Rider Haggard in Reinkultur, ein außerordentlich gutaussehender, silberhaariger Mann mit Safarijacke und cremefarbenem Halstuch.

»Professor Goldstein«, sagte er mit geschliffenem Bostoner Akzent. Er sprach den Namen deutsch aus. »Professor Oliver? Wie nett von Ihnen, daß Sie gekommen sind.«

Er geleitete sie durch einen langen Flur, dessen Wände mit ausgestopften Köpfen von Tigern, Leoparden, Hirschen, Steinböcken und Tieren, die Gideon nicht kannte, behängt waren. Unter jedem Haupt war eine kleine goldene Plakette. Im Vorbeigehen schaffte Gideon es, die unter einem Tigerkopf mit offenem Maul zu lesen: *Bihar, 7. Mai 1957, 200 kg.*

Zwei teppichbedeckte Stufen hinunter befand sich das völlig moderne Wohnzimmer mit riesigem, rechteckigem Natursteinkamin in der Mitte, der sich sechs Meter bis zu der schrägen Decke hochzog. Der Teppich war blaßrosa, die meisten Möbel weiß.

Linger blieb lächelnd im Eingang stehen. »Ich freue mich, Ihnen meinen guten Freund Professor Earl Chace vorstellen zu dürfen.«

Auf einer dick gepolsterten weißen Couch saß ein großer, beleibter, ebenfalls lächelnder Mann in pfirsichfarbenem Anzug mit Weste, der aussah, als sei er passend zu dem Rosa, Weiß und Grau des Raumes ausgewählt.

»Ein rosaner Anzug?« murmelte Abe in Gideons Ohr. »Da ist er mir schon unsympathisch.«

Chace kam mit ausgestreckter Hand und großen Schritten auf sie zu und begrüßte sie. »Professor Goldstein?« (Er sprach es amerikanisch aus.) »Professor Oliver? Ich freue mich wirklich, Sie kennenzulernen, ich fühle mich sehr geehrt.«

Er hatte perlweiße Zähne, jede Menge, und üppiges schwarzes, glatt zurückgekämmtes Haar. Nur eine einzelne Ringellocke fiel ihm jungenhaft in die Stirn, die vollen Koteletten reichten bis zum Ende seines Unterkiefers. Sein kräftiger, zupackender Händedruck, die Handflächen so sauber und trocken, daß es raschelte, als er ihnen die Hände schüttelte, der Duft nach Moschus-Eau de cologne und eine geradezu greifbare schmierige Aura ließen ihn wie eine Kreuzung aus Countrysänger und Landprediger erscheinen, aber nicht wie einen Professor aus Berkeley. Beim Händeschütteln enthüllte er eine breite glatte, lilafarbene Manschette mit einem diamantgeschmückten Manschettenknopf, der zu dem schweren Goldring auf seinem kleinen Finger paßte.

Mir ist er auch unsympathisch, dachte Gideon, als sie auf der weißen Sitzgruppe Platz nahmen.

»Wir wollten einen Courvoisier trinken«, sagte Linger. »Achtzehnhundertfünfundsechzig. Außergewöhnlicher Tropfen. Trinken Sie einen mit?«

Er ging zu einer in eine Zimmerecke eingebauten Natursteinbar und schenkte aus einer alten Flasche vier großzügige Portionen ein. Während alle in seine Richtung schauten, sah Gideon noch, wie Chace schnell einen der beiden Kognakschwenker auf dem Couchtisch nahm und sich ein Gutteil des Inhalts hinter die Binde kippte. Er hüstelte, bis auch alles unten war. Linger brachte den Kognak und bemerkte mit leichtem Stirnrunzeln die beiden Gläser auf dem Couchtisch. Er brachte sie zur Bar und schüttete den Rest in den Ausguß.

Es war sehr gut möglich, daß er ihnen damit imponieren wollte – der Kocgnak mußte extrem teuer sein –, aber sein Verhalten wirkte sehr natürlich. Chace' allerdings auch.

Beinahe simultan hoben sie die Gläser, ließen die dunkle, goldene Flüssigkeit kreiseln, schnupperten anerkennend, tranken und sagten alle: »Aah.«

Elegant schlug Linger ein Bein übers andere, nicht ohne zuerst sorgsam den blaßblauen Stoff seiner Hose hochzunehmen. Er schob Zeige- und Mittelfinger unter den Bauch des Glases und bewegte es weiter im Kreise.

»Meine Herren, ich möchte Ihnen für Ihr Kommen danken. Da... ja bitte, Earl?«

Chace hatte höflich den Zeigefinger gehoben und gewartet, daß Linger auf ihn aufmerksam wurde. »Roy«, sagte er, »ich meine, wir sollten jetzt schon mit dem Aufnehmen beginnen.«

»O ja, haben Sie etwas dagegen?« sagte Roy zu Gideon und Abe, »wenn wir unser Gespräch heute abend aufnehmen?«

»Ich weiß nicht, ob ich etwas dagegen habe oder nicht«, sagte Gideon. Er hatte ein ungutes Gefühl. »Warum wollen Sie das?«

Chace antwortete, nachdem Linger ihm mit einem Nicken das Wort erteilt hatte. »Zu unserem eigenen Schutz. Gewisse Leute drehen uns das Wort im Munde herum, wie es ihnen gerade paßt, sie verfolgen finstere Ziele. Andere sind nur auf das Geld aus, sie –«

»Professor Chace meint«, sagte Linger, »da die Sasquatch-Gesellschaft in mehr als eine unglückliche Kontroverse verwickelt worden ist, legt sie nun Wert darauf, alle relevanten Diskussionen aufzunehmen. Natürlich nur mit Ihrem Einverständnis.«

»Klar«, sagte Abe. »Von mir aus.«

»Ich glaube, ich möchte es lieber nicht«, sagte Gideon.

Ein Moment Schweigen. Dann sprach Chace. »Macht es Ihnen etwas aus zu erklären, warum?« fragte er, die Augen fest auf das Glas gerichtet.

Ja, es machte Gideon etwas aus. Er fand Chace' Art beleidigend und wie er den Wunsch, das Gespräch aufzunehmen, begründet hatte. »Ich möchte es nicht«, sagte er kurz und bündig.

Chace' Wangen wurden vor Ärger purpurrot, aber Linger schaltete sich geschickt ein. »Gut, wenn Sie es nicht möchten, lassen wir es.« Er nahm die Beine auseinander, schlug sie andersherum wieder übereinander. »Nun, wie Sie sicher wissen, habe ich den größten Teil meines Lebens dem Bestreben gewidmet, das Wissen der Menschheit zu vergrößern, und ich würde gern glauben, daß ich auf meine bescheidene Art Erfolg gehabt habe.« Er machte eine Pause und schaute angelegentlich in sein Kognakglas.

»Ganz gewiß, Roy«, sagte Chace, »und wir wissen es dankbar zu schätzen.«

Linger fuhr fort: »Ich glaube, dieser Abend bietet uns

die einzigartige Gelegenheit, unsere Kenntnisse eines der faszinierendsten und geheimnisvollsten Wesen, das der Wissenschaft bekannt ist, auszutauschen und zu erweitern.«

Gideon ruckte unruhig im Sessel hin und her. Linger war genauso ölig wie Chace, wenn er einmal in Fahrt geriet. Es wäre nicht das erste Mal, daß Abes Gier nach neuen Theorien sie in eine unangenehme Situation brachte.

In der gelassenen Selbstgewißheit des Reichen und Mächtigen, den man nicht unterbricht, trank Linger langsam seinen Kognak und ließ dann den Blick auf den antiken Landkarten an der Wand ihm gegenüber ruhen, als sammle er Inspiration. »In diesem Raum«, sagte er, »sitzen heute abend drei der besten Wissenschaftler unserer Epoche: der Doyen der amerikanischen Anthropologie, die auf der Welt führende Kapazität im Verhalten und in der Morphologie Riesenhafter Anthropoiden und einer der hervorragendsten jüngeren Anthropologen seiner Generation.«

»Danke schön, Roy«, sagte Chace.

Gideon sagte nichts.

»Haben Sie hierfür vielleicht ein bißchen Seltzer im Eisschrank?« fragte der Doyen der amerikanischen Anthropologie und streckte sein Glas aus. »Ich kriege sonst Sodbrennen.«

Ein kaum wahrnehmbares gereiztes Zucken auf den gemeißelten Lippen, nahm Linger Abes Glas mit zur Bar, goß aus einem Siphon aus geschliffenem Glas Sodawasser dazu und kam zurück.

»Nun, meine Herren«, sagte er, als er wieder Platz genommen und die Beine genauso penibel wie zuvor übereinandergeschlagen hatte, »die Suche nach akkuraten, zuverlässigen Daten über diesen letzten der großen Anthropoiden, das Wesen, das wir Bigfoot nennen –«

Gideon konnte nicht länger stillsitzen. »Entschuldigen Sie bitte, Mr. Linger, aber Sinn und Zweck dieses Treffens sind mir wirklich unklar.«

Nun beugte sich Chace vor, die massiven Ellbogen auf den Oberschenkeln, den Kognakschwenker in beiden Händen, in einer Pose aufrichtiger Herzlichkeit, die zeigen sollte, daß er Gideon sein unhöfliches Betragen in der Frage des Aufnehmens verziehen hatte. »Das habe ich verbrochen, Professor. Ich habe gelesen, daß Sie ein Interview in Quinault gegeben haben, und wußte, daß Sie hier oben in der Gegend an einer Grabungsstätte arbeiten, und da habe ich Roy, Mr. Linger, gebeten, er möge doch die Freundlichkeit besitzen, uns zusammenzubringen. Es ist mir eine unerwartete Ehre«, er verbeugte sich vor Abe, »auch Seine Eminenz Professor Goldstein kennenzulernen.«

Er lehnte sich zurück, schlug die Beine übereinander, aber nicht elegant wie Linger, sondern in einer weitausholenden, männlichen Geste, den rechten Fuß legte er über das linke Knie. »Nun, wir, die Sasquatch-Gesellschaft, sind immer höchst erfreut, wenn wir einen allseits anerkannten Wissenschaftler finden, mit dem wir einen sinnvollen Dialog beginnen können. Wir wissen doch alle nur zu genau, wie voreingenommen die akademische Welt in gewissen Dingen so manches Mal ist.«

»Ich fand sie bisher immer ziemlich aufgeschlossen«, sagte Gideon.

»A-ha-ha-ha«, sagte Chace. »Wie Sie aber vielleicht wissen, finanziert die Sasquatch-Gesellschaft ein gewaltiges Bildungsprogramm mit Seminaren und Instituten, und wir suchen immer hoch angesehene Akademiker für Podiumsdiskussionen und so weiter.«

»Danke«, sagte Gideon. »Ich fürchte, ich bin nicht interessiert.«

»Wir würden natürlich alle Spesen übernehmen, und

für Ihre Teilnahme gäbe es eine, nach akademischen Maßstäben, erhebliche Aufwandsentschädigung.«

»Professor Chace, ich glaube nicht, daß Bigfoot existiert.«

»Aber Sie wurden zitiert mit den Worten –«

»Das war aus dem Zusammenhang gerissen.«

»Aber«, sagte Linger aalglatt, »Sie würden sich doch sicherlich nicht weigern, einwandfreie Beweise anzuerkennen, auch wenn sie Ihren eigenen Ansichten widersprechen.«

»Einwandfreie Beweise nicht. Aber ich habe noch nie welche gesehen.«

»Professor«, sagte Linger, »wurden Sie korrekt zitiert in dem Punkt, daß übermenschliche Kräfte nötig waren, diese Speerspitze in den Knochen hineinzutreiben?«

»Hm, ja, das war korrekt.«

»Was hat denn dann Ihrer Meinung nach diesen unglücklichen Mann umgebracht?«

Wenn die Frage immer wieder gestellt wurde, mußte er langsam, aber sicher eine Antwort finden. »Ich weiß es nicht«, murmelte er gelangweilt. Er wollte gehen. Es war unwahrscheinlich, daß der Abend noch erfreulicher wurde, und je schneller er vorüber war, desto besser. Er schaute Abe an, aber der alte Mann genoß die Situation sichtlich, aufrecht und neugierig saß er da wie ein eifriges Hündchen.

Chace nahm einen großen Schluck Kognak und sagte: »Professor, mir ist unbegreiflich, wie Sie sagen können, es gebe keine einwandfreien Beweise. Haben Sie den Film von Rostan-Chapman gesehen? Der ist unanfechtbar.« Er hob sein Glas und grinste. »Meiner bescheidenen Meinung nach.«

Gideons Meinung nach nicht. Er hatte ihn gesehen – sogar mit Abe –, vor zehn Jahren, bei der nationalen Konferenz der amerikanischen Gesellschaft für Biologische Anthropologie in Milwaukee. Er konnte sich immer noch an seine Enttäuschung über den vielberedeten Film erinnern. Die Aufnahmen waren total unscharf, die Bewegungen verwackelt gewesen. Man sah nichts weiter als eine verschwommene dunkle, mehr oder weniger affenartige Gestalt, die von der Kamera wegging – mit extrem übertriebenen Schritten, so war es den versammelten Anthropologen jedenfalls erschienen, die weniger dem allgemeinen Bewegungsablauf eines Anthropoiden entsprachen als vielmehr der Interpretation der Gangart eines Riesenaffen durch einen schlechten Schauspieler.

»Wir haben ihn gesehen«, sagte Abe frohgemut. »Unanfechtbar ist er nicht.«

Linger lachte herzlich, und Abe strahlte ihn an.

Chace war todernst. »Gut, selbst wenn Sie den Film nicht akzeptieren – und das Recht haben Sie –, Sie können die Tausende von Jahren nicht einfach wegwischen, in denen ähnliche Spezies, wie zum Beispiel der Yeti, von zuverlässigen Augenzeugen gesichtet worden sind.«

»Ich fürchte«, sagte Gideon, »daß der angeblich so abscheuliche Schneemensch mir um nichts mehr verifiziert erscheint –«

»Es geht auch nicht nur um den Schneemenschen – der im übrigen gar nicht abscheulich ist.« Nun leierte Chace offenbar etwas herunter, das er immer erzählte. »Sondern auch um viel größere Wesen. Zum Beispiel den *wudenwasa*, den die Angelsachsen gesehen und beschrieben haben; die Fomorianer, die Irland bewohnten, bevor die Kelten dort eingefallen sind; und die behaarten Männer von Broceliande in der Bretagne. Was ist mit Grendel? Das Wissen über dieses Wesen geht bis auf Beowulf zurück.«

»Das Wissen über den Vogel Greif, Teufel und fliegende Ziegen auch.«

Chace lachte. »Da sind wir wohl unterschiedlicher Meinung darüber, wie sehr man Mythen trauen kann.«

Ja, das sind wir wohl, dachte Gideon.

»Aber was ist mit Wissenschaftlern? Modernen Wissenschaftlern mit untadeligen Referenzen? Was ist mit Ivan Sanderson? Bajanow? Burtsew? Kravitz, gleich hier an der Washington State? Was halten Sie von denen?«

Dazu hatte Gideon sehr wohl eine Haltung, aber er war nicht an einem Streit interessiert. Er zuckte mit den Schultern. »Ich kann nicht mehr tun, als das Material anzuschauen und meine eigenen Schlußfolgerungen zu ziehen.«

»Professor Chace«, sagte Abe, »ich bin ein wenig neugierig. Was hält Sherry Washburn von Ihren Theorien? Oder Howell?«

»Wie bitte?«

»Washburn kennen Sie nicht? . . . sind Sie nicht an der University of California?«

»Doch, bin ich.«

Abes Augen wurden schmal. »Sherwood Washburn ist –«

Chace lachte freundlich. »Ach so. Sind Sie im Fachbereich Biologie? Hm –«

»Anthropologie«, sagte Gideon.

»Hm ja, ich beschäftige mich mit Supervision.«

»Supervision?« sagte Abe. »Ist das eine Fakultät der Universität?«

Das schien Chace amüsant zu finden. »Du liebe Güte, nein, genaugenommen bin ich nicht in der Fakultät. Ich unterrichte Abendkurse für Gasthörer – öffentliches Reden für Manager, Büroorganisation und dergleichen. Um nicht zu verrosten.«

»Dann sind Sie also kein Professor?« fragte Gideon.

Chace klatschte sich auf den Oberschenkel und kicherte mit der Miene eines Mannes, der doch über solch piefige Unterscheidungen bei akademischen Rängen erhaben war. »Habe ich nicht behauptet.«

Nein, aber dementiert hast du es auch nicht, dachte Gideon.

»Haben Sie einen Doktortitel?« wollte Abe nun wissen.

Chace setzte eine feierliche Miene auf. »Ich habe einen D.B.A., einen Doktortitel in Betriebswirtschaft. Meine formale Ausbildung habe ich in Marketing und Public Relations.«

Gideon sah auf die Uhr. »Mr. Linger, der Abend war sehr nett, aber morgen muß ich leider sehr früh aufstehen –«

Chace setzte sein Glas mit einem dumpfen Aufprall ab. Seine Miene war von feierlich zu ernst übergegangen. Angespannt beugte er sich vor. »Gideon – darf ich Sie Gideon nennen? –, ich bin keiner von diesen Verrückten, Ufo-Schwärmern oder jemand, der die große Kohle verdienen will. Ich bin Wissenschaftler wie Sie, auch wenn ich Autodidakt bin, und ich lasse mich hier nicht provozieren. So wahr ich hier sitze, ich sage Ihnen«, mit Zeige- und Mittelfinger klopfte er im Takt zu den Worten auf den Tisch, »Bigfoot existiert!« Er ballte die Hand zur Faust und schlug auf den Tisch. »Ich *weiß* es!«

»Dr. Chace«, sagte Gideon, »Sie können sich weder auf rezente noch fossile Beweise stützen. Auf diesem Kontinent hat noch nie jemand einen Affenknochen gefunden. Die einzigen Primaten, die in Nordamerika leben, sind Menschen.«

Abe korrigierte ihn sofort. »Und was ist mit den Eozän-Prosimiae, den Halbaffen? Waren das keine Primaten?«

Gideon zögerte. »Gut, aber die waren Mitte des Oligozäns verschwunden, vor dreißig Millionen Jahren. Angeblich tummelt Bigfoot sich aber immer noch hier herum. Hat jemand auch nur einen einzigen Zahn? Einen Knochen? Ein beweiskräftiges Foto?«

»Sei doch nicht böse mit mir«, sagte Abe und breitete die Hände aus. »Ich habe nur eine Frage gestellt.«

Linger lächelte und neigte seinen schönen silberhaarigen Kopf. »Aber gibt es nicht doch Beweise?« sagte er, an alle gewandt. »Ich habe einen tausend Jahre alten Skalp in einem tibetanischen Lamakloster gesehen – angeblich sogar älter als tausend Jahre –, den kein Wissenschaftler auf Erden hat identifizieren können.«

Gideon beugte sich vor. »Wenn Sie einem Labor ein einigermaßen großes Stück menschliche Haut – oder von wem auch immer – in gutem Zustand geben, kann es Ihnen sehr schnell sagen, was es ist. Wenn es aber einmal gegerbt oder verwest oder im Laufe der Zeit einfach nur vertrocknet ist, wird es unidentifizierbar. Sie dürfen doch nicht einfach vergessen, daß ein himmelweiter Unterschied dazwischen besteht, ob Sie ein unidentifizierbares Stück Haut finden oder sagen, es sei von einer unidentifizierbaren Spezies.«

»Der Yeti steht doch gar nicht zur Debatte«, sagte Chace. »Das ist eine ganz andere Spezies.« Er wandte sich an Gideon und sah aus wie kurz vor einem Zornesausbruch. »In meinen Unterlagen«, sagte er langsam, »habe ich von mir persönlich auf ihre Echtheit überprüfte und beglaubigte«, er wartete auf einen Einwurf, »Hunderte von Fällen, in denen Bigfoot gesehen oder unverwechselbare Bigfootabdrücke eindeutig identifiziert worden sind.«

»Ja«, sagte Gideon, »unverwechselbare Bigfootspuren habe ich vor ein paar Tagen in Quinault gesehen.«

Mit einer Handbewegung wischte Chace diese Bemerkung beiseite. »Dumme-Jungs-Streiche. Wahrscheinlich von Kindern, sehr laienhaft. Ich habe die Abgüsse der Spuren gesehen und sie verworfen. Ich bin kein Fanatiker, Professor. Ich akzeptiere nicht alles, was die Leute mir erzählen. Wenn ich etwas bestätige, dann ist es echt. Und ich sage Ihnen, mit eigenen Augen habe ich achtzig deutliche, frische Spuren allein in Washington und British Columbia gesehen.« Er lehnte sich zurück und wartete auf Gideons Reaktion.

»Olas Murie hat einmal eine simple Bemerkung gemacht«, sagte Gideon. »Er wies darauf hin, daß dort, wo es viele Spuren gibt, auch viele Tiere sind, die sie hinterlassen.« Chace schaute ihn argwöhnisch an, er war unsicher, worauf Gideon hinauswollte. Der aber fuhr fort: »Sie haben also all diese Bigfootspuren gesehen – achtzig?«

Chace nickte. »Zweiundachtzig und zehn mutmaßliche, die ich aber nicht bestätigen konnte.«

»Und?« sagte Gideon. »Wie viele Bärenspuren haben Sie gesehen? Ich meine, deutliche, frische unverwechselbare? Oder Berglöwenspuren? Wie kommt's, daß eine angeblich seltene Kreatur so viele Spuren hinterläßt? Ist sie verbreiteter als Bären?«

»Vielleicht. Wir haben keine exakten Zahlen, aber wir wissen, es gibt viele Populationen.«

»Sie sagen immer, Sie wissen«, sagte Gideon, »nicht: Sie glauben.«

»Wir wissen es auch. Die Bigfoots sind hier, sie beobachten uns, sie verstecken sich vor uns. Keine Frage.«

»Warum hat dann noch niemand einen Knochen oder einen Leichnam gefunden?« sagte Gideon. »Sterben sie nicht, hinterlassen sie nichts? Warum hat noch nie ein Hund ein Stück von einem Bigfoot mit nach Hause geschleppt?«

Eine Weile saß Chace schweigend da, dann seufzte er. »Ich hab's dir ja gesagt, Roy. Selbst wenn du ihnen die Beweise unter die Nase hältst, leugnen sie sie, wenn sie nicht zu ihren Theorien passen.«

»Wen meinen Sie mit *sie*?« sagte Abe heiter zu der versammelten Mannschaft. »Ich leugne etwas? Ich sitze friedlich hier und höre zu.« Dann sagte er gutgelaunt zu Chace: »Wer leugnet hier was?«

Chace schaute Abe böse an und schnaubte dann geräuschvoll durch die Nasenlöcher: ein eindeutig höhnisches Schnauben. Die Haut unter Gideons Augen straffte sich; zum erstenmal wurde er wütend, wütend über diesen zwielichtigen Hochstapler, der Abraham Goldstein verhöhnte. Bevor er jedoch etwas sagen konnte, redete Abe unbeirrt und immer noch lächelnd weiter.

»Trotzdem«, sagte er, »komisch ist es schon... Wo sind die Kinder?«

Chace schaute Linger an und schüttelte langsam den Kopf. Linger warf Gideon einen höflich lächelnden, mitleidigen Blick zu. Gideon hatte die Frage auch nicht verstanden, aber er überlegte schon seit Urzeiten nicht mehr, ob Abe manchmal ein bißchen wirr im Kopf war. War er nämlich nicht.

»Die Kinder«, wiederholte Abe geduldig. »Gibt es keine Bigfootkinder? Bisher habe ich immer nur von Spuren gehört, die vierzig, fünfundvierzig Zentimeter lang sind. Immer, wenn Bigfoots gesichtet werden, sind es große schwere Kerle, die allen eine Heidenangst einjagen. Sieht denn nie jemand ein kleines Bigfootbaby? Oder wenigstens einen mittelgroßen Teenager, sagen wir, der einsachtzig groß ist? Wie das?«

Darüber hatte Gideon noch nie nachgedacht; die Frage war gut.

Der Meinung war Chace nicht. »Ich sehe keinen großen Sinn darin, weiterzureden«, sagte er. »Sie haben Ihren Kopf offenbar hermetisch verschlossen. Nichts, was ich sagen könnte –«

»Es geht nicht darum, was Sie *sagen*«, sagte Gideon, »es geht darum, was Sie *zeigen* können. Beweise sind nötig, keine Argumente.«

»Bei mir zu Hause«, sagte Chace langsam mit unendlicher Geduld, als wolle er einen letzten Versuch machen und gehe bis an die Grenzen seiner Toleranz, »habe ich eine gläserne Kiste in einem klimakontrollierten Keller. In der Kiste sind beinahe zwei Pfund Fäkalmasse. Ich kann Ihnen Briefe von der University of Michigan, der University of Arizona und dem Poly of California zeigen, und in jedem einzelnen steht, daß diese Exkremente als keiner wissenschaftlich bekannten Form von Leben zugehörig identifiziert werden können.« Er schwieg, um das Gewicht seiner Worte einsinken zu lassen. »Sie sind 1974 in einer Höhle gefunden worden...« Als Gideon angeödet die Augen schloß und den Kopf schüttelte, hörte er auf zu reden. »Sie glauben mir nicht?«

»Ach, ich glaube Ihnen«, sagte Gideon müde. »Aber Ihnen ist doch sicher wohlbekannt, daß eine Laboranalyse bei einmal getrockneten Exkrementen nichts weiter vermag, als die verdauten oder unverdauten Inhalte zu identifizieren – Gras, Haare, Knochenstücke. Die Spezies aus alter Fäkalmasse zu bestimmen, ist unmöglich, außer indirekt, durch die Analyse der aufgenommenen Nahrung.«

»Verdammt noch mal!« explodierte Chace. »Es gibt Beweise, massenhaft Beweise! Es *gibt* Knochen, Werkzeuge... ganze gefrorene Leichen, die an die Museen und Universitäten geschickt worden sind. Sie verschwinden! Hunderte von Exemplaren sind in den Museen verschwunden, Hunderte!«

Chace war aufgestanden, er schrie und fuchtelte mit den Armen. »Sie verdammten sogenannten Wissenschaftler schauen es sich fünf Minuten an und brandmarken es als unecht –« Vor Wut verschluckte er sich und drehte den anderen den Rücken zu.

Diese Argumentation hatte Gideon schon oft gehört,

und sie erstaunte ihn immer wieder: die merkwürdige Überzeugung, daß die Wissenschaftler und Akademiker dieser Welt eine düstere Verschwörung bildeten, um das Wissen über Bigfoot zu unterdrücken oder über Ufos oder schlangenähnliche Monster, die in Seen lauerten. Als ließe sich nicht jeder Wissenschaftler die linke Hand, ja, beide Hände, abhacken, wenn er auch nur einen einzigen definitiven Beweis fände!

»Hm«, sagte Gideon, »allmählich wiederholen wir uns.« Er stand auf, und auch Linger erhob sich sofort, immer noch liebenswürdig. »Vielen Dank für Ihre Gastfreundschaft, Mr. Linger. Wir sollten uns wohl besser auf den Heimweg begeben; ich muß früh aufstehen.« Er wandte sich an Chace und zwang sich zu einem Lächeln. »Dr. Chace, wenn Sie harte Beweise finden, ich kann Ihnen versichern, ich wäre mehr als froh, sie mir anzuschauen.«

»O nein«, sagte Chace und schenkte sich die Mühe, sich umzudrehen. »Nein, nein. Finde ich einen Bigfoot, seid ihr sogenannten Wissenschaftler die letzten, die ihn in die Pfoten kriegen. Ich habe mich nicht die ganzen Jahre dafür abgeplagt, damit dann ein hergelaufener Herr Doktor aus dem Elfenbeinturm den Ruhm einkassiert – mit sauberen Fingernägeln.«

»Also gut«, sagte Gideon und schaltete herunter, um aus der Hill Street in den Highway 20 einzubiegen, »ich kam, ich hörte, ich war aufgeschlossen – bis zu einem vertretbaren Punkt. Kann ich jetzt mit deiner Einwilligung die Hypothese ›Bigfoot als Killer‹ ad acta legen?«

»Aber sicher«, sagte Abe. »Was war der Typ für ein *ploscher*. Das bedeutet Angeber, Prahlhans.«

»Das hätte ich nie erraten.«

»Ein *goniff*«, murmelte Abe leise vor sich hin.

»Gauner«, sagte Gideon.

»Gauner, du sagst es. Junge, bin ich müde. Ich hau mich mal ein bißchen aufs Ohr.« Er ließ das Kinn auf die Brust sinken, atmete tief durch und begann sofort zu schnarchen beziehungsweise die kleinen, wiederkehrenden Glucksgeräusche von sich zu geben, die Gideon als sein Schnarchen kannte.

Gideon hatte Lingers Haus in übler Laune, ja, zornig verlassen, aber die leeren, weiten Kurven der Straßen und gelegentlichen Blicke durch die Bäume auf die Discovery Bay, die wie Zinn im Mondlicht schimmerte, hatten eine wohltuende Wirkung auf ihn und lullten ihn ein. Er fing an, vor sich hin zu träumen. Wenn schon sonst nichts, dann hatte diese absurde Diskussion zumindest der Vorstellung von Bigfoot als mutmaßlichem Täter ein Ende bereitet. Mit Vergnügen schloß er dieses Kapitel ab, selbst wenn er keine anderen Hypothesen über den Mörder hatte. Er mußte ja auch keine haben, ermahnte er sich. Das war John Laus Problem. Er hatte getan, was man von ihm verlangt hatte: ein Skelett analysiert. Und ihnen für ihr Geld was geboten. Das einzige, was ihn an Lake Quinault jetzt noch interessierte, war kein Skelett, sondern eine sehr lebendige Julie Tendler. Und in sehr wenigen Stunden würde er seine Untersuchungen in dem Bereich fortführen.

Abe schnorchelte vor sich hin und schwang friedlich von einer Seite zur anderen, wenn das Auto sanft durch die großen Kurven fuhr, die sich durch die endlosen schwarzen Wälder zogen. Selbst als auf dem Highway 101 mit den hell erleuchteten Abschnitten riesige Lastwagen donnernd an ihnen vorbeidröhnten, schlief er weiter. In dem hübschen Städtchen Sequim, wo der Highway 101 zur East Washington Street wurde, fuhr Gideon langsamer, weil er nicht genau wußte, wo die Abbiegung nach Sun Meadow war.

Abe regte sich und schniefte. »An der Sequim Avenue

rechts rein«, sagte er mit geschlossenen Augen. »An der Ecke ist eine Gulf-Tankstelle.« Er öffnete die Augen. »Die nächste Seitenstraße.«

Als Gideon einbog, streckte Abe sich und seufzte wohlig. »Hör mal«, sagte er, »kann ich dich etwas fragen?«

»Kann ich dich davon abhalten?«

»Was ist, machst du einen auf witzig?«

»Wie meinst du, witzig?«

Sie lächelten beide. »Sag mal«, meinte Gideon, »warum beantworten Leute wie du Fragen immer mit Fragen?«

»Warum nicht?« Der Witz hatte einen solchen Bart, aber sie mußten immer wieder darüber lachen. »Hast du was gegen die Sokratische Methode?«

»Sollte ich?« fragte Gideon.

Abe beugte sich herüber und tätschelte Gideons Arm. »Nu, Schluß. Mimst wohl den Komiker? Henny Youngman? Willst du jetzt meine Frage hören oder nicht?«

»Warum nicht?«

»Ja, aber jetzt wird's ernst. Und es ist die alte Frage: Wenn es übermenschlicher Kräfte –«

»Sagen wir, außergewöhnlicher.«

»– außergewöhnlicher Kräfte bedurfte, diesen Eckert umzubringen, den armen Burschen, wer hat ihn dann umgebracht?«

»Allmählich glaube ich, daß ich unrecht hatte«, sagte Gideon. »Vielleicht hätte es ja doch ein einigermaßen starker Mensch geschafft. John Lau läßt schon Tests veranstalten. Sie werfen Speere in Schweinekadaver oder so was.«

»Und zu welchem Schluß, meinst du, werden sie kommen?«

»Ich glaube, sie werden zu dem Schluß kommen, daß man übermenschliche Kräfte braucht.« Pause. »Abe, ich glaube, ich bin am Ende meines Lateins. Ich habe einfach keine Hypothesen.«

»Hm«, sagte Abe fröhlich, »ich aber. Ich habe sie während der Fahrt ausklamüsert. Du hast gedacht, ich schlafe, stimmt's?«

»I woher denn? Nur weil du eine geschlagene halbe Stunde geschnarcht hast?«

»Nein, ich habe nachgedacht. Und mir schließlich gesagt, was bin ich doch für ein Schlemihl. *Schlemihl* bedeutet –«

»Ich weiß, was es bedeutet. Und warum bist du ein Schlemihl?«

»Weil jeder, der sich Anthropologe schimpft, nicht länger als fünf Sekunden brauchen sollte, um das rauszufinden. Wir sind beide Schlemihls. Also, erinner dich, du hast mich doch heute nachmittag angerufen und mir von der Grabung erzählt.«

Gideon nickte.

»Und was, hast du gesagt, hast du gefunden?«

»Das untere Ende des Oberarmknochens eines Jugendlichen.«

»Und was noch?«

Gideon war verwirrt. »Nichts. Ein Stück Holz. Vielleicht ein Werkzeug zum Pfeile Geradeziehen.«

Die Idee verwarf Abe als lächerlich. »Nein, nein. Wer hat je von so einem Gerät gehört? Paß auf, es hatte doch ein Loch an einem Ende, oder? Ein Loch, in dem vielleicht einmal ein Zapfen drin war?«

»Ich glaube, ja.«

»Und wenn ein Zapfen drin gewesen ist, was meinst du dann, was es war?«

Gideon kapierte nicht, warum Abe sich so lange bei einem zwölftausend Jahre alten Werkzeug aufhielt. »Ich weiß es nicht, Abe«, sagte er ungeduldig; so sprach er selten mit dem alten Mann.

Aber Abe kümmerte sich nicht darum. »Gut«, sagte er, »dann rate!«

»Ein Atlatl?«

»Endlich«, sagte Abe, »fällt der Groschen.«

»Ich weiß nicht –«, fing Gideon an, und dann fiel der Groschen wirklich. »Ein Atlatl!« rief er. »Natürlich! Ein Atlatl! Mein Gott, ich bin –«

»Ein Schlemihl«, sagte Abe und lehnte sich im Sitz zurück. »Jetzt, da ich deinen Fall für dich gelöst habe, Professor Knochendetektiv, hol ich mir noch ein Mützchen Schlaf. Weck mich, wenn wir im Phlegmatikerhafen eingelaufen sind.« In einer Sekunde schlief er wieder. Oder dachte nach.

Gideon summte der Kopf. Ein Atlatl! Ein Speerwurfgerät. Warum war er darauf nicht gekommen? Der Atlatl war eine der primitivsten Waffen, eine Entwicklungsstufe über dem mit der Hand geworfenen Speer, eine unter Pfeil und Bogen. Er war bei den prähistorischen Jägern der ganzen Welt verbreitet.

Man mußte schon einigermaßen geschickt sein, wenn man ihn benutzen wollte, aber das Prinzip war simpel. Der Atlatl verlängerte sozusagen den Arm und verlieh ihm ein Extragelenk, im großen und ganzen wie die Steinschleuder, die man über dem Kopf im Kreis schleudert. Man legte den Speer mit dem dicken Ende auf den Zapfen in dem Atlatl, nahm beides in die Hand und schoß den Speer von dem Atlatl ab, das heißt, man katapultierte ihn mehr oder weniger davon ab.

Mit dem Resultat, daß man den Speer mit einer vielfach größeren Kraft werfen konnte. Die spanischen Eroberer hatten zu ihrem erheblichen Verdruß festgestellt, daß ein von einem Atlatl abgefeuerter Speer Metallrüstungen durchstoßen konnte. Und keine fünf Meilen von dort, wo sie sich jetzt befanden, an der Fundstelle der Mastodonknochen, hatte man die Spitze eines mit einem Atlatl geschleuderten Speers tief im Rückenwirbel eines zwölftausend Jahre alten Mastodons gefunden. Da stand ja wohl außer Zweifel, daß sie auch den siebten Brustwirbel eines menschlichen Wesens durchstoßen konnte.

Gideon zog die Stirn in Falten, als er an dem großen hölzernen Wegweiser nach Sun Meadow in die dunkle Einfahrt bog. Ein Reh trat leichtfüßig hinter einer Kiefer hervor, seine Augen reflektierten die Autoscheinwerfer. Es erstarrte, sprang dann in zwei hohen Bögen über die Straße und verschwand im Laubwerk, das Bild seines anmutig erhobenen Hinterteils hing noch einen Moment in der Luft. Gideon nahm es kaum wahr. Zwölftausend Jahre. Und der Atlatl, wenn es denn einer war, den er heute morgen gefunden hatte, war sogar noch älter. Soweit er wußte, wurden in Nordamerika seit Jahrhunderten keine Atlatl mehr hergestellt oder benutzt. Bis März 1976.

Abe schnorchelte ein allerletztes Mal, räusperte sich und öffnete die Augen, als Gideon vor seinem soliden, modernen Haus bremste und hielt. »Schon da?« sagte er. »Wie wär's mit einer Partie Schach?«

»Einer Partie Schach? Es ist praktisch Mitternacht!«

»Hm«, sagte Abe, und seine Stimme versagte mitleiderregend, »ein alter Mann wie ich weiß nie, wieviel Zeit er noch hat. Also muß er seinem Vergnügen nachgehen, wann immer er kann. Aber vielleicht hast du recht.«

Als Gideon ihm aus dem Auto half, ächzte und stöhnte er. »Na ja, und ein alter Mann kann von euch jungen Leuten ja auch nicht erwarten, daß ihr gern noch ein Stündchen mit ihm verbringt«, sagte er kläglich, »selbst wenn die Zeit knapp wird.«

Gideon lachte, aber zu seiner Bestürzung merkte er, daß seine Hand ganz um Abes Oberarm paßte. Durch den Mantelärmel fühlte sich der Arm wie ein trockener, locker in brüchiges Leder eingehüllter Holzstab an.

»Okay«, sagte er, »spielen wir noch eine Runde. Vielleicht schlägst du mich ja einmal.«

Bertha war ihretwegen aufgeblieben und schlurfte in Plüschhausschuhen davon, um Tee zu machen. Sie ließen sich am Schachtisch im Arbeitszimmer nieder.

»Bertha!« blaffte Abe plötzlich los, während Gideon beide Hände ausstreckte, in jeder eine Schachfigur verborgen. »Gideon will noch einen Happen futtern!«

»Eigentlich nicht –« sagte Gideon.

»Sei still, du wächst noch. Also, stimmst du mir zu, es war ein Atlatl?«

»Ich bin sicher, es war einer.«

»Du *glaubst*, es war einer. Sei nicht so sicher.«

»Aber –«

Abe machte eine begütigende Handbewegung. »Gut, nehmen wir an, es war einer. Dann ist die nächste Frage: Wer rennt 1982 durch die Gegend und benutzt ein Atlatl? Wer hat den Burschen umgebracht?«

»Es war 1976.«

»Oh, das ist natürlich etwas ganz anderes. Gut, 1976.«

Gideon streckte die Hände noch einmal aus. »Ich dachte, du wolltest Schach spielen.«

»Kannst du nicht gleichzeitig reden und Schach spielen?«

Abe nahm die linke Hand. »Immer kriege ich schwarz«, maulte er. »Deshalb gewinnst du immer.«

»Nimm weiß, wenn du willst.«

»Um dich zu schlagen, brauche ich keine Vorteile. Also was glaubst du? Wer hat ihn umgebracht?«

»Hm«, sagte Gideon, »wir haben den Atlatl und die Tatsache, daß Eckert auf einem hundert Jahre alten indianischen Friedhof begraben wurde –«

»Und deshalb waren es Indianer, die ihn getötet haben?« fragte Abe, ein gutgelaunter Advocatus Diaboli. »Was ist denn das für eine Logik?«

Gideon schob seinen Königsbauern zwei Felder vor.
Angesichts dieser konventionellen Eröffnung runzelte Abe die Stirn, als habe er so etwas noch nie gesehen. »Gibt es ein Gesetz, daß nur Indianer Atlatl benutzen dürfen? Ein Weißer oder ein Eskimo könnte Eckert nicht auf dem indianischen Friedhof begraben haben?« Abe bewegte seinen Königsbauern, so daß er Gideons gegenüberstand, und schaute auf. »Was gibt es zu lachen? Ist der Zug so schrecklich?«

»Nein, du sagst genau das, was ich letzte Woche John Lau erzählt habe, als er so überzeugt war, daß es Indianer waren.«

»Aber jetzt bist du es auch?«

»Sagen wir, die Hypothese bietet sich am ehesten an.«

Abe lachte. »Sagen wir, du glaubst es auch. Junge, ihr Herren Doktoren im Elfenbeinturm!«

»Gut«, grinste Gideon, »sagen wir, ich glaube es auch. Schau mal, du behauptest, *jeder* hätte ihn auf dem Friedhof begraben können, aber soweit wir wissen, wußte niemand – außer den Indianern selbst natürlich –, daß da drin ein Friedhof ist. Die Archäologen vom FBI haben von einem Friedhof oder einer Indianergruppe noch nie gehört und die Universitäten auch nicht.«

Bertha stapfte mit einem Glas heißer Milch mit Honig für Abe und Tee mit Butterkuchen für Gideon herein.

»Für mich nur Tee, bitte, Bertha. Danke«, sagte Gideon.

»Schau mich nicht so an«, sagte Abe zu Bertha. »Er hat es sich anders überlegt.«

Ein paar Minuten lang betüdelte Bertha ihren Vater, der brummelte und sagte, er wolle einen steifen Bourbon und kein Babygetränk. Sie rümpfte die Nase, tätschelte ihn ein letztesmal und ging.

Abe schlürfte seine Milch. »Weißt du, ich mag das Zeug sogar! Erzähl es aber nicht Bertha.« Er stellte das

Glas ab. »Ich habe noch eine Frage: Wenn Indianer da drin sind, wie kommt's, daß es keiner außer dir weiß?«

»Dazu fällt mir nur ein, daß sie sich versteckt halten«, sagte Gideon ohne rechte Überzeugung. Nebenbei ließ er seinen Königsläufer nach links ausscheren, um den Bauern des gegnerischen Königsläufers anzugreifen. »Und da der Friedhof seit mindestens einhundert Jahren in Gebrauch ist, müssen sie sich die ganze Zeit versteckt haben. Was meinst du dazu? Ist das möglich?«

Abe bedachte das Schachbrett mit einem sinistren Blick. »Immer mit dem verdammten Läufer! Diesmal kriegst du mich aber nicht.« Mit dem Finger schob er den Bauern seines Königsturms ein Feld vor. »Ha! Jetzt will ich mal sehen, wie du mit dem Springer ankommst, Herr Oberschlaumeier.« Selbstzufrieden lehnte er sich zurück.

Gideon lächelte. So intelligent Abe war, Schach hatte er nie begriffen.

»Da seht her, seiner selbst so sicher«, sagte Abe. »Aber ich habe noch ein paar Tricks auf Lager, wart's nur ab.« Er trank einen Schluck Milch. »Gideon, sie müßten ja fast unsichtbar sein. Die Gegend dort, der Regenwald, da drin ist man zwar ziemlich isoliert, aber es ist immer noch Amerika. Dort sind Wanderer, Landvermesser, Botaniker, Schmotaniker, alles. In hundert Jahren hat keiner die Indianer gesehen? Kaum zu glauben.«

»So was ist aber schon vorgekommen, Abe.«

Eine Weile lang schwieg der alte Mann ernst und stocherte sich mit der Zunge in den Wangen herum. »Du denkst an die Yahi. An Ishi.«

Ishi. Der romantischste Name in den Annalen der amerikanischen Anthropologie. Ishi, der Wilde, der eines Sommermorgens 1911 nackt und fast verhungert in die kalifornische Kleinstadt Oroville taumelte und voll Angst und Entsetzen im Pferch eines Schlachthauses zusammenbrach. Ishi, der letzte seines Volkes, der in den isolierten Hängen des Mount Lassen aufgewachsen war. Seit Jahrzehnten hatten die Weißen die Yahi für ausgestorben gehalten, in den fünfziger und sechziger Jahren des neunzehnten Jahrhunderts von Siedlern und Goldsuchern abgeknallt. Aber eine kleine Gruppe hatte in den entlegensten Wäldern weiterexistiert, sie konnten kaum von dem leben, was sie hatten, und wurden immer weniger. 1910 waren nur noch zwei übrig, und als die alte Frau im Dezember des Jahres starb, durchlebte ihr Sohn Ishi einen entsetzlichen, einsamen Winter und stolperte schließlich blind die Hügel hinunter, über alle Maßen hoffnungslos und verzweifelt, denn auf der ganzen Welt war er nun der einzige, der das wunderschöne Yahi sprach und die Sitten der Yahi kannte. Auf der ganzen Welt würde sich niemand außer ihm an seine Mutter oder seine Schwester oder an sein eigenes junges Mannesalter erinnern. Und wenn er starb, war es, als hätte es nie existiert.

Aber er starb nicht. Der überraschte Sheriff von Oroville fand den erschöpften, halbtoten Indianer im Schmutz kauernd, zog ihm ein altes Hemd über und steckte ihn ins Gefängnis. Bald verbreitete sich die Neuigkeit, und binnen weniger Tage war der große Anthropologe Alfred Kroeber bei ihm im Gefängnis, setzte sich geduldig und freundlich mit ihm zusammen, lernte ein paar Yahi-Worte und brachte Ishi sogar zum Lachen, wenn er die Worte falsch aussprach.

Der Rest der Geschichte war nicht weniger unglaublich. Kroeber nahm Ishi mit nach San Francisco und fand eine Unterkunft für ihn – im anthropologischen Museum der University of California auf den Parnassus Heights. Dort bezog Ishi ein einfaches Quartier und verdiente sich das Geld für seine Bedürfnisse – er hatte nämlich im Handumdrehen Geschmack an Zucker und Tee gefunden –, indem er einem dankbaren Publikum in vielbesuchten Veranstaltungen demonstrierte, wie man Pfeile herstellt und die Spitzen schnitzt.

In den vier Jahren bis zu seinem Tod an Tuberkulose entwickelte sich eine tiefe, wirklich auf Gegenseitigkeit beruhende Freundschaft zwischen Ishi und dem hochintelligenten Kroeber. Während ihrer langen Gespräche und ihrer Ausflüge ins Yahi-Land lernte Kroeber soviel über Ishis früheres Leben wie nur möglich. Er erfuhr, wie die kleine Gruppe der Yahi, überzeugt, die Weißen würden sie töten, wenn sie sie je fanden, von Stein zu Stein gegangen waren, damit sie keine Fußspuren hinterließen, und nicht *durch* den Chaparral, das immergrüne Gestrüpp, gelaufen waren, sondern darunter her, meilenweit auf allen vieren. Er erfuhr, wie sie, manchmal von morgens bis abends, vollkommen stillgelegen hatten, wenn Weiße in der Nähe waren, und daß sie in winzigen, getarnten Hütten gelebt hatten, die man auf fünfzig Schritt Entfernung schon nicht mehr sehen konnte, und ihre Feuer mit hohen Ringen aus Baumrinde abgeschirmt hatten.

Und vierzig Jahre lang hatte niemand auch nur den geringsten Verdacht geschöpft, daß sie dort waren.

Ishis Name reichte aus, um Abes Widerstand zu brechen. »Möglich ist es, möglich ist es«, sagte er, und seine Augen glühten. »Warum nicht? Eine kleine Gruppe Indianer im Regenwald. Wo könnten sie sich besser verstecken? Nicht gerade luxuriös, aber erfrieren tun sie auch nicht, und sie hätten jede Menge zu essen. *Oi*, Gideon, stell dir vor, was wir lernen könnten – vielleicht ein Steinzeitvolk –, das wäre großartig!«

»Ja, wirklich«, sagte Gideon. »Aber ... sie sind beinahe *zu* primitiv – Knochenspeere, Atlatls. Selbst die Yahi waren weiterentwickelt, und die Nordwestküstenindianer waren vor hundert Jahren schon viel fortgeschrittener. Was *sind* das für Leute?«

»Hm, überleg mal, es müßte eine kleine Gruppe sein, wie die Yahi – fünf, sechs, ein Dutzend Menschen. Selbst wenn sie nur auf Steinen laufen, hundert Leute können sich nicht verbergen.«

»Stimmt, der Friedhof ist auch klein. Sehr wenig Tote, wenn man davon ausgeht, daß sie seit hundert Jahren dort wohnen, und angenommen, das ist ihr einziger Begräbnisplatz.«

»Richtig. Und wenn man eine so kleine und isolierte Gruppe hat«, sagte Abe, »kommt es zu dem, was ich als Phänomen der kulturellen Abweichung bezeichne.«

»Als was würde ich es bezeichnen?«

»Du würdest es als gar nichts bezeichnen, weil ich es gerade erfunden habe, aber es muß stimmen. Wie bei einer genetischen Abweichung. Wenn man nur einen Träger mit den Genen für blaue Augen hat, und der kommt um, dann ade, blaue Augen im Genpool. Oder du hast, sagen wir mal, einen, der ist Bogenmacher und der einzige, der das kann. Eines Tages fällt er vom Felsen, und puuff!« er schnipste ungeschickt mit den Fingern, »ade, Bogenmachertechnik. Du verlierst fünftausend Jahre kultureller Entwicklung.«

Gideon dachte darüber nach und nickte. »Und du bist isoliert und hast mehr Angst als je zuvor. Du siehst die Flieger oben drüberbrausen, du hörst die Autos, siehst sie vielleicht manchmal und ziehst dich immer tiefer zurück, dahin, wo du sicher bist und diese fremden Lebewesen dich nicht töten können oder essen oder was immer deiner Vorstellung nach passieren könnte.«

»Und wenn jemand zu nahe kommt, tötest du ihn? Wie Eckert?«

Das hatte Gideon beinahe vergessen. »Ja, ich glaube, ja.«

Abe trank seine Milch aus und leckte sich über die Lippen. »Und du gehst in den Regenwald und suchst sie.«

»Wann habe ich das gesagt?«

»Das mußt du nicht sagen. Glaubst du, ich kenne dich nicht?«

Abe hatte natürlich recht. »Abe, stell dir doch vor, wie es wäre, wenn man da hineingeht und mit ihnen *redete*.«

»Ja, klar, nur vergiß nicht, daß sie die Leute, die ihnen zu nahe kommen, umbringen.«

»Ja, hm, aber ich bin Anthropologe, kein Tourist, der sich mal zufällig dorthin verirrt. Ich würde die Sprache erforschen, ich –«

»Sehr schön, aber welche Sprache? Wenn du nicht weißt, wer sie sind, weißt du auch nicht, was sie sprechen. Hör mal, spielen wir Schach oder nicht?«

Gideon nahm seine Dame, zögerte und wedelte damit in der Luft herum. »Hm, ich habe ja nicht gesagt, ich gehe morgen. Zum einen muß ich die Grabungen in Dungeness beenden. Dann muß ich einiges an Forschungen anstellen, bevor ich es versuche. Ich habe an den nächsten Sommer gedacht.« Er setzte die Dame vor Abes zuletzt vorgeschobenen Bauern.

»Schon die Dame?« sagte Abe. »Mit dem dritten Zug?«

Gideon schob seinen Stuhl vom Schachtisch. »Ich glaube, ich fahre mal besser, Abe. Ich muß früh aufstehen.«

Überrascht schaute Abe vom Schachbrett auf. »Mitten im Spiel?«

Gideon grinste ihn an. »Du ziehst ja als nächstes sowieso deinen Königsspringer nach vorn, damit der meine Dame vertreibt, aber dann schlägt meine Dame mit dem nächsten Zug deinen Läuferbauern und setzt deinen König matt. Schachmatt.«

Mit einem wehmütigen Blick aufs Brett vergewisserte Abe sich, ob es stimmte. »Drei dämliche Züge«, beklagte er sich bitterlich.

»Kinderspiel«, sagte Gideon lächelnd. »Ungefähr einmal im Jahr probiere ich das an dir aus. Es funktioniert immer, und immer sagst du, du denkst dran, beim nächsten Mal aufzupassen.«

»Beim nächsten Mal denke ich auch dran.« Er lachte und tätschelte Gideons Hand. »Gideon, du bist Anthropologe, kein Ethnologe. Ich sage nicht, daß du nicht zehnmal soviel weißt wie die, aber warum überläßt du denen das nicht? Gib der Universität einen Bericht. Sollen sie von dort aus etwas unternehmen.«

»Aber die Universität behauptet, da könnten keine Indianer mehr drin sein. Ich weiß nicht, ob ich sie vom Gegenteil überzeugen kann.«

»Du weiß nicht, ob du das willst, meinst du.«

»Ja, mag sein«, sagte Gideon.

Abe holte tief Luft und stieß einen bebenden Seufzer aus. »Ach, in deiner Haut möchte ich auch nicht stecken. Aber, Junge, Junge, ich wünschte, ich wäre zehn Jahre jünger. Dann ginge ich mit dir. Doch die verdammte Arthritis...«

»Das wünschte ich mir auch, Abe, wahrhaftig«, sagte Gideon.

Als Gideon die Tür des Seemöwencottage öffnete, hörte er gerade noch den Nachklang des Telefonläutens, aber der Anrufer hatte aufgelegt, als er an den Apparat ging. Ein bißchen besorgt blieb er stehen – es war ein Uhr zwanzig nachts – und wartete, daß es noch einmal klingeln würde. Tat es aber nicht.

»Ich weiß, daß du klingelst, wenn ich unter der Dusche bin«, sagte er laut und starrte es böse an. Langsam putzte er sich die Zähne, packte seine Tasche für das Wochenende und wartete die ganze Zeit darauf, daß es wieder läutete. Nach fünfzehn Minuten gab er auf, zog sich aus und ging unter die Dusche.

Das Telefon klingelte.

»Doc, zum Teufel, wo bist du gewesen?«

»John? Was ist los? Von wo rufst du an?«

»Von Lake Quinault. Ich bin in der Lodge. Julie hat mir erzählt, daß du morgen kommst, und ich wollte dich erwischen, bevor du losfährst. Es –«

»Warte, ich muß mir erst ein Handtuch holen.«

Heftig rubbelnd kam er zum Telefon zurück. Im Cottage war es kalt, und er hatte vergessen, die elektrische Heizung anzustellen. »Okay, da bin ich wieder.«

»Doc, kannst du dein Werkzeug mitbringen? Wir haben auf dem Friedhof weitergebuddelt und noch eine Leiche rausgeholt – das heißt, Skeletteile. Es sieht nach Hartman aus.«

»Wer zum Teufel ist Hartman?«

»He, warum wirst du gleich so wütend?«

»Ich werde wütend, weil du mich erstens aus der Dusche geholt hast und ich friere und weil zweitens morgen ein wunderschöner Tag ist und Julie und ich, sobald ich in Quinault bin, nach Kalaloch Beach fahren wollen, und du mich bittest, den ganzen Tag in einem staubigen Arbeitsraum an einem idiotischen Skelett herumzudoktern. Und ich schreie Zeter und Mordio und sage nein, aber zum guten Schluß tue ich es doch. Aus einem lächerlichen Gefühl von Freundschaft oder Pflichtbewußtsein oder etwas gleichermaßen Absurdem.« Er schnappte nach Luft. »Deshalb bin ich wütend!«

John lachte. Sein vergnügtes, kindliches Gurgeln brach Gideons Widerstand immer. »Ich dachte, du arbeitest gern mit Knochen.«

»Ich arbeite auch gern mit Knochen. Ich liebe die Arbeit mit Knochen. Ein paar Dinge liebe ich allerdings noch mehr.« Gideon seufzte. »Also gut, wer ist Hartman?«

»Das ist der andere Typ, der verschwunden ist.«

»Ich dachte, das wäre ein Mädchen. Claire Hornick.«

»Nein, ich meine vor sechs Jahren, zur gleichen Zeit wie Eckert. Hornick ist letzte Woche verschwunden und immer noch nicht aufgetaucht.«

»Und wieso glaubst du, es ist nicht noch ein indianisches Grab, ein altes?«

»Hm, wir haben ihn anhand zahnärztlicher Unterlagen vorläufig identifiziert, aber ich würde es doch sehr begrüßen, wenn du ihn auch noch einmal unter die Lupe nimmst.«

»Okay«, sagte Gideon, »okay. Dann treffen wir uns so gegen neun. Hm, John? . . . Ich habe mit meinem alten Professor über den Fall gesprochen . . .«

Gideon berichtete ihm über die Diskussion mit Abe. John hörte zehn Minuten lang schweigend zu, und unterbrach ihn nur, damit Gideon ihm erklärte, was ein Atlatl ist. Als Gideon zu Ende geredet hatte, blieb die Leitung still.

»John? Bist du noch dran?«

»Aber ja doch. Ich stehe nur unter Schock.«

»Hm, na ja«, sagte Gideon edelmütig, »schließlich hast du als erster Indianer erwähnt –«

»Ich weiß. Darüber bin ich ja schockiert. Ich habe noch nie eine Auseinandersetzung mit dir gewonnen. Du erzählst mir allen Ernstes, ich hatte recht und du hattest unrecht? Ich kann's nicht fassen!«

»Jetzt hör mal, John«, sagte Gideon lachend, »so unvernünftig bin ich auch nicht. Manchmal ergibt selbst das, was du sagst, Sinn – bis zu einem gewissen Grade natürlich und auf eine dir entsprechende Weise.«

»Allerherzlichsten Dank. Ich wünschte, ich könnte behaupten, ich verdiene solche phantastischen Komplimente. Aber«, sagte er, und seine Stimme sank eine Etage tiefer und wurde grimmig, »ich fürchte, diese Leiche unterstützt deine Theorie nicht sonderlich.«

»Welche Theorie?«

»Daß hier wilde Indianer rumlaufen und Leuten mit Steinzeitspeeren den Garaus machen. Doc, der Typ ist erschossen worden.«

»Erschossen? Mit einem Gewehr?«

Schweigen. Gideon wußte, daß John jetzt ernst nickte. »Ja, mit einem Gewehr. Ein hübsches kleines, rundes Loch ist fein säuberlich durch die Seite seines Schädels gebohrt worden.«

8

»Hm«, sagte Gideon, kaum daß er sich hingesetzt und einen Blick auf den elfenbeinfarbenen Schädel auf dem Arbeitstisch geworfen hatte. »Aha.«

John hatte den Stuhl mit dem Rücken gegen die Wand gekippt und die Hände ruhig über dem Bauch gefaltet. »Dieses Hm-aha-Gemurmel schmeckt mir nicht«, sagte er. »Es bedeutet immer, daß du jetzt meine Beweise aufmischst. Nicht daß ich stichhaltige Beweise hätte.«

»Er ist nicht erschossen worden, John«, sagte Gideon leise.

Die Vorderbeine von Johns Stuhl krachten auf den Linoleumboden. »Nicht erschossen worden...« Mit aufgebrachten Gesten zeigte er auf das kreisrunde Loch an der linken Schädelseite.

»Nein, nicht erschossen. Als erstes schau dir mal die Plazierung an. Hoch oben auf der Kranznaht, fast am Schnittpunkt mit der Pfeilnaht. Ist es nicht reichlich ungewöhnlich, daß man jemandem so hoch oben durch den Kopf schießt?«

»Nein, wenn du es genau wissen willst.«

»Wirklich?«

»Jawohl«, sagte John und genoß die ungewohnte Rolle als Dozierender. »Bei Selbstmord ist es eine ziemlich übliche Stelle.«

»Und was hat er benutzt, um so ein großes Loch zu hinterlassen? Eine Elefantenbüchse?«

»Doc«, sagte John aufgeräumt, »ich mein's nicht böse, aber überschreitest du mit diesem forensischen Pathologiekram nicht ein bißchen deine Grenzen? Kleine Kugeln können große Löcher reißen.«

»Mag sein«, sagte Gideon, »aber wenn sie große Löcher reißen, reißen sie große, schludrige Löcher, keine adretten runden wie das hier. Und bedenke folgendes: Um ein so sauberes Loch zu bohren, müßte eine Kugel schon mit einer teuflischen Geschwindigkeit durchsausen, oder?«

»Ja und? Das pflegen Kugeln manchmal zu tun. Sagen wir, vierhundertundfünfzig Meter pro Sekunde – neunhundert, wenn wir annehmen, es war ein Gewehr. Anfangsgeschwindigkeit natürlich«, dozierte John mit Wonne.

»Wo ist dann das Austrittsloch?«

John kaute innen an seiner Wange. Jetzt geriet er ins Wanken. »Wahrscheinlich steckte die Kugel im Gehirn und ist später rausgefallen.«

»So ein großes Projektil mit so einer Geschwindigkeit? Es hätte sich durch das Gehirn wie durch Vanillepudding gepflügt und auf dem Weg nach draußen die rechte Vorderseite des Schädels gesprengt – hier am Schläfenbein oder am Keilbein, beides sehr fragilen, dünnen Knochen.«

»Es sei denn«, sagte John, »es hatte eine weiche Spitze. Dann konnte es drin steckenbleiben.«

»Aber –«

»Ich weiß. Dann wäre das Loch nicht so ordentlich.« John lehnte sich im Stuhl zurück, kreuzte die Arme und setzte eine verdrossene Miene auf. »Okay, Doc, ich geb's auf. Du hast recht. Hören wir mal deine Theorie, aber versuch dich in Worten auszudrücken, die ich verstehe, ja?«

»Das war ein Trepan, kein Gewehr.«

»Ach so, alles klar.«

»Man spricht von Trepanieren. Man schneidet eine Knochenscheibe aus dem Schädelgewölbe heraus. Viele primitive Völker haben das praktiziert, einschließlich der amerikanischen Indianer. Die Operationstechnik ist im übrigen immer noch verbreitet.«

John nahm den Schädel behutsam in beide Hände und schaute sich das Loch genau an. »Und hier angewandt worden. Eine Trepanation?«

Gideon nickte. »Siehst du die kreisförmigen Rillen innen um die Öffnung herum?«

Verbittert schüttelte John den Kopf. »Die Kratzer in dem Loch?«

»Ja, sie haben mit einem scharfen Gegenstand immer rundherum gekratzt, bis sie durch das Schädeldach waren und sich die Knochenscheibe löste.«

»Uach.« Er schaute Gideon plötzlich an. »War er da tot oder lebendig?«

»Entweder oder. Manchmal wandten sie die Methode bei Kopfschmerzen oder Wahnsinn an, manchmal, um ein Stück toten Feind zu kriegen und ihn dann als Amulett zu tragen. In Neuirland gibt es eine Gruppe, die hat es aus modischen Erwägungen bis ins zwanzigste Jahrhundert hinein praktiziert. Sie –«

»Herr im Himmel, Doc, ich rede von diesem Typen.«

»Ich weiß es nicht.« Er nahm John den Schädel ab und fuhr mit den Fingerspitzen langsam über den Bereich rund um den sauberen Rand des Lochs. »Oder vielleicht weiß ich es doch. So wie diese Fraktur verheilt ist, das heißt, das Fehlen von eitriger Knochenentzündung deutet darauf hin –«

»Einen Moment«, sagte John, erhob sich seufzend und ging zur Kaffekanne am anderen Ende des Raums. »Wenn du mir einen Vortrag halten willst, brauche ich eine Stärkung. Willst du Kaffee?«

»Ich will Kaffee«, sagte Gideon, »aber ich halte keinen Vortrag. Ich werde einfach nur die hohe Kunst wissenschaftlicher kriminalistischer Ermittlungsarbeit auf einfache Weise demonstrieren – so einfach«, sagte er und schaute John hochmütig an, »daß es selbst der Ungebildetste begreift.«

»Oh, Mann«, sagte John, »da nehme ich wohl besser zwei Löffel Zucker.« Er kam mit zwei Bechern, die er leicht in einer seiner großen Hände befördern konnte, zum Tisch zurück, stellte einen Becher vor Gideon und setzte sich.

»Als erstes«, sagte Gideon, »siehst du diesen Riß, der aus dem oberen Teil des Lochs kommt?«

»Die gezackte Linie?«

»Nein, das ist die Kranznaht, die Trennungslinie zwischen Stirn- und Scheitelbein. Nein ... diesen dünnen Riß hier, der nach oben verläuft, direkt hinter der Kranznaht.«

»Ja«, sagte John und betastete die beinahe unsichtbare Fissur. »Der ist mir vorher auch schon aufgefallen. Ich dachte, er ist entweder entstanden, als das Loch gebohrt wurde oder als der Mann schon in der Erde war. Durch den Druck der Erde oder so etwas. Das passiert, oder nicht?«

»Häufig, aber in diesem Fall war es, glaube ich, nicht so. Das heißt, ich weiß, daß es nicht so war.«

Er trank Kaffee und wählte seine Worte vorsichtig. »Also: Die kaum sichtbare Fraktur ist signifikanter als das große runde Loch. Durch sie erfährt man drei Dinge. Erstens, daß sie nicht entstanden ist, als er tot, sondern als er noch lebendig war – folglich muß auch da der Schlag niedergegangen sein, der sie verursacht hat. Zweitens, daß der Schlag ihn nicht sofort getötet hat und eventuell sogar überhaupt nicht, sondern daß er danach noch etwa eine Woche gelebt hat. Und drittens, daß die Fraktur definitiv vor dem Trepanieren war – und daß das Trepanieren vermutlich seinen Tod verursacht hat.«

Mitten in seinem besten professoralen Redeschwall hielt er inne. Johns Widerborstigkeit hatte sich dagegen wie üblich in respektvolle, verhalten skeptische Aufmerksamkeit verwandelt.

»Fahr mal mit dem Finger über den Riß, richtig hin und her, am Rand des runden Lochs«, sagte Gideon.

Das tat John und runzelte die Stirn. »Der Knochen fühlt sich irgendwie konkav an – eingedellt. Wie kann man Knochen eindellen?«

»Leicht. Lebendiger Knochen ist relativ weich. Er verbiegt sich, splittert, läßt sich eindellen. Aber toter Knochen verliert seine Elastizität schnell und wird spröde. Deshalb –«

»– hat er vermutlich einen Schlag auf den Schädel gekriegt, als er noch lebte.«

»Richtig«, sagte Gideon. »Mit etwas, das schwer genug ist, um die Fraktur, und spitz genug, um die Vertiefung zu verursachen. Der Schlag ist ohne jeden Zweifel ein bißchen weiter unten, dort, wo trepaniert wurde, niedergegangen.«

John holte aus der Tasche seines Jeanshemdes ein Notizbuch und schrieb etwas auf. »Okay, Punkt eins«, sagte er. »Der Bruch ereignete sich, als er lebte. Aber woran erkennst du, daß er nicht auf der Stelle gestorben ist?«

»Wenn du den Riß genau betrachtest – hier, nimm das Vergrößerungsglas –, stellst du fest, daß die Kanten nicht richtig scharf sind. Sie sind leicht abgerundet, weil der Knochen schon etwas resorbiert wurde. Und hier ganz oben ist ein dünner, sehr leicht erhabener Knochenwulst, der die beiden Kanten verbindet. Siehst du? Der ist ein wenig heller als der Rest des Schädels.«

»Ja, das seh ich«, sagte John höchst interessiert. »Das beweist, daß es angefangen hat zu heilen, stimmt's? Was nicht passiert wäre, wenn er sofort gestorben wäre.«

»Genau. Das ist Punkt zwei.«

»Gut«, sagte John anerkennend, »aber du hast gesagt, du könntest auch erkennen, daß er nicht länger als eine Woche danach gelebt hat. Wie das...? Ach«, er schlug sich auf die Stirn, »wenn er noch lange gelebt hätte, wäre alles verheilt gewesen, stimmt's?«

»Genau. Halt dich an mich; vielleicht mach ich doch noch einen guten Ermittler aus dir. Gut, jetzt kommt die dritte Schlußfolgerung – daß das Trepanieren nach dem Schlag auf den Kopf erfolgt ist und ihn wahrscheinlich sofort getötet hat.« Gideon schob John den Schädel ein wenig näher hin. »Aber weißt du, hier hilft uns nur der Glaube.«

»Nein, nicht unbedingt. Ich bin nämlich schon weiter als du. Der Riß hat begonnen sich zu schließen, aber das Loch zeigt keine Anzeichen, daß es überhaupt angefangen hat zu heilen. Also muß er sofort, nachdem es gebohrt worden ist, gestorben sein.« John strahlte. »Na, wie mach ich mich, Doc?«

»›Eins‹ für Logik, ›Sechs‹ für Schlußfolgern aus Beweisen. Ein dünner Bruch zeigt Anzeichen von Heilung innerhalb weniger Tage, aber eine größere Perforation, wie dieses Loch, braucht länger. Das heißt, in dem Sinne, daß es sich schließt, heilt es natürlich nie; nur die Kanten runden sich. Aber selbst das erkennt man erst nach einer ganzen Weile. Also selbst wenn wir keine sichtbaren Zeichen einer beginnenden Heilung haben, könnte er leicht noch ein paar Wochen gelebt haben.«

»Und woher willst du dann wissen, daß er nicht mehr so lange gelebt hat?«

»Vor ein paar Minuten habe ich eitrige Knochenentzündung erwähnt.« Gideon winkte John ab, als der wieder zu schreiben begann. »Keine Sorge, ich schreibe dir alles auf. Eitrige Knochenentzündung ist schlicht und ergreifend eine Entzündung des Knochens aufgrund einer Infektion. Wenn die ausgebrochen wäre, sähest du, daß der Knochen rund um das Loch uneben und vernarbt wäre. Aber er ist ganz glatt. Also keine Infektion.«

»Okay«, sagte John, »aber ich verstehe nicht –«

»Tatsächlich verursachte primitives Trepanieren – zum Beispiel mit einer angespitzten Muschelschale oder einem Stück Feuerstein – fast immer eine schwerwiegende, oft tödliche Infektion des Knochens. Hier aber nicht. Deshalb können wir, meine ich, davon ausgehen, daß Hartman an der Trepanation gestorben ist.«

John öffnete den Mund, um etwas zu sagen, wurde konfus und schloß ihn wieder. »Wie bitte?« platzte er schließlich heraus. »Es hat sich nicht infiziert und deshalb seinen Tod verursacht?«

»Richtig«, sagte Gideon und lächelte über Johns Miene.

»Das muß der Moment sein, wo uns der Glaube hilft«, sagte John.

Gideon lachte. »Schau, wenn Hartman weitergelebt hätte, könnten wir annehmen – sagen wir, mit neunzigprozentiger Wahrscheinlichkeit –, daß der Knochen sich innerhalb weniger Tage infiziert hätte. Wenn Knochen aber einmal tot ist, infiziert er sich nicht mehr. *Ergo:* Die Operation hat ihn auf der Stelle oder höchstens ein, zwei Tage später das Leben gekostet.«

Gideon lehnte sich im Stuhl zurück und trank seinen Kaffee, aber John beugte sich vor. »Warte einen Moment, nicht so schnell. Bis zu einem Punkt kann ich dir folgen: Hartman kann nicht mehr lange nach dem Trepanieren gelebt haben – das heißt, gut, mit neunzigprozentiger Wahrscheinlichkeit nicht. Das bedeutet aber doch nicht, daß das Trepanieren ihn getötet hat. Das ist doch nur eine Vermutung. Zwischen einem engen Zusammenhang und Ursache und Wirkung besteht ein großer Unterschied.« Er grinste. »Willst du wissen, von wem ich das gelernt habe?«

»Stimmt, es ist eine Vermutung«, sagte Gideon, »aber wenn du nur trockene Knochen hast, ist ein wenig wohlbegründetes Vermuten Teil des Spiels.« Er klopfte auf den Schädel. »Der Typ hier ist tot. Offensichtlich. Du untersuchst seine Überreste und siehst, daß man ihm vermutlich an dem Tag, als er gestorben ist, mit einer entsetzlich primitiven Methode ein großes Loch in den Kopf gebohrt hat. Da würde ich doch sagen, du bewegst dich auf einigermaßen festem Boden, wenn du davon ausgehst, daß zwischen dem Loch und dem Tod ein mehr als zufälliger Zusammenhang besteht.«

»Ja, aber es sind immer noch Vermutungen. Es ist kein Beweis.«

»Bedaure«, sagte Gideon schroff. »Ich versuche nur, aus extrem begrenzten Daten vernünftige Vermutungen anzustellen. Wenn das nicht gut genug ist –«

»Immer mit der Ruhe, immer mit der Ruhe. Gott, du

bist genauso schlimm wie Fenster.« Plötzlich lachte er sein kindliches Gelächter, und die Haut um seine Augen verzog sich in tausend gutmütige Fältchen. »Ich bin es einfach nicht halb so gewöhnt wie du, auch mal auf den Glauben zu bauen. Kann ich eine Frage stellen, ohne daß ich vor die Tür gesetzt werde?«

Gideon lächelte. »Was?«

»Wenn man keine Anzeichen einer Heilung bemerkt und keine Entzündung – was auch immer, woher weißt du dann, daß er nicht schon tot war, als das Loch gebohrt wurde? Hast du nicht gesagt, die Leute hätten aus Knochenstücken Amulette gebastelt?«

Gideon kippte den Schädel so, daß das Licht schräg auf das Scheitelbein fiel. »Siehst du den haarfeinen Riß, der unten aus dem Loch kommt?«

»Ich glaube, ja«, sagte John und beugte sich über den Schädel. »Und ist hier nicht noch einer, ein verheilter?« Er betastete eine dünne weiße Linie, die zweieinhalb Zentimeter lang vom vorderen Rand des Lochs bis zum Stirnbein verlief.

»Ja. Insgesamt drei Risse, die strahlenförmig vom Mittelpunkt des entfernten Knochenstücks ausgehen. Deutet das nicht darauf hin, daß der Schlag auf den Kopf höchstwahrscheinlich den Knochen dort zersplittert hat? Das wäre ein lausiges Amulett geworden.«

»Puh«, sagte John. »Und auf was läuft das alles hinaus?«

»Meine Vermutung –«

»Deine wohlbegründete Vermutung?«

»Sehr wohl . . . ist, daß Hartman mit einem stumpfen Gegenstand wie einem Hammer oder dem stumpfen Ende eines Beils auf den Kopf geschlagen wurde, was eine versenkte Fraktur im linken Scheitelbein zur Folge hatte. Als er sich davon überhaupt nicht erholte – vielleicht hat er das Bewußtsein nie wiedererlangt –, haben sie versucht, den Druck durch Trepanieren zu verringern, und die eingesunkenen Stücke des Knochens entfernt. Das klappte nicht, sein Zustand verschlimmerte sich wahrscheinlich noch, und er starb.«

»Wer sind ›sie‹?«

»Die Indianer. Ich kann mir nicht vorstellen, daß sonst jemand diese Art von chirurgischem Eingriff vornehmen könnte.«

»Ich weiß nicht«, sagte John. »Ich kann mich mit dieser Indianeridee immer noch nicht anfreunden. Ich meine, du – du und Julie, ihr beide – habt mir erst vor ein paar Tagen erzählt, daß es keine Indianer gewesen sein können, es sei lächerlich anzunehmen, es seien Indianer gewesen. Alles, nur keine Indianer.«

»Hm, wenn man frische Daten kriegt, ändert man seine Hypothese.«

John schaute ihn skeptisch an. »Dann ist die neue Hypothese: Die Phantomindianer, an die außer dir niemand glaubt, haben Hartman mit einer Kriegskeule oder sonst was eins über den Schädel gezogen, es sich dann anders überlegt, ihn eine Woche lang gepflegt und dann versucht, ihn zu kurieren, indem sie ihm ein Stück aus dem Kopf geschnippelt haben, und ihn damit endgültig über den Jordan geschickt.«

Gideon zuckte mit den Schultern. »So sieht es für mich aus.«

»Meine Güte, was ist denn das für eine dämliche Theorie?« rief John und breitete die Arme aus.

»Mit Indizienbeweisführung«, sagte Gideon lächelnd, »kommst du nicht weiter.« Er begann sein Handwerkszeug einzusammeln und es in seiner Aktentasche zu verstauen. »Jetzt, da ich dir den größten Teil meines Morgens geschenkt habe und mich am Ende anschreien und beschimpfen lassen muß, werde ich Julie, ganz egal, mit welch administrativen Mätzchen sie gerade beschäftigt ist, wegzerren und mit ihr ein paar reichlich verdiente Mußestunden verbringen.«

John ließ sich auf den Stuhl zurückfallen. »Warum rufe ich bloß immer dich«, sagte er kopfschüttelnd. »Alles ist hübsch einfach, bis du die Finger reinsteckst.«

»Ach, aber am Ende ist doch immer alles sonnenklar, oder?«

»Ja«, sagte John lächelnd, »stimmt. Normalerweise. Bis jetzt. Viel Spaß, Doc. Dann will ich mal weiter hier schuften, während du dich im Sonnenschein verlustierst.«

»Exzellente Idee«, sagte Gideon.

Julie war auf dem Fall-Creek-Campingplatz, einen halben Kilometer entfernt. Der Platz war rappelvoll mit Leuten, und Gideon hatte schon Angst, er würde Julie in der Menge nicht finden. Jeder einzelne Zeltplatz schien besetzt zu sein, und auf den Pfaden drängelten sich die Menschen, die in den Wald wollten.

Jede Menge »Profi«-Wanderer: stämmige, robuste Mädchen und magere, zähe Jungs mit klobigen, knöchelhohen Schuhen und riesigen Rucksackgestellen mit Schlafrollen oben drauf. Mit solchen Leuten hätte Gideon auf einem kleinen Campingplatz in den Ausläufern der flachen Westflanke des Mount Olympus ja noch gerechnet, wenn er überhaupt einen Gedanken daran verschwendet hätte. Aber nicht mit den anderen: fetten, teiggesichtigen Großstadtbewohnern in Bermudashorts, Jugendlichen mit Rollschuhen und Skateboards und griesgrämigen Müttern mit quengeligen Kindern.

Und noch andere gab es, nicht viele, aber trotzdem eine klar unterscheidbare Spezies: zähe, grimmige Männer in den Vierzigern und Fünfzigern, Einzelgänger mit langen, glatten Haaren und zerknitterten Cowboygesichtern, die

Augen wegen des Rauchs aus den Zigaretten, die ihnen aus den Mundwinkeln hingen, zu schmalen Schlitzen verengt.

»Gideon!«

Er drehte sich um. Julie stand hinter ihm, in der Rangeruniform sah sie hübsch und tüchtig aus. Sie lachte und freute sich, und er lachte auch. »Hallo«, sagte er. »Was machen die Geschäfte?«

»Blühen und gedeihen«, sagte sie und streckte ihm beide Hände entgegen.

Gideon ergriff sie und hielt sie einen Moment fest. »Wie man sieht. Das ist ja eine regelrechte Zusammenrottung.«

»O ja, die Campingplätze sind pickepackevoll, und wenn man einen Wanderweg betreten will, muß man sich praktisch in einer Schlange anstellen.«

»Warum? Was ist los?«

Julie schaute ihn merkwürdig an, den Kopf zur Seite geneigt. »›Was ist los?‹ sagt er. Eine gute Frage.«

»Offenbar bedeutet es etwas, aber die Bedeutung entzieht sich mir leider.«

»Hm, Dr. Oliver, ich habe den Eindruck, daß jeder Sensationslüsterne aus den sieben westlichen Bundesstaaten hier ist.« Sie lächelte ihn an. »Scheint so, als hätten sie den Artikel eines gewissen Professors gelesen, daß Bigfoot hier –«

Gideon lachte unsicher. »Das meinen Sie nicht ernst...«

»Die Story wurde von einer ganzen Reihe Zeitungen aufgegriffen – und beträchtlich ausgewalzt. Sie war sogar in den Wochenendbeilagen. Wußten Sie das wirklich nicht?«

»Sie haben die Story ausgewalzt?« Zum erstenmal machte sich Gideon Sorgen um seinen Ruf. Er trat für eine dicke Frau in einer Kittelschürze zur Seite, die ein nörgelndes, kränkliches Kind im Sportwagen vor sich her schob.

»O ja«, sagte Julie liebenswürdig. »Das einzige, worin sie sich nicht geirrt haben, war die korrekte Schreibweise Ihres Namens. Eine Zeitung hat sogar irgendwo ein Bild von Ihnen aufgetrieben. Sie sehen schrecklich aus. Sie haben einen Bart.«

»Das war vor mindestens fünf Jahren. Ich dachte immer, ich hätte ziemlich gut damit ausgesehen.« Sein Tonfall war spielerisch böse, aber absurderweise war er verletzt. Nora hatte seinen Bart immer gemocht. Er hatte ihn für ein Bewerbungsgespräch bei der UNESCO abrasiert, nur um dann feststellen zu müssen, daß zwei der drei Mitglieder in dem Bewerbungsausschuß selber Bärte trugen. Den Job hatte er nicht bekommen, aber aus irgendeinem Grunde nie mehr die Kraft gefunden, den ersten Monat mit Stoppelbart noch einmal durchzustehen.

»Nein«, sagte Julie. »Mir gefallen Sie jetzt besser.« Sie streckte die Hand aus und berührte ihn sanft am Kinn. Sein Unmut schwand im Nu.

Julie mußte die Veränderung in seinen Augen gesehen haben. »Junge«, sagte sie leise, »Sie sind wirklich eine Mimose, was?«

Bevor er sich eine Antwort überlegen konnte, wurde er von hinten angestoßen, und ein kleines Mädchen schrie, die Stimme schrill vor gespieltem Entsetzen: »Aufpassen! Alle aufpassen! Da kommt Bigfoot Kevin!«

Hinter ihr kam ein kichernder achtjähriger Junge den Einbahn-Rundweg des Campingplatzes heruntergestampft, mit steifbeinigem humpelnden Gang, ausgestreckten Armen – wie sich Kinder eben seit dem ersten Horrorfilm ein Ungeheuer vorstellen.

»Sollten wir die Hauptverkehrsstraße nicht lieber verlassen?« fragte Gideon.

Sie bahnten sich einen Weg zwischen Zeltplätzen und

Dutzenden an majestätischen Kiefern aufgehängten Wäscheleinen, um fernsehantennenbestückte Wohnwagen und schmutzige Pickups mit aufgereihten Gewehren hinten in den Fahrerhäuschen – die gehörten bestimmt den zähen, grimmigen Männern, dachte Gideon. Am Seeufer waren wenig Leute und kein Betrieb. Sie setzten sich auf einen Baumstamm ein paar Meter vom Wasser entfernt und genossen den feinen seidigen Klang der winzigen Wellen. Gideon nahm eine Handvoll Kies und fing an, Steinchen übers Wasser zu werfen. Eine Weile lang beobachtete Julie ihn schweigend.

»Es ist«, sagte sie, »nicht nur Ihr Artikel –«

»Ich wünschte, Sie würden aufhören, es ›meinen‹ Artikel zu nennen. Ich bin gelinkt worden, wie Sie nur allzugut wissen.«

Julie lachte. »Man hat Ihnen vielleicht ein wenig mitgespielt. Sie ausgenutzt, aber nicht gelinkt. Ich fürchte, Sie haben es sich selbst zuzuschreiben. Doch abgesehen von dem ganzen Bigfoot-Tohuwabohu ist Quinault Valley wieder als Tal der Verschwundenen in den Schlagzeilen, und da kommen die Leute aus allen Löchern angekrochen. Wir haben Berichte über die Landung zweier fliegender Untertassen, in der einen – lachen Sie nicht – lauter grüne Männchen. Bigfoot ist zehnmal gesichtet worden, einschließlich eines fünfhundert Mann starken Trupps im Morgengrauen auf dem Rasen vor der Lake Quinault Lodge ... und das zusätzlich zu sieben gebrochenen Gliedmaßen und Tausenden Schnitten und Blutergüssen. Wir haben praktisch kein Heftpflaster mehr.«

»Klingt schrecklich«, sagte Gideon.

»Und das ist noch nicht mal das Schlimmste. Die Familie Hornick – des Mädchens, das letzte Woche verschwunden ist – hat fünfzigtausend Dollar Belohnung ausgesetzt für den, der sie, ihre Entführer oder Mörder findet. Und ein texanischer Millionär hat im landesweiten

Fernsehen sein Angebot von einhunderttausend Dollar für einen Bigfoot, tot oder lebendig, erneuert.«

»O je«, sagte Gideon. »Daher die Leute mit den Knarren. Was für ein Chaos!«

»Wahrhaftig. Und wenn jemand wirklich einen Bigfoot findet, wird's noch schlimmer. Nicht, daß es welche gibt«, fügte sie schnell hinzu.

»Natürlich nicht«, sagte Gideon. »Und Gott sei Dank müssen wir auch keine Hypothesen mehr über übermenschliche Kräfte aufstellen.« Er erzählte ihr, wie Abe auf den Atlatl gekommen war und was sie daraus gefolgert hatten.

»Eine Indianergruppe«, überlegte sie laut, »die sich dort drin versteckt. Wie die Yahi. Ein neuer Ishi. Wäre das nicht faszinierend?«

»Es wäre faszinierend, wenn wir einen konkreten Beweis hätten, aber bisher ist es wenig mehr als Spekulation.«

Julie stocherte mit der Schuhspitze im Kies. »Hm, wie der Zufall so will, könnte ich hier vielleicht helfend eingreifen. Ich glaube, ein Bericht über das sogenannte Bigfootlager interessiert Sie.«

»Sie belieben wohl zu scherzen. Ich wäre froh, wenn ich nie wieder von Bigfoot hörte.«

»Sie haben aber einen Knochenspeer dort gefunden. Sie haben ihn mitgebracht. Ich habe ihn gesehen.«

»Einen Knochenspeer?« Gideon hörte auf, Steinchen zu schmeißen. »Wie der, der in Eckert steckte?«

Julie nickte. »Ich glaube, ja. Die Leute, die ihn gefunden haben, sind auf dem Zeltplatz Nummer 32. Ich habe ihnen erzählt, wer Sie sind, und sie würden Ihnen das Ding gern zeigen.«

Marcia Zander war eins der stämmigen, robusten Mädchen, Profi-Wanderin. Louis Zander war weicher, dicklich, mit flauschigem Schnurrbart, leerem, mißmutigem Gesichtsausdruck und einem Wölkchen Marihuanarauch um sich. Die beiden saßen auf der Holzbank auf der einen Seite eines Tischs, Julie und Gideon auf der anderen. Der lange Speer mit der Knochenspitze lag auf der Mitte des Tischs und sah in der hellen Morgensonne bestürzend primitiv aus. Gideon starrte den Speer an, die anderen starrten Gideon an und warteten, daß er redete.

»Mal sehen, was wir hier haben«, sagte er, um seine Beobachtungstätigkeit anzukurbeln. »Etwas kürzer als einsachtzig, würde ich sagen.«

»Einsfünfundsiebzig«, sagte Marcia Zander eifrig. »Ich habe ihn mit meinem Schuh gemessen.« Ihr kurzes, glattes blondes Haar fiel ihr über die Augen, als sie sich vorbeugte. Ungeduldig schob sie es weg, aber es fiel sofort wieder herunter. »Hat jemand eine Haarklemme?« fragte sie. Fehlanzeige.

Der Speerschaft war offenbar aus dem Ast eines Baumes hergestellt und überaus penibel geglättet und gerade gerichtet worden. Am einen Ende war er sorgfältig zugespitzt und zweigeteilt, und zwischen die beiden so entstandenen Zinken der Gabel war, wie bei prähistorischen Menschen üblich, eine grobe Knochenklinge gebunden worden, die praktisch genauso aussah wie die in dem Wirbel.

»Sie sind die Ethnologieexpertin für die Gegend hier«, sagte Gideon zu Julie. »Sieht er aus wie von hier?«

Sie schüttelte den Kopf. »Ein bißchen sieht er aus wie die alten Spitzen der Makah, aber sie leben viel weiter nördlich, sie haben immer viel weiter nördlich gelebt, am Cape Flattery. Am ehesten sieht er aus«, sagte sie unsicher, »wie . . . hm, wie eine Spitze aus der mittleren Altsteinzeit, wie man sie in Lehrbüchern sieht, aus Deutschland oder Frankreich.« Rasch sah sie Gideon an, als erwarte sie, daß er sie korrigiere.

»Wahrhaftig, stimmt«, sagte er freundlich.
»Die sind aber vierzigtausend Jahre alt.«
»Das wird ja immer kurioser«, sagte Gideon. Er sah sich die Speerspitze genauer an. »Das Bindematerial ist fast verrottet. Schauen Sie sich das bitte an. Das gibt's nicht im Laden zu kaufen. Es ist Sehne; von einem Hirsch oder Elch, dünn geschabt und weich. Das hat vermutlich jemand mit den Zähnen gemacht.«

Louis Zander schüttelte sich, um wach zu werden. »Hm, also, ist das ein Bigfootspeer oder nicht?«

Gideon schaute sich den Knaben näher an, aber der schien es, für seine Verhältnisse, tiefernst zu meinen. »Ich glaube nicht. Ich würde«, fügte Gideon dann noch unaufgefordert hinzu, »den ganzen Geschichten, die über Bigfoot verbreitet werden, keinerlei Glauben schenken.«

»Wie?« sagte Louis Zander, sperrte den Mund unappetitlich lange auf und kniepte zweimal mit den Augen. »Ich dachte, Sie wären der Bigfootexperte.« Er drehte sich mit einem phlegmatischen, vorwurfsvollen Blick zu Julie um. »Ich dachte, er wäre der Super-Bigfootexperte.«

»Alles klar, Kinder«, sagte Julie fröhlich. »Meint ihr, ihr könntet uns auf einer topographischen Karte zeigen, wo ihr den gefunden habt?«

»Bigfootexperte«, mäkelte Gideon, als sie die Straße entlang zurück zur Ranger Station gingen. »Allerherzlichsten Dank.«

»Na ja, ich mußte ihnen ja was erzählen, damit sie so lange dablieben, um Ihnen den Speer zu zeigen.«

»Was hatten sie denn so weit draußen zu suchen?«

»Es ist nicht weit draußen. Sie haben ihn am Pyrites Creek gefunden, keine Meile vom Pfad entfernt, allerdings Luftlinie. Auf dem Boden ist es eine Kletterpartie von mehr als dreihundert Metern. Und eher Bergsteigen als Wandern.«

»Und wie sind die Zanders dahin geraten? Er sah mir nicht nach Bergsteiger aus.«

»Sie hatten sich auf dem Rückweg vom Chimney Peak verirrt und sind dem Pyrites Creek flußabwärts gefolgt, weil sie hofften, der würde sie schließlich zurück auf den Weg führen, was auch der Fall war.«

Sie traten an den Straßenrand, um einem schmutzigen Pickup, komplett mit Knarre und grimmigem, zähem Fahrer, Platz zu machen.

»Bigfootjäger«, sagte Gideon.

»Oder Kopfgeldjäger. Ganz egal, was, sie machen mich nervös.« Im Weitergehen fuhr Julie fort: »Dann haben sie von irgendwoher Rauch gerochen, und einer von den beiden hat einen Pfad entdeckt, der vom Bach hochführte.«

»Einen Pfad?«

»Sie sagen, es war wie eine Fährte von Tieren, nur ein bißchen niedergedrücktes Gestrüpp, so daß sie es kaum bemerkt haben. Sie sind den Pfad in der Hoffnung hochgegangen, daß ihnen jemand den richtigen Weg zeigen könnte. Als sie weit hochgeklettert waren – und schon fast aufgegeben hatten –, kamen sie endlich auf einen großen Felsvorsprung kurz unter dem Gipfel. Dort fanden sie auch den Rauch, ein gelöschtes Lagerfeuer mit ein paar Kohlen. Aber keine Menschen. Sie warteten eine Stunde und gingen wieder weg.«

»Und den Speer haben sie dort gefunden?«

»Ja, in irgendwelchen Büschen in der Nähe des Vorsprungs.«

Tief in Gedanken versunken, ging Gideon ein Stück weiter, die Hände in den hinteren Hosentaschen vergraben. »Julie«, sagte er, »erkundigen Sie sich doch mal diskret, ob es in Kalaloch regnet. Den Felsvorsprung würde ich zu gern sehen.«

»Das habe ich mir schon gedacht. Glauben Sie, da leben Ihre Indianer?«

Er schaute sie lächelnd an. »Sie meinen wohl, glauben Sie, da *sind* jetzt Indianer? Trotz der *Ethnographie der Nordwestküste*?«

»Langsam glaube ich auch daran. Aber es sind ungefähr zehn Meilen bis dahin und am Ende eine steile Klettertour. Da kommt man nicht in einem Tag hin und wieder zurück. Besonders nicht, wenn man so spät losgeht.«

»Dann bleibe ich über Nacht draußen im Zelt. Das würde mir sogar Spaß machen, als verbrächte ich eine Nacht in einem Gespensterwald. Nein, geht nicht, ich habe keinen Schlafsack.«

»Das ist nicht das Problem. Wir haben alle möglichen Ausrüstungsgegenstände, die Sie borgen können.«

»Was ist dann das Problem?«

»Das Problem ist, Sie würden sich verirren.«

Er blieb stehen und warf sich in Positur. »Miss Tendler, ich habe es spielend geschafft, im weg- und steglosen Sand der Wüsten von Sonora zu überleben, in der arktischen Einöde der Baffin-Inseln, selbst in der Bostoner U-Bahn – alles, ohne mich zu verirren, na ja, fast. Ich bin sicher, ich schaffe es auch in einem Nationalpark.«

»Ja, Sie würden sich verirren«, sagte sie ungerührt. »Sie brauchen einen Führer.«

»Julie«, sagte er und blieb, die Hände in die Hüften gestemmt, mitten auf der Straße stehen, »mit einer topographischen Karte und einem Fluß, dem ich folgen kann, kriege ich das schon hin, seien Sie sicher ... Sie hätten wohl keine Lust, mitzukommen?«

»Nichts lieber als das«, sagte sie munter.

9

In der Ranger Station begrüßte John die Idee eher verhalten. »Na ja, man weiß ja nie. Vielleicht findet ihr was Interessantes. Übrigens, wußtet ihr, daß sie diese Knochenspitzen schon seit Jahren hier finden? Die sind nichts Neues.«

»Was?« sagte Julie. »Und wieso habe ich nichts davon gewußt?«

John zuckte mit den Schultern. »Einer meiner Agenten, Julian Minor, hat auf dem Markt in Amanda Park ein paar alte Burschen davon reden hören. Als er ihnen gesagt hat, wer er ist, hat ihn einer mit nach Hause genommen und ihm seine Sammlung gezeigt. Drei Stück. Eine hat er vor über fünfzig Jahren gefunden. Und jede Menge anderes Zeug.«

»Indianisches Zeug?« fragte Gideon.

»Ja, Körbe und dergleichen. Ich würde gern mit euch zu dem Felsvorsprung gehen«, sagte John halbherzig, »aber ich weiß nicht, wo ich die Zeit hernehmen soll. Ich schicke euch einen Agenten mit.«

»Wozu?« fragte Julie rasch. »Soll er uns beschützen?«

»Sehr wohl, euch beschützen«, tobte John los, er war besorgt. »Da sind nämlich ein paar Leute umgebracht worden.«

»Zwei Leute«, sagte Julie. »Und das war vor sechs Jahren. Claire Hornick wird noch vermißt. Schauen Sie, John, wir haben das Ganze weder für normale Wochenendwanderer abgeriegelt, noch schicken wir ihnen Bodyguards mit. Warum brauchen wir einen?«

John wandte sich hilfeheischend an Gideon. »Was meinst du, Doc?«

Er meinte, daß er in seiner Nacht unter den Sternen mit Julie keinen miesepetrigen, nervigen Agenten mit von der Partie haben wollte. »Ich meine, sie hat recht«, sagte er.

»Schon immer sind Wanderer in Scharen im Park unterwegs, und soweit wir wissen, hat es in den vergangenen sechs Jahren zwei Morde gegeben. Da haben wir bessere Überlebenschancen als in San Francisco.«

»Verdammt, das sind hier keine Sandkastenspielchen. Du hast den ganzen Morgen in Gesellschaft eines Typen mit einem großen, häßlichen Loch im Kopf verbracht. Da drin schleicht etwas mit Steinzeitspeer und Mordgelüsten rum. Und übermenschlichen Kräften, nach dem, was du uns erzählst. Oder einem Atlatl, was die Sache auch nicht besser macht.«

»John«, unterbrach Julie ihn, »ich habe ein Gewehr, und ich weiß, wie man es benutzt, und ich werde es mitnehmen. Uns passiert schon nichts.«

»Ja«, sagte John, er wurde es müde, sich zu streiten, »aber –«

»Außerdem hat sie mich. Mach dir keine Sorgen, ich beschütze sie.«

»*Mich* beschützen?« sagte Julie. »Ich muß *ihn* die ganze Zeit am Händchen halten, damit er nicht verlorengeht.«

»Das«, sagte Gideon grinsend, »ist das bei weitem verlockendste Angebot, das ich heute erhalten habe.«

»Bin gleich zurück«, sagte Julie, und drückte ihm prophylaktisch schon mal die Hand. »Ich will nur schnell Zivilklamotten anziehen. Ich bringe den Wagen mit.«

Nach zwei Meilen auf dem Wanderweg lichteten sich die Massen. Nach drei waren Julie und Gideon allein. Sie wanderten allmählich, aber stetig hügelan, unter riesigen Ästen, die fünfundvierzig Meter über ihnen das Sonnenlicht blockierten, durch schimmernde, zarte Bögen aus Bärlapp, der hauchfeine, weite Halbmonde und Gewölbe bildete und von den Zweigen hing. Es war wirklich wie ein Zauberwald, in dem sie selbst auf Liliputanergröße zusammenschrumpften, dachte Gideon. Die dicht den Waldboden bedeckenden Farne, Kräuter, Blumen und Moose kannte er alle, aber hier wuchsen sie in monströsen Proportionen. Halb erwartete er, daß eine Hauskatze, so groß wie ein Elefant, die Nase hinter einem Baum hervorsteckte und sie tückisch anfunkelte.

Die meiste Zeit schwiegen sie, lauschten dem Gesang weit entfernter Zaunkönige und Amseln und tauchten ein in die verträumte, tiefe Stille, die wie ein Nebel über ihnen zu hängen schien. Auf dem weichen Pfad verursachten selbst ihre Schritte keinerlei Geräusch. Gideon hatte seit ewigen Zeiten keinen Rucksack mehr auf dem Rücken getragen, aber er fiel schnell in einen gleichmäßigen, federnden Wanderschritt und ließ sich von dem unglaublichen Blätterwirrwarr und den riesigen Baumstämmen verzaubern. Er fühlte sich wohl und entspannt und genoß die seltsame Vorstellung, daß er nicht lief, sondern durch einen grünen, gesprenkelten Ozean trieb, tief unter der Wasseroberfläche, wo das Wasser schon dunkel, aber rein und durchlässig war.

Nach zwei ... drei? ... vier? ... Stunden spürte er das Gewicht des Rucksacks, die Füße wurden ihm schwer. Julie schien so frisch wie eh und je.

»Wie geht's?« fragte sie ihn fröhlich, als sie an einer grob gezimmerten Holzbrücke stehenblieben.

»Gut«, sagte er. »Wunderbar. Von mir aus könnte es den ganzen Tag so weitergehen.« *Sag du, daß du müde bist*, versuchte er ihr unter Aufbietung seiner letzten Willenskräfte einzuflößen, *damit ich diesen elenden Rucksack abnehmen und eine Weile ausruhen kann.*

»Sehr schön«, sagte sie, »jetzt kommt nämlich der schwierige Teil. Wir gehen nicht über die Brücke. Hier biegen wir vom Pfad ab. Das ist der Pyrites Creek. Wir folgen ihm den Hügel hinauf.«

Er riskierte einen Blick nach links, den beinahe senkrechten Wasserfall hoch. »Ein Hügel?« sagte er matt. »Gütiger Himmel, hoffentlich müssen wir dann keine Berge hinauf.«

Julie lachte. »Wenn Sie meinen, Ihnen reicht's für heute, gibt es keinen Grund, warum wir hier nicht unsere Zelte aufschlagen und Feierabend machen sollten.«

»Aber woher denn, nein«, sagte er ingrimmig. »Weiter geht's.« Hoffnungsfroh fügte er hinzu: »Es sei denn, Sie sind müde.«

»O nein, ich könnte den ganzen Tag so laufen. Gehen wir.«

Die nächste halbe Meile zu erklettern kostete sie eine Stunde kernigen Kraxelns. Manchmal mußten sie Zweige und freiliegende Wurzeln anfassen und sich hochziehen. Als sie eine kleine Höhle erreichten, die an einer der wenigen ebenen Stellen des Bachs von einer etwa drei Meter breiten Kiesplatte gebildet wurde, schmiß Gideon seinen Rucksack auf die Erde.

»Schluß jetzt. So frisch ich selbst auch bin«, sagte er, nach Luft japsend, »ich habe kein Recht, Ihnen dieses Tempo aufzuzwingen. Machen wir eine Verschnaufpause.«

Julie ließ sich hinplumpsen. »Puh«, sagte sie. »Ich dachte, Sie blieben nie stehen.«

Fünf Minuten lang lagen sie auf dem Rücken und versuchten wieder zu Atem zu kommen, schauten die sich vor dem hellen Himmel wiegenden Baumkronen an und lauschten dem herunterstürzenden Wasser. Julie holte die Karte aus dem Rucksack und studierte sie. »Gideon«, sagte sie, »ich glaube, wir sind da. Der Vorsprung müßte auf der anderen Seite des Flusses sein, auf der Hälfte der Höhe.«

Gideon stützte sich auf die Ellbogen und riß die Augen auf. »Auf der Hälfte der Höhe?«

»Was halten Sie davon«, sagte Julie, »wenn wir hier übernachten und morgen früh hinaufgehen? Dann können wir auch unsere Rucksäcke hier lassen.«

»Ich würde sagen, ja, auf jeden Fall. Es ist sowieso schon bald sechs. Außerdem«, sagte er, weil er es plötzlich bemerkte, »habe ich einen Bärenhunger. Wir haben nicht zufällig Instant-*escalope de veau* in diesen glänzenden kleinen Packungen, die wir mitgeschleppt haben? Oder gefriergetrocknete *quenelles*?«

»Boeuf Stroganoff. Und lachen Sie nicht. In Anbetracht der Umstände ist es gar nicht übel.«

Es schmeckte grauenhaft, aber sie verschlangen es frohgemut, während sie sich über den Campingkocher beugten, um etwas Wärme abzubekommen, als die Sonne hinter den Berggipfeln verschwand und die Höhle in den Schatten tauchte. Dann zündeten sie ein winziges Lagerfeuer an, tranken Unmengen heißen, mit Flußwasser gebrauten Kakao aus Blechbechern und redeten und lachten stundenlang.

Als es Zeit zum Schlafengehen wurde, herrschte einen Moment lang Unsicherheit, ja, Verlegenheit, aber nach einer des Gegenstands würdigen, objektivierenden Diskussion erzielten sie Konsens in der Auffassung, daß vorzeitige sexuelle Beziehungen eine knospende Freundschaft zerstören könnten. Als reife, vernünftige Erwachsene würden sie deshalb in getrennten Schlafsäcken schlafen.

Aber diese Schlafsäcke Seite an Seite zu legen und sich an den Händen zu halten, konnte ja nichts schaden, und so schliefen sie dann auch ein, nachdem sie noch eine Stunde geredet hatten. Julie schlief zuerst, und eine Zeitlang betrachtete Gideon sie. Er wollte sie haben, aber er war auch glücklich darüber, wie sich die Dinge bisher entwickelt hatten.

Die erste böse Vorahnung kam mitten in der Nacht. Gideon erwachte plötzlich von einer kaum wahrnehmbaren Bewegung, einem leisen, verdächtigen Laut, und öffnete die Augen. Er lag auf dem Rücken, hielt den Atem an und spitzte die Ohren. Die Luft duftete und leuchtete, die riesigen Pflanzen waren deutlich zu sehen und bedrohlich ruhig. Neben ihm lag Julie im Schlafsack und atmete langsam und regelmäßig. Sie hatte sich von ihm weg zur Seite gedreht, so daß er nur ihr schwarzes Haar sah, das sich in der sanften Brise leicht bewegte.

Wieder das Geräusch. Es war nicht der Fluß, der über die Steine gurgelte, sondern ein anderes Geräusch, ein unheilverkündendes, trockenes Raunen, ein schwaches, langgezogenes Sirren, das von überallher zu kommen schien und sich ihnen von allen Seiten mit einer schrecklichen, gedämpften Intensität näherte. Immer noch im Halbschlaf wäre er fast aufgesprungen und hätte geschrien, aber dann sah er, was es war.

Erleichtert fiel er zurück und schämte sich: Es waren Kiefernnadeln, die zur Erde schwebten! Sie kamen aus den höchsten Zweigen, wurden von einem vorüberziehenden Windstoß losgeschlagen, drifteten als blasser Regen zur Erde und blitzten und glitzerten silbern, wenn sie durch die Mondstrahlen glitten. Und raschelten dabei ganz zart. Er schloß die Augen und ließ sie sich wie Schneeflocken auf Wangen und Augenlider fallen.

Eine Schlagzeile in dicken schwarzen Druckbuchstaben ging ihm durch den Kopf: *Kiefernnadelnattacke: Professor in Panik.* Er mußte wirklich sehr nervös sein. Er lachte leise, wußte aber, daß es gezwungen klang. Im Nacken beschlich ihn ein beklemmendes Gefühl, woran er merkte, daß er immer noch angespannt war; es war noch etwas anderes ...

Ein solches Gefühl hatte er noch nie gehabt, deshalb brauchte er eine Weile, bis er es erkannte, und noch eine

Weile, bis er sich eingestand, was es war. Einmal hatte er sogar einem starrsinnigen, durch nichts zu überzeugenden John Lau eine halbe Stunde lang zu beweisen versucht, daß dieses Gefühl jeglicher Grundlage entbehrte, lediglich ein alberner Aberglaube ohne ein Gran empirischer Erfahrung sei. Nun aber, ob albern oder nicht, bestand kein Zweifel. Er spürte, wie er beobachtet wurde; er *wußte*, er wurde beobachtet. Er konnte die Punkte in seinem Nacken spüren, wo ihn die Augen durchbohrten.

So unauffällig wie möglich drehte er sich langsam um und überprüfte die Umgebung. Sie befanden sich am äußeren Rand einer Windung des Flusses in der kleinen Höhle, die von der Kiesplatte gebildet wurde, ihre Füße waren dem Wasser zugewandt, die Köpfe einem mit Farnen bedeckten Berghang, auf dem hohe Fichten und Tannen wuchsen. So dunkel es auch war, hoben sich die Dinge im Mondlicht doch mit einer scharf umrissenen, glatten Klarheit ab. Nichts bewegte sich, nichts war zu hören außer Julies Atmen und dem schwachen Zischeln des Wassers auf den Kieseln. Aber am Abhang des Berges war etwas, das ihn beobachtete, genau anschaute, jemand – Gideon weigerte sich, »etwas« auch nur zu denken –, *jemand* stand stumm in den Schatten der düsteren, moosüberwucherten Bäume und wartete, um... um was?

Lange schaute er die Bäume an und lauschte, aber er sah und hörte nichts, und das Gefühl verflüchtigte sich allmählich. Wahrscheinlich war es von einem Traum ausgelöst worden oder von den Kiefernnadeln, die sacht auf sein Gesicht gefallen waren, oder von der bloßen Tatsache, daß er im dunklen, phantastischen Regenwald lag. Er gähnte, blickte sich noch einmal um und kuschelte sich, wieder schläfrig geworden, in den warmen Schlafsack.

Julie lag immer noch mit dem Rücken zu ihm, und er beobachtete, wie die leisen Luftwirbel die dunklen Locken zittern ließen. Sie sahen aus wie die in die uralten

Steinbüsten assyrischer Könige eingemeißelten Ringellocken.

Er fand sich zwar entschieden pervers, konnte aber dem Drang nicht widerstehen, über den Kies zwischen ihnen zu langen und die dichte Masse Haar anzufassen. Eine Strähne fiel über seine Hand, sie war überhaupt nicht schwer, sondern leicht und kühl, und als sie seine Finger streifte, überlief ihn ein Frösteln. Er erwog kurz, Julie zu wecken, besann sich aber eines Besseren und zog die Hand leise zurück. Als er sie sich unter die Wange legte, roch er den schon vertrauten Duft ihres Haares.

Wieder eine Windbö, ein Rascheln und wieder ein glitzernder Kiefernnadelregen. Julie bewegte sich, drehte sich auf den Rücken, rümpfte die ein wenig gebogene Nase – eine Geste, die Gideon bei einer hübschen Frau immer attraktiv gefunden hatte – und wischte sich die Nadeln aus dem Gesicht. Er sah, wie ihre Augen aufgingen.

»Der Mond ist so hell«, sagte sie.

»O ja.«

»Es ist wie... kennen Sie das Bild von Rousseau, glaube ich, wo so ein Araber unter dem Mond schläft, mit solch gigantischen Blumen –«

»*Der schlafende Zigeuner.*«

»Und der seltsame, ruhige Löwe beobachtet ihn... Sieht es hier nicht genauso aus?«

Das stimmte, und Gideon bestätigte es, seltsam und ruhig und surrealistisch.

»Rousseau war kein Surrealist«, sagte Julie, »er war ein primitiver Maler.«

»Seien Sie nicht so pedantisch.«

»Gideon, haben Sie das Gefühl«, sagte sie, und er wußte haargenau, was jetzt kam, »daß uns etwas beobachtet?«

»Nein.«

»Hm, ich aber.«

»Julie, seien Sie nicht albern. Die Behauptung, man wüßte, wenn man beobachtet wird, gründet sich auf der durch nichts zu verifizierenden Vorstellung, daß Energie vom Beobachtenden zum beobachteten Objekt fließt. Die elementarsten Lehrsätze der Optik besagen aber, daß die Lichtstrahlen genau andersherum verlaufen, von dem Stimulus –«

»Hat hier jemand was von pedantisch gesagt?«

»Okay, einfach und wertfrei auf den Begriff gebracht: Die Vorstellung ist dumm. Sie machen sich lächerlich.«

»Ja, Sir.« Ein langes Schweigen. Sie drehte sich um und sah ihn an. »Aber ich fühle es.«

»Julie, die Absurdität dessen ist empirisch beweisbar, und es –«

»Es war schön, als Sie mein Haar berührt haben.«

»– hat in den späten Sechzigern etliche Experimente gegeben ... Was?«

»Ihre Hand auf meinem Haar war schön.«

»Ich ... ich wollte Sie nicht wecken. Tut mir leid.« Verdammt, es tat ihm nicht die Bohne leid.

Sie lag auf der Seite, schaute ihn aus riesigen Augen an. Der Wind wisperte in den Baumspitzen, und wieder ging ein leuchtender Kiefernnadelregen hernieder. Gideon wischte ein paar von ihrer Wange. Ihr Gesicht war warm.

»Gideon«, sagte sie, »erinnern Sie sich an unser Gespräch, daß wir erwachsen sind und keine animalischen Leidenschaften zwischen unsere knospende, verantwortungsbewußte Freundschaft kommen lassen wollen?«

»Hmmm.«

»Habe ich das wirklich gesagt?«

»Ich glaube eher, daß ich es gesagt habe. Ist mehr mein Stil.«

»Hmmm, idiotisch, was?«

»Manno, idiotisch stimmt«, sagte er, »ich meine, echt,

ich *weiß*, was idiotisch ist, und das war idiotisch. Absolut.«

Sie hob Arm und Schlafsack hoch. Ihr Flüstern konnte er kaum hören. »Komm zu mir.«

Trotz der Kälte schlug er seinen Schlafsack zurück und ging zu ihr, kniete sich auf den scharfen Kieseln hin, beugte sich über sie und küßte sie. Er hörte, wie sein Herz klopfte, spürte, wie seine Brust vibrierte, weil es so hämmerte, aber der Kuß war beinahe züchtig und asketisch, eine sanfte, friedliche Berührung der Lippen, während ihre Körper Abstand voneinander hielten. Langsam bewegten sie die Köpfe hin und her, so daß sich ihre Lippen sanft streiften. Ihre Hand ruhte auf seinem Nacken; seine Finger fuhren über ihre Wange.

Im nächsten Moment lagen sie einander mit einem kleinen Schrei in den Armen, mit geradezu wütender Leidenschaft suchten ihre Münder Lippen, Kehle, Augenlider, Ohren; küßten, stöberten, leckten, saugten. Ungeschickt drängend rissen sie an ihren Sachen. Gideon zog Julie ungestüm an sich. In wenigen Augenblicken war es vorüber, und sie rollten keuchend voneinander weg.

Nach einer Weile sagte Julie mit dünner Stimme: »O du liebe Güte, war ich das wirklich? Wie peinlich.«

Gideon holte langsam tief Luft und atmete aus. »O je, wenn man schon von animalischen Leidenschaften redet... Ich fürchte, ich habe mich gehenlassen.«

»Ja. Toll, was?« Sie kicherte, und er dachte: Das wird ernst. Sogar ihr Kichern klingt wunderbar. Paß auf, Oliver.

»Toll«, sagte er.

Sie drehten sich zueinander und umarmten sich, diesmal sanfter.

»Hm«, sagte sie und schmiegte sich an seine Brust, »du bist ja ein ganz schön haariges Biest. Schön. Sehr passend für einen Anthropologen.« Sie ließ ihre Hand an seiner

Seite bis zu seinen Knien gleiten, und dann langsam über Bauch und Brust. »Ich muß schon sagen, Dr. Oliver, für einen großen alten Mann der Anthropologie bist du nicht schlecht gebaut.«

»Danke. Ich habe aber den Eindruck, du bist auch ganz gut erhalten.« Das Gesicht in ihrem Haar vergraben, streichelte er langsam ihren glatten Rücken von den Schultern zur Taille und bedeckte ihren üppigen, festen Po mit beiden Händen.

»Ach, Julie, du fühlst dich wunderbar an: fest und weich und sexy und weiblich.«

Ohne sich zu rühren, lag sie da, schnurrte leise, als seine Hände über sie wanderten, sie liebkosten, rieben, sanft kneteten. »Gideon«, sagte sie, die Stimme an seiner Brust gedämpft, »es fühlt sich so toll an, aber ich schlafe ein. Ich kann nicht anders. Findest du das sehr schlimm?«

»Pst, pst, nein. Schlaf nur. Warum sollte ich das schlimm finden?«

»Willst du mich denn nicht noch einmal überfallen, du Unhold?«

»Dich *überfallen* –?«

»Oder, hm, mir Gewalt antun?«

»Nein, ich will dich nicht mal schänden. Hm, vielleicht ein bißchen.«

Ihre Hände arbeiteten sich über das Haar auf seinem Bauch weiter hinunter. »Und was ist das?«

»Lediglich ein hirnloser, rein physischer Reflex. Achte gar nicht darauf.« Er küßte ihr Haar. »Wirklich, mir geht's gut, glaub mir. Und ich kann dich sowieso besser schänden, wenn du schläfst.«

»Und es macht dir auch ganz bestimmt nichts aus?« sagte sie, kaum noch wach, ihre warme Wange an seiner Brust, ihre Brüste an seine Seite gepreßt.

»Psst, schlaf.«

Er bewegte sich, damit sie sich bequemer an ihn kuscheln konnte, und hob eine ihrer Brüste aus dem puren Vergnügen heraus zu fühlen, wie die warme, weiche Last sich wieder auf seine Rippen legte. Er atmete den Duft ihres Haares ein, legte eine Hand schützend auf ihre Schulter, die andere besitzergreifend auf ihren Oberschenkel und wollte auch wieder einschlafen.

»He«, sagte er plötzlich, »du riechst ja nach Parfüm! Nimmst du im Schlafsack immer Parfüm? Du hast damit gerechnet, du Heuchlerin, was?«

»Na ja«, murmelte sie verschlafen, und ihre Lippen bewegten sich köstlich an seiner Brust, »als Frau weiß man ja nie.«

Später wachten sie auf und schliefen zusammen, aber nun nahmen sie sich Zeit, lachten und flüsterten und lernten voneinander, was ihnen gefiel. Dann schliefen sie wieder, und diesmal lag Gideon in Julies Armen, sein Gesicht zwischen ihren Brüsten.

In der kältesten Stunde der Nacht, kurz vor Morgengrauen, wachte Gideon noch einmal auf, verkrampft und eingezwängt in Julies engem Schlafsack. Er kletterte heraus, zitterte und grummelte und versuchte, die beiden Schlafsäcke irgendwie miteinander zu verbinden.

»Zieh dir was an«, sagte Julie, »es ist höchstens fünf Grad.«

Er schlüpfte schnell in Hemd und Jeans und mühte sich noch eine Weile ab, aber ohne Erfolg. Schließlich gaben sie sich damit zufrieden, die beiden Schlafsäcke einfach nur dicht nebeneinanderzulegen und sie an den einander zugewandten Seiten offen zu lassen. Als sie sich wieder eingekuschelt hatten, wärmte Julie ihn in ihren Armen, gab ihm dann einen mütterlichen kleinen Klaps aufs Hinterteil, drehte sich von ihm weg auf die linke Seite und schmiegte ihren Allerwertesten in seinen Schoß, so daß sie in Löffelchenposition lagen.

Sie langte mit der Hand herum und tätschelte ihn wieder, diesmal auf die Hüfte, und seufzte. »Ist das nicht schön, Gideon, mein Liebster?«

»Ach Gott, Julie... es ist schön.« Er blinzelte verwirrt. Beinahe wäre ihm »Ich liebe dich« herausgerutscht.

Sie fand seine rechte Hand, legte sie sich auf die Brust, drückte seine Finger sanft um das weiche Fleisch. Dann, als es schon schien, als schlafe sie, hob sie seine Hand, küßte ihn auf den Handrücken, rieb ihre Wange daran und legte sie sich wieder auf die Brust.

»Warum hast du Klamotten an?« fragte sie schläfrig.

»Weil du es mir befohlen hast. Willst du, daß ich mich wieder ausziehe?«

»Aber natürlich.« Doch als er sich bewegte, umklammerte sie seinen Arm und behielt seine Hand auf der Brust. »Nein, zu behaglich. Will so bleiben. Außerdem...«

»Außerdem, was?«

»Außerdem fühlt es sich so dekadent an, nackt neben einem vollständig angezogenen Mann zu liegen. Ich fühle mich wie eine Haremsdame.« Sie kicherte leise und fing an, langsam und tief zu atmen.

»Julie...« flüsterte er. Beinahe hätte er schon wieder »Ich liebe dich« gesagt.

»Hm?« sagte sie, eine Million Meilen weit entfernt. Dann lachte sie, seufzte, schob ihr Hinterteil noch sicherer an ihn und wurde ruhig.

Und Gideon lag da, verwirrt und in heller Aufregung. Liebte er sie? Unwahrscheinlich. Liebe, wie er sie kannte – und er kannte sie –, kam vielleicht einmal im Leben, und zu ihm war sie schon einmal gekommen; eine allumfassende Liebe, der nie eine andere gleichkommen würde.

Der kalte, feuchte Wind kurz vor dem Morgengrauen wehte ihm den Geruch von Kiefernrinde und ein paar Strähnen von Julies Haar ins Gesicht. Das »Liebster«

hatte den Ausschlag gegeben – das heimelige, altmodische Wort. Manchmal hatte Nora ihn *Liebster* genannt. Hatte sie das wirklich? Mein Gott, schwanden die Erinnerungen schon?

Nicht *schon*. Seit drei Jahren, drei langen Jahren, hatte ihn niemand *Liebster* genannt – das wußte er genau –, und er hatte nicht einmal »Ich liebe dich« gesagt oder es auch nur sagen wollen.

Er bewegte den linken Arm, damit der Druck ihres Körpers geringer wurde. Julie paßte sich automatisch an, als schliefen sie seit Jahren zusammen. Sie streichelte die Hand auf ihrer Brust, küßte laut die Luft und murmelte mit schlaftrunkener Stimme: »Gideon.«

Das schnürte ihm die Kehle zu, und völlig unerwartet traten ihm Tränen in die Augen. Er nahm seine Hand von ihrer Brust, um sie besser in die Arme nehmen zu können, und beugte sich nach vorn, so daß seine Lippen an ihrem flaumigen, nach Schlaf duftenden Nacken lagen. »Ich liebe dich«, flüsterte er probeweise in das weiche Fleisch.

Das war nicht übel. Kein unangenehmes Flattern in der Brust, kein krampfiges Schuldgefühl im Magen. Es war sogar schön, es nach all der Zeit wieder zu sagen. Verfrüht natürlich – er hatte sie ja gerade erst kennengelernt –, aber schön.

Er probierte es noch einmal aus. »Ich liebe dich«, murmelte er, den Mund immer noch an ihr. »Glaube ich jedenfalls«, fügte er aus Vernunftgründen hinzu, kuschelte sich dann dichter an sie und schlief ein.

Gideon stocherte mit einem Zweig in der pulvrigen grauen Holzkohle der kreisrunden Feuergrube und beobachtete, wie ein paar Staubwölkchen hochstoben.

»Hm, hier war etwas, vor garantiert nicht allzulanger Zeit.« Er biß sich auf die Lippe. »Jemand. Nicht vor ein, zwei Tagen, aber seit dem letzten Regen. Sonst wäre die Holzkohle zusammengebacken.«

»Die Beobachtung würde einem Waldläufer alle Ehre machen«, sagte Julie.

Gideon zeigte auf die sechzig Zentimeter hohen Rindenstücke, die hochkant um die Feuergrube standen und einen Dreiviertelkreis bildeten. »Was meinst du hierzu?«

»Hitzereflektoren?«

»Könnte sein. Könnte auch eine Tarnwand sein, um den Feuerschein zu verbergen. Sieh mal, die Öffnung ist dem hinteren Teil des Vorsprungs zugewandt, weg vom Tal. Von unten würdest du niemals sehen, daß hier ein Feuer brennt.«

»Von unten würdest du niemals sehen, daß hier überhaupt etwas ist.«

Sie hatte recht. Von ihrem Lager aus hatten sie den Berghang mit dem Fernglas durchforstet, den Felsvorsprung aber nicht gefunden. Von hier aus jedoch hatte man einen klaren weiten Blick auf den Pyrites Canyon. Am anderen Ufer des Baches, direkt unter ihnen, war die Kiesbank, auf der sie ihr Lager aufgeschlagen hatten, klar zu sehen. Auch die orangefarbenen Rucksäcke, die sie dort gelassen hatten, waren deutlich sichtbar – genauso sichtbar, dachte Gideon, wie wir heute nacht im hellen Mondlicht.

Der Vorsprung war verlassen, eindeutig aufgegeben, aber Gideon war nervös und seltsam beunruhigt. Selbst am hellichten Tag, die Vögel sangen aus voller Kehle, fühlte er sich immer noch wie unter strenger Beobachtung. Julie auch. Immer, wenn es im Wald leise knackte und knisterte, schaute sie blitzschnell hin.

Der Vorsprung war ungefähr zwanzig Meter lang, neun Meter breit, abgeschirmt und getarnt von den dort und auf dem Hang darunter wachsenden Bäumen. Darüber erhob sich ein fast sechzig Meter hoher, beinahe senkrechter, baumbestandener Felshang. Der kaum erkennbare Pfad, der sie ebenso wie die Zanders zu dem Vorsprung geführt hatte, fiel steil und tief zum Fluß hinab.

Ein Teil seiner Unruhe rührte vom Wetter, wußte Gideon. Die Temperatur war gefallen, und eine hohe, weißliche Wolkendecke, schwer und massiv wie ein steinernes Dach, war aufgezogen. Darunter wirbelten düstere, stahlgraue Wolken vom Westen her auf die Gebirgswand zu und stauten sich. Hier wehte aber kein Wind. Die Luft stand, dumpf, klebrig, naßkalt. Julie sagte, jetzt komme die Regenzeit.

Als sie sich dem östlichen Ende des Vorsprungs näherten, zog Julie die Nase kraus und runzelte die Stirn.

»Ja, ich rieche es auch«, sagte Gideon. »Und ich kenne die Geschichten. Bigfootbehausungen sind angeblich immer von entsetzlich üblen Düften durchdrungen. Oder waren es die von den Schneemenschen?«

»Nein, von den Bigfoot; wegen des süßlichen, unidentifizierbaren Gestanks haben die Zanders gleich an Bigfoot gedacht.«

»Süßlich stimmt, aber als unidentifizierbar würde ich es nicht bezeichnen. Es riecht wie eine Latrine, die seit Wochen übervoll ist.«

Und das war es dann auch: eine runde Mulde am äußersten Ende des Vorsprungs, die offenbar heftig als Toilettengrube in Gebrauch gewesen war.

»Entweder hatten sie für ein paar Nächte eine Armee

zu Besuch«, sagte Gideon, »oder dieser Vorsprung ist schon lange bewohnt.«

»Können wir uns wieder in die andere Windrichtung stellen?« fragte Julie.

Als sie ein paar Meter weiter weggegangen waren, sagte sie finster: »Schrecklich, wenn man so leben muß: eine offene Toilette –«

Überrascht sah er sie an. »Bis vor ein paar hundert Jahren haben alle Menschen so gelebt. Und viele leben immer noch so. Die Toilette ist am Ende des Vorsprungs, deshalb trägt der Wind den Gestank fast immer weg. Wirklich, das ist besser, als unterschiedslos Wald und Fluß zu verunreinigen. Und sie haben Erde über die Fäkalien gehäuft, damit sie sich schnell zersetzen.«

»Ja, aber wir sind hundert Jahre weiter, und im Regenwald leben keine primitiven Menschen.« Sie schüttelte den Kopf. »Das heißt, angeblich nicht.«

Gideon zog die Augenbrauen hoch: »Angeblich lebt ja niemand im Regenwald.«

»Das stimmt«, sagte sie, »aber hier lebt offenbar doch jemand. Was ist das?«

Sie waren auf einen kleineren Feuerkreis gestoßen, der nur sechs Meter von dem ersten entfernt und ebenfalls mit Rindenstücken zur offenen Seite des Vorsprungs hin abgeschirmt war. Gideon kniete sich hin, um in der kalten Holzkohle herumzustochern.

»Zwei Feuerstellen?« sagte Julie. »Warum das? Zwei getrennte Gruppen?«

»Das glaube ich nicht. Siehst du die Schicht Sand unter der Holzkohle?« Er polkte mit einem Zweig in der Grube. »Und dann wieder eine Schicht Holzkohle? Und darunter, wette ich, ist wieder eine Schicht Sand.« Er grub noch ein bißchen. »Siehst du?« Er hockte sich hin. »Weißt du, was das ist?«

Sie schüttelte den Kopf. »Ein Ofen? Um Töpfe zu brennen? Brot zu backen?«

»Du bist dicht dran. Stimmt, es ist eine Art Brennofen, aber für Steinwerkzeuge. Direkt aus dem Altpaläolithikum.«

»Steinwerkzeuge brennt man im Ofen?«

Er lachte. »Nein, aber du kannst die Steine hitzebehandeln, bevor du Werkzeug herstellst. Bestimmte Steine – mit einer grobkörnigen Struktur wie Jaspis – mußt du sogar hitzebehandeln, damit du sie leichter zerspalten kannst. Es ist eine sehr heikle Prozedur. Bei eher glasartigen Steinen wie Obsidian und Achat ist es nicht nötig.«

»Du willst mir also erzählen, hier fabriziert 1982 jemand Steinwerkzeuge?«

»Klar will ich das. Schau.«

Sie kniete sich hin, um zu beobachten, wie er die Erde dicht um den Rand der Feuerstelle umgrub. »Der Boden ist voller kleiner Steinsplitter«, sagte sie.

»Ja, das sind die Stücke, die absplittern, wenn man ein Steinwerkzeug herstellt.«

»Aber«, gab Julie zu bedenken, »wenn sie Steinwerkzeuge herstellen können, warum machen sie dann die schrecklichen Knochenspeere? Sind Steinspitzen nicht besser?«

»Unendlich viel besser, wenn man geschickt genug ist. Aber Steinspitzen herzustellen ist etwas anderes als, sagen wir, Steinhämmer herzustellen. Dazu sind ein paar schwierige Techniken erforderlich – man muß den Stein durch Schlagen zerspalten, dann die Kernstücke herausarbeiten, dann deren Ränder unter Druck schärfen. Das ist nicht einfach. Knochenspitzen dagegen kannst du mehr oder weniger schnitzen und schaben; dazu brauchst du keine Spezialkenntnisse.«

Sie setzte sich aufs Hinterteil und schlang die Arme um die Knie. »Dann sagst du also, einerlei, was für Menschen hier leben, sie können grobe, aber keine feinen Steinwerkzeuge produzieren. Wem würden sie dann entsprechen – den Menschen der Mittelsteinzeit?« überlegte sie mit verträumter Stimme.

»So hatte ich noch gar nicht darüber nachgedacht, aber es stimmt.«

»Und die Mittelsteinzeit endete in Europa wann? Vor fünfzigtausend Jahren?«

»Sagen wir mal, vor fünfunddreißigtausend.«

»Gut, fünfunddreißigtausend. Fünfunddreißigtausend Jahre! Gideon, du willst doch nicht behaupten, daß diese Indianer, wenn es welche sind, hier seit fünfunddreißigtausend Jahren unerkannt leben?«

»Nein, natürlich nicht. Hier in der Neuen Welt hatten die Indianer sozusagen mittelsteinzeitliche Techniken bis ins sechzehnte Jahrhundert, als die Spanier kamen. Und viele Stämme praktisch bis ins zwanzigste Jahrhundert. Nein, ich nehme an, daß eine Indianergruppe vor vielleicht hundert Jahren hierhergekommen ist und seitdem hier lebt.« Plötzlich schüttelte er den Kopf. »Ein bißchen sehr unwahrscheinlich, was?«

»Wohl wahr. Schau, warum muß es eine Indianergruppe sein? Warum kann es nicht ein Haufen Eremiten oder meinetwegen Hippies sein, die das einfache, primitive Leben suchen?«

Er stand auf, wischte sich den Schmutz ab und Julie auch ein bißchen. »Nein. Woher sollten sie wissen, daß und wie man Steine mit Hitze behandelt?«

»Sie könnten in einem Buch etwas darüber gelesen haben.«

»Hast du in einem Buch etwas darüber gelesen?«

»Ich habe noch nie davon gehört.«

»Und du hast Anthropologie im Nebenfach studiert. Da siehst du's. Nein, ich glaube, hier handelt es sich wirklich um primitive Menschen.«

»Aber wo leben sie denn dann, wo schlafen sie? Draußen im Freien?«

»Das bezweifle ich. Irgendwo müssen sie einen Unterschlupf haben. Komm, wir schauen uns noch ein bißchen um.«

Nachdem sie eine Viertelstunde durch die Bäume gestreift waren, fanden sie die erste Hütte. Sie waren schon mehrere Male daran vorbeigegangen, bevor sie merkten, daß es kein natürliches Geflecht aus toten Zweigen war, sondern ein Bau aus zusammengebundenen Stangen, der mit Reisig gedeckt war und drei, vier Menschen beherbergen konnte.

Gideon brauchte eine Weile, bis er den Eingang fand, eine niedrige, getarnte Öffnung, durch die er kriechen mußte. Innen war es düster, durch einen Rauchabzug in dem gewölbten Dach und die Ritzen zwischen den Zweigen kam ein wenig Licht. Die Hütte war gerade so hoch, daß er etwas gebeugt stehen konnte. Sie war leer, aber es gab Anzeichen menschlichen Lebens. In der Mitte befand sich eine kleine Feuergrube, und die Wände waren schwarz und schmierig von so manchem Feuer, sie rochen nach Rauch. Auf dem Boden, der bloßen Erde, lagen ein paar Fischgräten, und es gab viele Fußabdrücke, von nackten Füßen – fünfundvierzig Zentimeter lang war indes keiner.

Das Ganze wirkte trostlos und deprimierend, und Gideon war froh, als er ans Tageslicht zurückkrabbeln konnte. Sie fanden noch eine zweite kleinere Hütte, der sie eine flüchtige Untersuchung angedeihen ließen, förderten aber keine zusätzlichen Informationen zutage.

Bei einer abschließenden Überprüfung des Geländes um eine große Feuergrube fanden sie noch einen interessanten Gegenstand, von Menschen gemacht und von Menschen benutzt. Er war zwischen zwei Rindenstücke geschoben – ein fünfundvierzig Zentimeter langer Stock, ungefähr so dick wie ein Pfeilschaft, an einem Ende abgebrochen und am anderen zu einer stumpfen, verkohlten abgenutzten Spitze auslaufend.

»Ist das ein Feuerbohrer?« fragte Julie.

»Ja, der untere Teil. Weißt du, wie der funktioniert?«

»Nicht genau. Reibt man ihn an einem anderen Stock?«

Gideon lächelte. »Nein. Egal, was dir die Pfadfinder erzählen, man kann keine Funken schlagen, indem man zwei Stöcke aneinanderreibt. Man muß die Reibung auf eine kleine Stelle konzentrieren. Du nimmst ein anderes Stück Holz, eine flache Scheibe, und da bohrst du ein Loch hinein, das so groß ist, daß das angebrannte Ende des Bohrers hineinpaßt. Dann schnitzt du einen Kanal von dem Loch zur Kante der Holzscheibe. In den Kanal legst du Zunder... Warum lachst du?«

»Ich liebe es, wenn du auf Professor umschaltest. Du wirst so ernst. Ganz und gar nicht wie ein Mensch, der sich im Nationalpark nächtens mit einer Dame im Schlafsack vergnügt. Aber bitte, fahren Sie fort.«

»Nur weil ich es getan habe, bin ich noch kein Mensch, der so etwas tut«, sagte er lachend, »aber den Rest der Vorlesung schenke ich mir. Das, worauf ich hinauswollte, das Wichtige, ist: Es ist sehr schwer. Selbst wenn du weißt, wie, brauchst du starke Muskeln und wilde Entschlossenheit. Ich habe es mehrfach in Seminaren demonstriert und jedesmal eher gequalmt als der Zunder.«

»Ich verstehe, aber warum ist das wichtig?«

»Es ist wichtig, weil damit hieb- und stichfest wird, daß diese Menschen wirklich primitiv sind. Wenn ich aus Jux und Dollerei in die Steinzeit zurückkehren oder einfach nur aussteigen würde, dann wären Streichhölzer das einzige Zugeständnis an die Zivilisation, das ich machen würde. Und wenn ich beim Abschied keine gehabt hätte, würde ich aber unter Garantie zurückkommen und mir welche besorgen, nachdem ich das Ding hier ein oder zweimal ausprobiert hätte.«

Er drehte den Bohrer langsam in den Händen. »Indianer. Ganz klar.«

Sie war immer noch nicht überzeugt. »Ich verstehe trotzdem nicht, warum es Indianer sein müssen. Gut, vergessen wir die Idee, daß hier Leute aus dem zwanzigsten Jahrhundert ausgestiegen sind, aber warum könnten es nicht ein paar primitive Weiße sein, die hier vielleicht seit hundert Jahren leben?«

»Puh. Als die ersten Europäer im achtzehnten Jahrhundert den Staat Washington betraten, war ihre Technologie viel weiter fortgeschritten.«

Julie nickte. »Du hast natürlich recht.« Langsam bewegte sie den Kopf vor und zurück. »Die Vorstellung, daß hier immer noch Leute in der Steinzeit leben, sich verstecken, uns beobachten...« Sie fröstelte. »Gideon, können wir jetzt gehen?«

Er legte den Arm um ihre Schultern und drückte sie. »Bereit, ins zwanzigste Jahrhundert zurückzukehren?« sagte er lächelnd.

»Nur zu sehr.«

Er hob ihr Kinn und küßte sie sanft auf die Lippen. »Ich auch. Komm, wir gehen.«

Zurück zum Wanderweg brauchten sie nur vier Stunden, und eine Stunde später, Gideon war gefahren, bogen sie in die Ranger Station in Quinault ein.

»Ich weiß nicht, wie's dir geht«, sagte Julie, kletterte aus dem Fahrerhäuschen und reckte sich, »aber ich brauche eine heiße Dusche, bevor ich zu irgend etwas anderem fähig bin.«

»Ich auch«, sagte Gideon. Er ging um den Wagen herum und hievte ihre Rucksäcke heraus. »Vielleicht kann ich ein Zimmer in der Lodge kriegen. Nach Dungeness will ich heute abend jedenfalls nicht mehr zurückfahren.«

»Machst du Witze? Man muß einen Monat im voraus buchen. Du hast doch die Menschenmengen gesehen.«

»Uuh, zu dumm«, sagte Gideon kläglich. »Eine Dusche könnte ich aber wirklich gebrauchen.«

Julie lachte. »Gut, schau nicht so traurig. Du kannst meine benutzen. Unter der Bedingung, daß du dich benimmst.«

»Natürlich benehme ich mich. Wofür hältst du mich?«

Eine Stunde später saßen sie nach einem langen, gemeinsamen seifigen Zwischenspiel unter der Dusche sauber, fröhlich und guter Dinge in Bademänteln im Wohnzimmer des alten tannengrünen Holzhauses, das zu Julies Job als Chief Ranger gehörte.

»Na?« sagte Julie und gab ihm ihr leeres Glas. »Ist die Zivilisation nicht wunderbar?«

Gideon schenkte ihnen beiden einen zweiten trockenen Sherry ein. »Doch«, sagte er. Als er ihr den Drink brachte, kniete er sich hin und küßte sie sanft. »Alles, was recht ist, altes Mädchen, sehr aufmerksam von dir, vorzuschlagen, daß ich die Nacht hier verbringen kann.«

»Unter der Bedingung, daß du dich der Manieren eines Gentleman befleißigst.«

»Du stellst wirklich viele Bedingungen«, sagte er, glitt mit den Händen in ihren Bademantel und streichelte ihre Brust.

»Gott«, sagte sie, »kannst du nie genug kriegen?«

»Ich habe genug. Mehr als genug.« Er ging mit der anderen Hand unter den Bademantel und umschlang sie mit beiden Armen. »Ich bin nur liebevoll.«

Julie stellte ihr Glas ab und nahm sein Gesicht in beide Hände. »Hm, ich habe auch liebevolle Empfindungen. Aber ich habe mich noch nicht im Büro zurückgemeldet. Das sollte ich wohl besser mal tun.«

»Soll mich das motivieren, dich loszulassen?«

»Und je schneller wir uns anziehen, desto schneller kriegen wir Abendessen.«

»Das Restaurant macht doch erst in einer Stunde auf.«

»Aber wir haben gerade den letzten Tropfen Sherry getrunken. Wenn du mehr willst, müssen wir zur Lodge.«

»Das ist was anderes.« Gideon küßte sie und stand sofort auf. »Du rufst im Büro an, und ich ziehe mich an. Oder möchtest du, daß ich dir in die Kleider helfe, während du telefonierst? Da könnten wir Zeit sparen.«

»Nein, danke. Ich habe die leise Befürchtung, daß das nicht funktionieren würde.«

Die ältere Dame an dem Korbschreibtisch sah von ihrem Brief auf und schielte böse über ihre Lesebrille.

»Kinder, seid mal ruhig«, sagte sie, ihre Stimme zitterte vor Empörung. »Geht nach draußen spielen.«

Aber die beiden kleinen Jungen waren so aufgedreht, daß sie übereinanderstolperten, ihre Münzen fallen ließen, sich unter den Stühlen darum balgten und unbekümmert durch das elegante alte Foyer der Lake Quinault Lodge zur anderen Wand rannten, wo – völlig anachronistisch – zwischen den Topfpflanzen und den schönen alten Zwanziger-Jahre-Möbeln ein Tisch mit einem elektronischen Spiel stand. Dort angekommen, fielen die Jungs mit wohligen Erwachsenenseufzern in die Stühle, warfen die Geldstücke ein und gerieten sodann über dem Bildschirm in tiefe Trance. Das Zwitschern, Fiepen und Piepsen des Geräts war überall in der vornehmen Halle zu hören. Der Papagei auf seiner Stange grummelte und beschwerte sich.

Gideon lächelte Julie an. »Na, du wolltest ja zurück ins zwanzigste Jahrhundert. Herzlich willkommen.«

»Wunderbar«, sagte sie und kuschelte sich tiefer in den Stuhl, die Beine untergeschlagen.

Gideon nahm einen Schluck von seinem Sherry, lehnte sich zurück und genoß das knisternde Feuer in dem riesigen gemauerten Kamin. Als er sich bewegte, knirschte sein Korbstuhl trocken. Ein klares, ledriges, maskulines Geräusch, das gut zu dem Sherry paßte.

Die Frau am Schreibtisch konnte den Lärm vom Spieltisch nicht länger ertragen, raffte schnaubend ihre Papiere zusammen und marschierte hinaus. Im Abgehen hielt sie kurz neben Gideon und Julie an, das Schreibzeug an den stattlichen Busen gepreßt.

»So etwas sollte hier drin nicht gestattet sein«, sagte sie.

»Da bin ich voll und ganz Ihrer Meinung«, sagte Gideon. Als sie weg war, wandte er sich an Julie. »Hat sie den Computer oder die Kinder gemeint?«

»Weiß ich nicht«, lachte Julie. »Wahrscheinlich beide.«

»Trotzdem bin ich ihrer Meinung.«

»Gideon«, sagte Julie, nachdem sie beide eine Weile ins Feuer geschaut hatten, »ich frage mich dauernd, warum die Indianer etwas so Wertvolles wie den Speer liegengelassen haben, damit die Zanders ihn dann auch noch finden. Es dauert doch bestimmt lange, einen herzustellen.«

»Vermutlich sind sie überrascht worden und Hals über Kopf geflohen. Aber ich kann mir eh nicht vorstellen, daß modernes Zeitmanagement ein sonderlich großes Problem für sie darstellt. Außerdem war die Bindung verrottet und der Schaft zersplittert. Deren Herstellung dauert nämlich so lange. Die der Spitze nicht.«

»Ach, das wußte ich nicht. In den Lehrbüchern steht so was nicht. Glaubst du, sie haben den Platz verlassen?«

»Ich glaube, ja. Die Zanders waren vielleicht die ersten, die sich auf diesen Vorsprung verirrt haben. Und danach wir. Bestimmt sind sie noch weiter von dem Pfad und den Menschen weggezogen.«

»Was bedeutet, sie sind höher in die Berge gegangen. Da oben ist es scheußlich naß und kalt.« Langsam bewegte sie den Kopf und fuhr mit den Lippen über den Rand ihres Glases. »Was für ein schreckliches Leben. Sollten wir nicht versuchen, sie zu finden?«

»Ob wir sollten oder nicht, weiß ich nicht so genau«, sagte er und erörterte das Für und Wider ebensosehr mit sich selbst wie mit ihr. »Ein Blick in die Geschichte lehrt uns, daß wenig Argumente dafür sprechen, daß sich das Leben primitiver Menschen durch den Kontakt mit der Außenwelt sehr verbessert. Sie sind gegen ganz normale Krankheiten nicht immun, ihre Sitten und Gebräuche halten dem Zusammenprall nicht stand, ihre Wertvorstellungen geraten durcheinander. Und was würden wir mit ihnen anstellen? Ihnen Schuhe und Strümpfe anziehen und sie in die Schule schicken? Sie in ein Reservat stecken?«

»Das ist mir doch alles klar«, antwortete sie ungeduldig, »aber um Gottes willen, es handelt sich um eine winzige verängstigte Gruppe Menschen, die sich dort draußen im Wald verkriecht und in undichten Hütten in einem Regenwald lebt! Und wenn sie wirklich noch höher ziehen, sind sie im Schnee! Wir könnten ihnen doch zumindest Kleidung und Essen zukommen lassen und ihnen sagen, daß sie keine Angst zu haben brauchen.«

»Außer vor dem FBI. Vergiß nicht, wenn wir recht haben, hat dein winziges, furchtsames, sich verkriechendes Häuflein Menschen mindestens zwei Morde begangen. Vielleicht sogar drei.«

»Du glaubst doch nicht allen Ernstes, daß sie ins Gefängnis gebracht würden... daß ihnen der Prozeß gemacht würde?«

»Ich sehe nicht, was das FBI für eine Alternative hat. Wenn sie sie finden.«

»Dann lassen wir sie einfach dort?«

Gideon wollte nicht, daß sie ihn mißverstand. »Nein, ich will sie ja auch finden, aber das muß man richtig anstellen. Ich brauche Zeit, um ein bißchen zu forschen, mir die Implikationen für sie und für uns durch den Kopf gehen zu lassen, ich muß mich vorbereiten. Ich würde gern im nächsten Frühjahr gehen, nach der Regenzeit.«

»Du? Meinst du, allein? In den Regenwald? Du allein?«

»Dein Vertrauen in mich ist herzerwärmend.«

»Nur, weil du im Grunde... ein Stadtmensch bist, Anthropologe hin oder her«, sagte sie lachend. »Ohne mich hättest du dich gestern zwanzigmal verlaufen. Ich gehe mit dir.«

Den Teufel wirst du, dachte er. Nicht, wo Wilde mit Speeren rumsausen. Jetzt nicht mehr. Gestern warst du einfach eine x-beliebige, nette junge Frau. Heute bist du... mehr. »Mal sehen«, sagte er. »Vielleicht.«

»Bestimmt. Jetzt, wo ich dich gefunden habe, will ich dich nicht schon wieder verlieren.« Sie schaute ihn plötzlich an. »Das klingt nach Besitzanspruch«, sagte sie nüchtern. »Den habe ich normalerweise nicht. War nur Spaß.«

Schade, dachte Gideon. Der Klang hatte ihm gefallen. Ihr auch, das sah er. Er sagte nichts, sondern lächelte sie nur an, und in einträchtig angenehmem Schweigen tranken sie ihren Sherry und betrachteten das Feuer.

Hand in Hand spazierten sie in den Speiseraum, und die Dame, die ihnen die Plätze zuwies, fragte sie ganz verschwörerisch, ob sie eine Nische haben wollten, wo sie ungestört seien. Julie sagte ja, und Gideon sagte nein, und alle drei lachten. Sie nahmen einen Tisch am Fenster. In dem kalten fahlen Licht war der Rasen grau, der See beinahe schwarz. Wie gemütlich war es, in dem warmen, sauberen Speiseraum auf ein heißes Essen zu warten, das jemand anderes zubereitet hatte. Wie mußte es sein, einen grauen, eiskalten Winter in einer Hütte aus Ästen dort draußen zu verbringen?

Schwungvoll wurde ihnen eine leckere Platte mit rohem Gemüse vorgesetzt. »Ich heiße Eleanor«, verkündete die Kellnerin, ohne sie wiederzuerkennen. »Wohl bekomm's.«

Am nächsten Morgen frühstückten sie in der Fensternische in Julies Küche und schauten auf einen Tag hinaus, der noch kälter, wolkenverhangener und trostloser war als der Vortag. Sie verspeisten heiße Muffins mit Butter und Gelee, tranken dampfenden Kaffee und fühlten sich behaglich und geborgen.

»Der Winter kommt«, sagte Julie verträumt. »Das ist die Jahreszeit, in der ich mir immer wünsche, ich wäre ein Bär, der in Winterschlaf geht.«

»Ich dachte, du magst das nasse Wetter.«

»Ach, ich meine ›Winterschlaf‹ ja nicht wörtlich. Ich meine, ich würde mich gern in einem hübschen, gemütlichen Haus wie dem hier verkriechen, ein Feuer im Kamin anzünden, heiße Suppe aus einem Napf schlürfen und Musik hören. Mit einem hübschen männlichen Tier zur Seite, das mir bedingungslos zu Willen ist.«

»Und das Feuer anzündet, die Suppe kocht und den Plattenspieler anwirft?«

»Und andere ihm zugeteilte Pflichten erfüllt. Einen Kuß, bitte.«

»Soll das illustrieren, was die anderen Pflichten sind, oder ist das eine Bitte?«

»Eine Bitte. Eine Forderung.«

»Zu Diensten, Madame.« Gideon glitt über das Kissen auf dem Fenstersitz und küßte sie zärtlich. »Hm«, sagte er, »köstlich. Du schmeckst wie Aprikosengelee.«

Julie lachte und umarmte ihn. »Ich weiß nie, ob du amouröse Anwandlungen oder Hunger hast.«

»Und schließt das eine das andere aus?«

»Na gut, willst du dann wieder ins Bett oder willst lieber noch ein Muffin?«

Gideon runzelte die Stirn und überlegte heftig. »Kriege ich Gelee auf das Muffin?«

»Du bist schrecklich«, sagte Julie und schob ihn weg. »Darauf antworte ich nicht einmal.« Sie setzte sich wieder ordentlich hin. »Gideon, ich habe nachgedacht. Bis nächstes Frühjahr kannst du nicht warten.«

»Warum nicht? Die letzten hundert Jahre sind sie da drin doch auch ganz gut zurechtgekommen.«

»Mag sein, aber es waren auch noch keine fünfzigtausend Dollar Kopfgeld auf sie ausgesetzt und keine Belohnung von hunderttausend. Der Wald ist noch nie so voll Bekloppter mit Knarren gewesen. Und vergiß das FBI nicht. Morgen kommt John, und der will sicher sofort losgehen und sich den Vorsprung einmal genauer anschauen.«

»Du hast recht«, sagte Gideon. »Auf dem Vorsprung sind sie zwar bestimmt nicht mehr, aber das FBI findet garantiert eine Spur, wo sie hingegangen sind. Haben sie immer noch Bluthunde?«

»Weiß ich nicht. Ich glaube aber, ja.«

»John ist wirklich ein herzensguter Mensch, aber wenn er in den Wald geht, muß er sie natürlich in erster Linie als Mordverdächtige betrachten. Auch ein Weg, sie mit der Zivilisation bekannt zu machen, was?«

»Also, was tun wir?«

»Wir können gar nichts tun. Ich weiß nicht, wo sie sind, und wenn ich es wüßte, könnte ich nicht mit ihnen reden. Und wenn ich es könnte, was soll ich ihnen sagen? ›Grüße vom Großen Weißen Vater. Ab mit euch in den Knast!‹ Aber vielleicht findet sie ja gar keiner, und im nächsten Jahr weiß ich ein wenig mehr.«

»Lauter Wenns und Abers. Keine allzu befriedigende Lösung, was?«

Der Meinung war Gideon auch, aber bevor er etwas sagen konnte, klingelte das Telefon, und Julie ging dran. An der Küchentür drehte sie sich um und murmelte: »Du denkst dir schon was aus. Und egal, wann du gehst, ich gehe mit dir.«

»Hallo«, sagte sie ins Telefon. Dann schwieg sie und warf ihm einen, wie er fand, etwas unbehaglichen Seitenblick zu. »Hm, ja, ich weiß nicht, wo er ist, aber wenn ich ihn sehe, sage ich ihm Bescheid.«

Sie kam zurück. »Für dich.«

Er lächelte. »Erzähl mir nicht, es ist dir peinlich, den Leuten zu sagen, daß ich mich um halb acht morgens hier rumtreibe?« Während er das sagte, bedauerte er es schon, weil es so schnodderig und billig klang.

»Nein«, sagte sie böse, und auf ihren Wangen erschien ein roter Fleck. »Er hat mich überrumpelt. Und ich wußte nicht, wie du es findest, wenn die Leute wissen, daß du hier bist. Du bist doch eher der Verklemmte.«

»Bin ich?« fragte er überrascht. Daß er ein wenig verklemmt war, wußte er. Daß Julie es auch wußte, schokkierte ihn doch etwas.

»Hm, manchmal ja. Wie würdest du es denn finden?«

»Daß die Leute wissen, daß ich hier bin? Julie, sei nicht albern. Ich bin stolz darauf. Alle sollen es wissen!«

»Hm«, sagte sie, immer noch böse. »Ich war mir nicht sicher.« Plötzlich kicherte sie. »Ich glaube, ich brauche noch einen Kuß und eine Umarmung. So unsicher bin ich.«

Er stand auf, nahm sie in die Arme und drückte sie, bis sie aufjaulte. »Genug«, rief sie. »Ich bin sicher, ich bin sicher!« Er küßte sie, und spürte, wie ihre Kehle zitterte. Er zitterte auch. Wieder hätte er ihr beinahe gesagt, er liebe sie, aber eine übertriebene Vorsicht hielt ihn davon ab. »Was war mit dem Anruf?«

»Oh. Zweierlei. Als erstes, ein paar Jugendliche aus Hoquiam haben zugegeben, daß sie die Bigfootspuren getürkt haben.«

»Was uns ja nicht weiter überrascht. Und zweitens?«

Sie nahm den Kopf von seiner Schulter. »Gideon, sie haben noch eine Leiche gefunden. Glauben sie jedenfalls.«

11

Sie hatten die mutmaßliche Leiche aus dem Pyrites Creek gefischt, nur etwa eine Meile flußabwärts von dem Felsvorsprung. Nun befand sie sich im Arbeitsraum auf einer Gummiunterlage, eine zähe, schmierige Masse bräunlichschwarzen Gewebes, formlos und zerschlagen, die Knochen stachen heraus, es sah aus wie ein Brocken aus dem Löwenkäfig im Zoo. Nach einem Blick war Julie geflüchtet. Gideon wünschte, er könnte es auch. Zwischen den unpersönlichen trockenen Knochen bei seinen archäologischen Ausgrabungen und diesem gräßlichen Ding bestand doch ein gravierender Unterschied.

»Wir wären Ihnen dankbar, wenn Sie uns helfen würden, Doktor. Können Sie uns sagen, ob es von einem Menschen stammt?« sagte Johns Assistent Julian Minor, ein grauhaariger Schwarzer mittleren Alters, mit gepflegter Frisur, dunklem Anzug, Krawatte und randloser Brille. Er hatte etwas Ordentliches, angenehm Rundliches, wie ein biederer Buchhalter.

Gideon nickte. »Ja, es ist ein menschlicher Beckengürtel, aber mehr kann ich erst sagen, wenn wir die Knochen gesäubert haben.«

»Meinen Sie, das Fleisch entfernen?« fragte der Agent und verzog dezent das Gesicht. »Ich weiß nicht, ob ich autorisiert bin, Ihnen die Erlaubnis dazu zu geben.«

Hoffentlich nicht, dachte Gideon.

»Ich rufe aber in Seattle an und erkundige mich.« Minor wählte, murmelte ein paar geheimnisvolle Worte ins Telefon, nickte dreimal, sagte: »In Ordnung« und legte auf. »Mr. Lau ist einverstanden, aber Sie wollen bitte das Fleisch für den Pathologen aufbewahren.«

»Okay«, sagte Gideon und seufzte. »Dann brauchen wir aber diverse Chemikalien.« Die, wenn er Glück hatte, nicht aufzutreiben waren.

Er hatte kein Glück. Als er mit der Liste zu Julie ging, holte sie einen jungen, rotschopfigen Ranger herbei, der für das Informationszentrum in Hoh alles mögliche Getier präparierte und das Nötige besaß. Der Mann war höchst bekümmert, als Minor ihm sagte, er könne bei den Arbeiten nicht anwesend sein.

Nach zwanzig Minuten saßen Gideon und Minor wieder im Arbeitsraum, an dem am weitesten von dem grausigen Fleischklumpen entfernten Ende des Tischs. Vor Gideon befanden sich Seziergeräte, Gummihandschuhe und Meßgefäße und -behälter in verschiedenen Größen. In einem großen, zerbeulten Topf setzte er eine Lösung aus Wasser, Natriumkarbonat und Bleichmittel an und stellte ihn beiseite. »Das ist Sodalauge«, sagte er. »Damit kochen wir alles, bis sich das Fleisch von den Knochen löst.« Einen ähnlichen Absud schüttete er in ein Keramikgefäß.

»Aber wir sollten doch das Fleisch aufbewahren.«

»Ich schneide zuerst soviel wie möglich weg, und das konservieren wir dann. Nun«, sagte er, »an die Schmutzarbeit.«

Er legte sich ein mächtiges Skalpell, eine grobe Zange, eine Sonde und eine Schere zurecht. Dann puderte er sich die Hände, schlüpfte in ein Paar neuer Gummihandschuhe, ging zu dem unförmigen Ding am anderen Ende des Tischs und begann zu arbeiten.

Obwohl Gideon sich schon seit Jahren mit menschlichen Überresten beschäftigte, war er doch immer noch außergewöhnlich empfindlich und benutzte nach langer Übung folgenden Trick: Er richtete den Blick auf das, was er da tat, nur gerade so weit wie nötig, daß seine eigenen Finger dem Skalpell nicht in die Quere kamen. Die Technik wandte er auch jetzt an.

Minor saß kerzengerade am anderen Tischende in etwa drei Metern Entfernung und beobachtete, wie Gideon die dunklen Fleischlappen abschnitt und in das Gefäß legte.

»Die Tatsache, daß es nur ein Becken ist...« sagte Minor. »Heißt das, daß der Körper zerstückelt wurde?«

»Anzeichen dafür sieht man nicht. Die Leiche hat eine Weile im Wasser gelegen. Wahrscheinlich ist sie von der Strömung und den Steinen auseinandergerissen worden.«

»Aha«, sagte Minor. »Können wir davon ausgehen, daß die Überreste diejenigen eines Individuums der, äh, negriden Rasse sind?«

»Der negriden?« fragte Gideon verdutzt. »Nein, warum?«

»Die Farbe der Haut ist ziemlich dunkel. Oder ist das nicht die Haut?«

»Teilweise Haut, teilweise Muskel- und anderes Gewebe. Hauptsächlich *Gluteus maximus*, Gesäßmuskel, und noch ein paar Beuger und Strecker, ein bißchen *fascia lata*, Muskelfaszie. Die inneren Organe des Beckens und die äußeren Genitalien sind nicht mehr vorhanden. Sie sind verwest oder von den Fischen gefressen worden.«

Minors Mundwinkel verzogen sich nach unten. Gideon nahm es ihm nicht übel. Mit der Zange zog er einen schwarzen Fleischfetzen heraus. »Hier ist noch etwas Haut dran«, sagte er, »schwarz, wie Sie sehen, aber wenn die Verwesung einmal eingesetzt hat, ist die Farbe kein Anhaltspunkt mehr für die Rasse. Die Haut eines Weißen wird oft braun oder schwarz, während schwarze Haut eher weißlichgrau wird.«

»Aha«, sagte Minor, selbst ein bißchen weißlichgrau.

Auch Gideon drehte sich der Magen um, er streifte die schmierigen Handschuhe ab und stand auf. »Gut, daß Sie da sind. Jetzt sind Sie an der Reihe«, sagte er.

»Ich?« Minor kniff die Augen zusammen und faßte sich reflexartig an den Knoten seiner Krawatte. »Ich verstehe nicht ganz.«

»Die Lösung in dem Topf muß drei Stunden lang alle dreißig Minuten umgerührt werden. Dann geben Sie das hinzu.« Gideon hielt eine Flasche mit fünfzehnprozentigem Ätznatron hoch. »Wenn ich dann noch nicht zurück bin, stellen Sie den Topf auf den Brenner, erhitzen ihn, bis es köchelt, und legen das Becken hinein. Nach einer Stunde nehmen Sie es heraus – aber bis dahin bin ich sicher wieder da.«

»Meines Wissens«, sagte Minor, alles andere als erfreut, »sollten Sie für die praktischen Einzelheiten verantwortlich sein.«

Schulterzuckend sagte Gideon: »Wenn Sie nicht möchten, fragen Sie doch den Knaben mit dem Bart. Er wird begeistert sein.«

»Ich schaff das schon«, sagte Minor. »Und gehe ich recht in der Annahme, daß es sich hier um eine ätzende Lösung handelt?«

»Ja, es empfiehlt sich nicht, mit den Fingern darin herumzurühren.«

Das fand Minor nicht amüsant. Gideon auch nicht. Er wollte unbedingt aus dem Raum, an die frische Luft. »In der Zwischenzeit«, sagte er, »fahre ich nach Amanda Park und besuche den Mann mit den Knochenspeeren.«

Minors Miene hellte sich auf. »Den alten Mr. Pringle? Da brauchen Sie nie im Leben drei Stunden. Amanda Park ist nur ein paar Meilen von hier entfernt. Sein Haus ist ein bißchen weg vom Schuß, aber ich kann Ihnen den Weg beschreiben. Sie brauchen höchstens eine Viertelstunde.«

Er brauchte zwei Stunden. »Ein bißchen weg vom Schuß« war untertrieben, Gideon verirrte sich auf den kleinen Straßen mehr als einmal hoffnungslos. Als er dann schließlich auf das Haus stieß und vor dem verwitterten, vogelhausähnlichen Briefkasten hielt, war er soweit, zuzugeben, daß Julie recht hatte. Er war ein Stadtmensch! Er stieg aus und betrachtete den schmutzigweißen, baufälligen alten Bungalow mit den blaßgrünen Fensterläden. Ein trostloser Anblick an diesem grauen Tag, sonst gab es weit und breit keine Häuser, vor dem dichten Wald wirkte dieses winzig. Erst nach einigen Sekunden bemerkte Gideon, daß in der Ecke der vorderen Veranda, tief im düsteren Schatten eines verrosteten Dachs ein uralter Mann in sich zusammengesunken saß.

Schläft oder ist senil, dachte Gideon. Lächelnd, aber definitiv entmutigt, ging er auf das Haus zu. Für einen Anthropologen besaß er eine eigentümliche – beinah zwanghafte – Abneigung, in die Privatsphäre anderer Menschen einzudringen.

»Mr. Pringle?« sagte er leise, als er die Veranda erreichte.

Der alte Mann hob den Kopf, und Gideon sah, daß er eine dunkelblaue Pudelmütze trug, die er sich tief in sein langes, mageres Gesicht gezogen hatte. Er war sogar noch älter, als Gideon gedacht hatte, über neunzig, wie Wachspapier spannte sich die Haut mitleiderregend über seinem knochigen, skelettartigen Gesicht, auf den Wangen hatte er rotbraune Altersflecken. Er litt an einer Sehstörung, offenbar an Stabsichtigkeit, denn er blinzelte und schaute mit leerem Blick überall hin, nur nicht auf Gideon.

Senil, dachte Gideon, sein Herz sank noch eine Etage tiefer. »Mr. Pringle?« sagte er freundlich. Wenn der alte Mann Angst bekam oder nichts verstand, würde er auf dem Absatz kehrtmachen. »Ich heiße Gideon Oliver...«

»Ach, da sind Sie ja«, sagte der Mann mit dünner, fröhlicher Stimme und fixierte ihn mit einem Paar erstaunlich klaren, kornblumenblauen Augen. »Die dummen Augen spielen verrückt. Sind auch nicht mehr, was sie mal waren.«

Wie im Licht dieser strahlenden Augen sah Gideon, daß Mr. Pringle mitten zwischen seiner langen Nase und den schmalen grauen Lippen einen winzigen weißen Schnurrbart hatte, der bleistiftdünn und gewissenhaft getrimmt war, rundherum war lauter weiße Haut zu sehen. Beim grotesken Anblick dieser flotten Zierde in dem uralten Gesicht wurde Gideon wohler, er lächelte. »Mr. Minor vom FBI hat mir von Ihrer Sammlung erzählt. Ob Sie sie mir wohl zeigen würden?«

Nun leuchteten die Augen des Mannes noch mehr. »Mit dem allergrößten Vergnügen«, sagte er, ergriff mit einer Hand einen Spazierstock, mit der anderen die wackelige Lehne seines Klappstuhls und begann sich aufzurichten. Gideon sah, daß er sehr groß und grobknochig war und immense Schwierigkeiten hatte, sich aus dem Stuhl zu erheben. Als Gideon ihn am Arm nahm, um ihm zu einem schwankenden Gleichgewicht zu verhelfen, überraschte ihn der Geruch seines Wollhemdes, wie frisch gewaschen. Vernachlässigt war der alte Herr nicht.

Pringle lachte. »Das war zu schnell. Wenn ich mich erst mal ordentlich organisiert hätte, wäre es problemlos gegangen.«

Die Haustür führte gleich in die Küche. Er schlurfte langsam über das alte Linoleum und konzentrierte sich heftig, die Balance zu halten, indem er sorgfältig die Stellen aussuchte, auf denen er die dicke Gummispitze seines Stocks aufsetzen wollte.

»Entschuldigen Sie, daß ich die Mütze aufbehalte«, sagte er zu Gideon hinter sich. »Ich bin ein paarmal operiert worden, und der Arzt hat ganz schön rumgebaggert. Sind Sie auch beim FBI, Mr. Oliver?« Um sich abzustützen, tastete er mit seiner großen Hand nach allem, was in Reichweite war, den alten weißgestrichenen Stühlen, dem Tisch.

»Nein, ich bin Anthropologe.«

»Anthropologe? Da bin ich ja höchst entzückt. Darf ich Ihnen eine Tasse Tee anbieten?«

»Nein, danke«, sagte Gideon. Er wollte um Gottes willen nicht sehen, wie der alte Mann an dem vorsintflutlichen Gasherd mit Tassen und Kessel hantierte.

Das Wohnzimmer war muffig und staubig, das braune Linoleum mit dem Blumenmuster fast genauso abgetreten wie das in der Küche, aber die Sammlung war hübsch ordentlich in drei sauberen Mahagonikästen mit Glasscheiben untergebracht. Sie bestand aus Flaschen, Gürtelschnallen, alten Nägeln, aber auch einer Menge indianischer Gegenstände.

Gideon inspizierte die drei Knochenspeerspitzen gründlich. Sie waren alle mit derselben Technik geschnitten und hatten dieselbe Form wie die beiden, die er schon kannte.

»Wissen Sie noch, wann Sie die gefunden haben, Mr. Pringle?«

»Die, die Sie in der Hand haben, 1950. Diese hier 1934 oder 35. Und diese ... mal sehen, es war in meinem ersten Sommer hier. Ich war fünfundzwanzig, das müßte 1913 gewesen sein«, sagte er. Nachrechnen mußte er nicht.

»Und sie sind alle aus dieser Gegend?«

Pringle nickte. »Die in Ihrer Hand lag weit oben am östlichen Zufluß des Quinault, an einem der Bäche, die vom Chimney Peak herunterfließen – damals gab es natürlich noch keine großartigen Wanderwege.«

»Pyrites Creek?«

Pringle war überrascht. »Wahrhaftig, stimmt, ungefähr eine Meile hoch, am östlichen Ufer.«

Neunzehnhundertundvierunddreißig. Hieß das, der Vorsprung war seit beinahe fünfzig Jahren bewohnt? Möglich war es. Seit *mindestens* fünfzig Jahren. »Und die anderen Spitzen?«

»Die andere alte kommt auch aus der Gegend des Chimney Peak, aber die von 1950, das war in der Nähe des Finley Creek. Hier, den zeige ich Ihnen auf der Karte.«

»Nicht nötig«, sagte Gideon schnell, als Pringle seine spindeldürren, tatterigen Beine zusammensammelte.

»Nein, nein, kein Problem. Alles nur eine Frage der Vorbereitung und Organisation, wissen Sie.« Mitten im Vorbereiten und Organisieren, als er seinen hageren Rumpf an den Stuhlrand vorgeschoben hatte und sich hochstemmen wollte, sah er Gideon mit den überraschend glänzenden Augen an und lächelte. »O je«, sagte er, »wenn man alt ist, dauert alles so lange.«

Als Pringle ihm exakt den Ort gezeigt hatte, sagte Gideon: »Sie wissen ja, niemand glaubt, daß im Regenwald Indianer leben, Mr. Pringle. Wie würden Sie sich dann die Speerspitzen erklären?«

»Natürlich sind dort Indianer. Damals, als ich hierherkam, wußte das jedes Kind. Nachts kamen sie heraus und brachen in die Hütten ein. Das war, bevor hier ein Nationalpark entstand. Die Hütten gibt es nicht mehr. Aber damals haben viele Leute sie gesehen. Ich habe sie ja selbst gesehen.«

»Sie haben sie gesehen?«

»Aber sicher. Ich habe auch mit ihnen gesprochen, na ja, wir haben uns gegenseitig angegrunzt. Wollen Sie nicht vielleicht doch eine Tasse Tee? Ich glaube, die Geschichte interessiert Sie.«

12

Im Kessel war schon Wasser, Pringle stellte ihn langsam und vorsichtig auf den Herd und brachte aus einem Schrank eine Dose mit Earl-Grey-Teebeuteln zum Vorschein. Auf dem Küchentisch, dessen Oberfläche weich war von den vielen Anstrichen – zuletzt grün –, schob er einen Stapel Zeitungen beiseite, um Platz zu schaffen.

»Ich benutze immer einen Beutel für zwei Tassen«, sagte er. »In Ordnung? Die Tassen sind sauber.«

»Wunderbar«, sagte Gideon. Es waren nur noch zwei Beutel da.

Pringle, die großen Finger in der Büchse, hielt inne. »Wenn Sie einen ganzen Beutel wollen, müssen Sie es sagen. Kein Problem.«

»Nein, schon recht so. Ich mag Tee nicht zu stark.« Er probierte das wäßrige Getränk. »Köstlich.«

»Schmeckt er Ihnen wirklich?« fragte Pringle. »Der Geschmack kommt übrigens von dem Bergamottöl.« Er trank umständlich, sorgsam bemüht, die Tasse in seinen beiden riesigen, knotigen Händen ruhig zu halten, und spitzte vorsorglich schon die Lippen, während er sie zum Mund führte. Dann stellte er sie ab, seufzte und schloß die Augen. Plötzlich sah sein Gesicht leichenhaft aus, wie eine Totenmaske.

»Es muß ungefähr 1913 gewesen sein«, sagte er mit seiner zittrigen Stimme, die Augen blieben geschlossen. »Ich war noch ziemlich jung.«

Es war Ende April nach einem langen, nassen Winter, und Herb Pringle, der Riese, war damals fünfundzwanzig, einsachtzig groß, einhundertzehn Kilo schwer, ein mächtiger, rothaariger Bulle von Mann, der keine Angst haben mußte, daß er kleckerte, wenn er Tee trank. Er arbeitete festangestellt als Lehrer in Olympia, und drei Jahre zuvor hatten er und sein Vater die Jagdhütte am Canoe Creek gebaut, mit eigenen Händen die Bäume gefällt, die Stämme zurechtgesägt, alles.

Es mußte an einem Wochenende gewesen sein, denn sonst kam Herb aus Olympia gar nicht heraus. Mit ein paar Eichhörnchen am Gürtel und dem Gewehr auf der Schulter kam er nach Haus. Als er ein Geräusch aus der Hütte hörte, lief er schnell zwischen die Bäume, um von dort zuzusehen.

Drei Indianer kletterten aus dem einzigen Fenster der Hütte, einer nach dem anderen. Als Herb mit dem Gewehr hinter einem Baum hervortrat, blieben sie wie vom Donner gerührt stehen. Dann stellten sie sich brav in einer Reihe an der Hütte auf und schauten zu Boden.

Ein alter Mann hatte eine schäbige Jacke und ein verrostetes, abgenutztes Sägeblatt aus der Hütte gestohlen, eine schmutzige Frau, die zwanzig oder fünfzig hätte sein können, trug zwei alte Pullover von Herb und sonst im Prinzip nichts. Außerdem war ein Junge dabei, nicht älter als acht, mit einem schrecklich verkrüppelten linken Fuß.

»Das war Luther Yackers Werk«, sagte Pringle und öffnete plötzlich die hellen Augen. »Ein Jahr zuvor hatte er auf eine Frau und ein Kind geschossen, die eines Abends in seiner Jagdhütte gewesen waren. Damals gab es drei oder vier Hütten am Creek, und ich erinnere mich, wie ich schnell mein Gewehr nahm und hinrannte, als ich die Schüsse hörte. Die Frau lag tot am Boden. Luther war total aufgeregt und erzählte Billy Mann und Si Keeler gerade alles haarklein.« Pringle spitzte die Lippen und blinzelte in Richtung des Tisches. »Ich weiß noch genau, was er gesagt hat. Er sagte, er hätte das Balg auch getroffen, und die kleine Ratte hätte wahrscheinlich große Schwierigkeiten, seine ganzen Zehen wiederzufinden. Er war richtig aufgedreht und suchte die Blutflecken mit der Laterne, weil er sie uns zeigen wollte. Und«, sagte Pringle und schaute Gideon endlich ins Gesicht, »das einzige, was sie genommen hatten, waren ein paar hartgekochte Eier. Die Frau hielt sie immer noch in der Hand.«

Die drei Indianer, die mit dem Rücken an Herb Pringles Hütte gepreßt standen, waren mager und in Lumpen beziehungsweise die alten Klamotten gekleidet, die sie drinnen gefunden hatten. Außer dem Sägeblatt hatten sie nur Kleidung gestohlen. Das Essen hatten sie nicht angetastet, es war ja alles in Dosen, und sie wußten vermutlich nicht, wie sie sie öffnen sollten, oder was es war.
Der alte Mann schob die Frau nach vorn, und sie gestikulierte herum, als stille sie ein Baby. Dann fiel sie aufs Gesicht und blieb weinend liegen. Herb bedeutete ihnen mit Gesten, daß sie ihre kärgliche Beute behalten könnten, und bot ihnen auch die Eichhörnchen an, aber sie fürchteten sich, vorzutreten und sie zu nehmen. Sie hatten auch Angst wegzugehen, sie blieben einfach da hokken, so daß Herb sie am Ende anschrie und mit den Armen fuchtelte, um sie zu verscheuchen.

»Haben sie etwas gesagt, an das Sie sich erinnern?« fragte Gideon.
»O ja, sie haben ganz schön rumgeschnattert, als ich sie vertrieben habe. Die Frau weinte und schrie immer ›cara!‹ – wie das italienische Wort –, und alle drei kreischten: ›sin-yah!‹ oder so was Ähnliches.«
Gideon nahm ein kleines Notizbuch aus der Tasche und schrieb die Worte auf. »Was für eine Geschichte, Mr. Pringle!«
»Aber das ist noch nicht alles«, sagte Pringle.

Endlich liefen sie weg, der kleine Junge flitzte seitwärts wie eine Krabbe. Herb sah sie nie wieder, aber als er im

Herbst des Jahres an einem Wochenende in die Hütte kam, sah er, daß wieder jemand darin gewesen war. Er ärgerte sich, weil er meinte, er habe die Indianer doch fair behandelt.

Aber als er nachschaute, sah er, daß nichts fehlte. Statt dessen standen zwei indianische Körbe auf dem Boden vor dem Kamin.

Eine große gelbliche Träne rann in Schlangenlinien über Pringles Gesicht. »Noch so ein Problem, wenn man alt wird«, sagte er. »Man weint furchtbar leicht.« Er nahm einen Schluck Tee und lächelte betrübt. »Ich habe schon lange nicht mehr an die Indianer gedacht. Eine schöne Geschichte, nicht wahr?«

Schön, ja, doch war es mehr als eine Geschichte? Pringle war sehr alt, und er redete von einer Zeit, die neunundsechzig Jahre zurücklag. »Die Körbe haben Sie wohl nicht mehr?« fragte Gideon.

»Natürlich habe ich die noch.« Pringle war beleidigt, aber nicht böse. »Das sind Geschenke. Die würde ich doch nicht weggeben. Sie sind auf dem obersten Regal links in dem Schrank.«

Gideon ging ins Wohnzimmer und schaute sich die Körbe an. Sie sahen so ähnlich aus wie die von dem Friedhof. Er fertigte rasch eine Skizze der Ornamente an: schwarze, in Stufen angeordnete Rechtecke, die von oben nach unten in diagonalen Reihen verliefen.

Stirnrunzelnd kam er zurück. »Solche Körbe habe ich schon einmal gesehen, Mr. Pringle. Aber soweit mir bekannt ist, stellen die hiesigen Indianer sie nicht her.«

»Nein, das stimmt. Vor... hm, sieben, acht Jahren hatte ich schon mal einen Burschen hier, der sie sich angeschaut hat – der Bursche hieß Blackpath –«

»Dennis Blackpath? Ein Anthropologiestudent, der hier geforscht hat?«

»Ja, ich glaube, ja. Er hat gesagt, es seien kalifornische Körbe. Ich habe den Namen des Stammes vergessen. Er meinte, sie hätten sie eingetauscht.«

Eingetauscht? Bei wem? Wie konnte eine winzige, isolierte, verhungernde Gruppe Indianer mit einem Volk Handel treiben, das Hunderte von Meilen entfernt, jenseits etlicher gewaltiger Gebirgsketten, lebte? Trotzdem, unmöglich war es nicht. Er nahm sich vor, an der Uni im Verzeichnis amerikanischer Dissertationen nachzusehen, ob Blackpath die Arbeit je geschrieben hatte. Vielleicht war er gar nicht so ein Spinner, wie Julie gehört hatte.

Gideon trank seinen Tee im Stehen aus. »Mr. Pringle, ich danke Ihnen für Ihre Gastfreundschaft. Sie haben eine feine Kollektion.«

»Oh, es hat mir Spaß gemacht, mit Ihnen zu reden«, sagte Pringle. Man sah es ihm an, durch das Grau seiner Wangen war ein Hauch Rosa zu sehen. »Wollen Sie auch wirklich keine Tasse Tee mehr? Leider habe ich im Moment nichts Süßes dazu, aber irgendwo kann ich bestimmt ein bißchen Toast und Marmelade auftreiben.« Das sagte er mit einer Miene höflicher Verlegenheit, als habe er normalerweise haufenweise Süßes im Hause, und wenn Gideon nur eine Stunde früher oder später zu Tisch gekommen wäre, wäre der vollgepackt mit Keksen und Gebäck gewesen.

»Nein, danke«, sagte Gideon, »ich muß wirklich gehen. Ich schenke Ihnen aber noch mal Wasser ein.«

»Wie nett, danke. Vielen herzlichen Dank.« Er langte nach der Dose, hielt dann inne, die Hand in der Luft. »Der letzte Beutel war ziemlich stark, meinen Sie nicht? Mal sehen«, sagte er munter, »ob wir nicht noch eine Tasse davon brühen können.«

Gideons Augen waren gereizt. Klar, das Formalin; er hätte in eins der Büros gehen sollen, um zu tippen, statt die alte Reiseschreibmaschine im Arbeitsraum zu benutzen. Er rieb sich vorsichtig die Augen, reckte sich, zog das Blatt aus der Schreibmaschine und breitete den kompletten Bericht auf dem Tisch vor sich aus.

Für: Julian Minor, Special Agent, FBI
Von: Gideon P. Oliver
Betrifft: Untersuchung der im Pyrites Creek, Olympic National Park, aufgefundenen Skelettreste, durchgeführt am 14. September 1982
Zusammenfassung
Die vorliegenden Skelettreste scheinen von einer weiblichen Weißen von 18 Jahren zu stammen. Körpergröße: 1,65 m bis 1,75 m, höchstwahrscheinliche Größe 1,69 m. Gewicht: zwischen 55 und 58 kg. Geschätzter Zeitpunkt des Todes: vor zwei Wochen. Todesursache unbekannt.
Analyse im Detail wie folgt:
Vorbereitende Maßnahmen
Die Voruntersuchungen in Ihrer Anwesenheit ergaben, daß es sich um den unbekleideten Teil eines menschlichen Körpers handelt, an dem noch eine beträchtliche Menge in Verwesung begriffener Weichteile vorhanden ist. Die Knochen wurden von den Weichteilen befreit, Haut- und Muskelanteile sowohl vom Gesäß als auch des rechten lateroposterioralen Oberschenkels werden in einer 10%igen Formalinlösung aufbewahrt.
Die vorliegenden Knochen
Das Skelettteil besteht aus dem Beckengürtel einschließlich beider Becken, dem Kreuzbein und dem fünften Lendenwirbel. Das Steißbein fehlt. Des weiteren liegen 7,5 Zentimeter des proximalen rechten Oberschenkelknochens vor, die bis zum distalen Ende des kleinen Rollhügels (Trochanter minor) reichen.
Zustand
Die freiliegenden Ränder des Knochens weisen

schwere Abschürfungen auf, vermutlich vom Kontakt mit Steinen im Fluß. Die rechte Hüftgelenkpfanne ist perforiert, offenbar post mortem, vermutlich als Resultat dessen, daß der Oberschenkelkopf auf Grund der starken Strömung des Wassers am Lagerort heftig hin- und hergeschlagen wurde. Das Ende des Oberschenkelknochens ist an der Abbruchstelle zersplittert und abgerieben.

Indizien für krankhafte Veränderungen, Antemortem Trauma, Anomalien

Ohne Befund.

Geschlecht

Die Winkel der incisura ischiatica major und der subpubische Winkel deuten darauf hin, daß es sich um das Skelett einer weiblichen Person handelt. Der Durchmesser des Oberschenkelkopfes (41 mm) unterstützt diese Annahme.

Alter

Für die Schambeinfuge (Symphyse) wurden die Kriterien für den Alterungsprozeß weiblicher Skelette von Gilbert und McKern angewandt, sie weisen auf ein Alter von nicht weniger als 14 und nicht mehr als 18 Jahren hin. Die völlige Schließung der Epiphysen des proximalen Oberschenkelknochens, des Schambeins und des Sitzhöckers und die vollständige Verknöcherung der Hüftgelenkpfanne weisen auf ein Alter von 17+ hin. Das wahrscheinlichste Alter ist deshalb 18.

Rasse

Während das Becken akkurates Skelett-Beweismaterial darstellt, Geschlecht und Alter zu bestimmen, gehören seine Knochen zu denjenigen, anhand derer man die Rasse am wenigsten zuverlässig feststellen kann. Interspinaler und Darmbeindurchmesser wurden allerdings vermessen (22.2 mm resp. 26.6 mm) und ermöglichen es, vorläufige Schlüsse hinsichtlich der Zuordnung zu den drei wichtigsten rassischen Gruppen zu ziehen: Das Skelett ist höchstwahrscheinlich das einer Europiden, möglicherweise aber auch das einer Mongoliden. Die Breite der Durchmesser ebenso wie die Größe der unteren Schambeinfuge dieses Beckens schließen die Wahrscheinlichkeit eher aus, daß das Skelett das einer Negriden ist.

Körpergröße. Statur

Die Feststellung der Körpergröße stellt insofern ein Problem dar, als man sie aus Becken und Wirbeln nicht eindeutig bestimmen kann. Ein einzelner Lendenwirbel ist unzuverlässig, und der vorliegende Röhrenknochen beschränkt sich auf ein Stück des proximalen Endes des Oberschenkelknochens. Dennoch wurde die Größe durch Anwendung der Steeleschen Regressionsformel geschätzt. Ergebnis: geschätzte Größe, 169 cm, +/- 5 cm.

Gewicht

Die Skelettreste geben weder Anhaltspunkte für Übergewicht noch für Magerkeit. Sie weisen allerdings auf eine Person von schlankem, grazilem Körperbau hin. Unter der Voraussetzung, daß weder Über- noch Untergewicht vorliegt, und in Anbetracht des geschätzten Alters von 18 wird das Gewicht zu Lebzeiten auf 55 bis 58 kg geschätzt.

Zeitpunkt des Todes

Unter der Annahme, daß der Körper vom Zeitpunkt des Todes bis zum Zeitpunkt seiner Entdeckung ununterbrochen im Pyrites Creek gelegen hat, und vorausgesetzt, daß sich im Wasser eine beträchtliche Anzahl Fische und anderer fleischfressender Organismen befanden, beträgt die geschätzte Zeit, die seit dem Tode vergangen ist, zwei bis vier Wochen, wobei zwei Wochen die wahrscheinlichste Schätzung ist. Jegliche Veränderung in den oben erwähnten Annahmen würde diese Schätzung erheblich modifizieren.

Todesursache
Das Skelettmaterial gibt keinerlei Hinweise auf die Todesursache.

Gar nicht so übel, dachte Gideon. Nicht so eindeutig, wie ihm lieb gewesen wäre, aber es gab ja auch herzlich wenig, mit dem er arbeiten konnte. Minor würde sich freuen. Hübsch bürokratisch und genug substantivische Konstruktionen, damit es offiziell klang.

Minor kam herein. »Ich habe gehört, daß die Schreibmaschine nicht mehr klappert. Darf ich annehmen, daß Sie fertig sind?« Er nahm Platz, breitete den Bericht auf dem Tisch vor sich aus, legte die beiden Seiten nebeneinander, auf Kante mit dem Tisch, strich seine makellosen Manschetten glatt und begann zu lesen.

Gideon sah, wie sich seine Augen starr und präzise gleichmäßig hin- und herbewegten. Als er zu Ende gelesen hatte, legte er Blatt eins wieder akkurat auf Blatt zwei.

»Größe, Gewicht, Geschlecht, Alter, Rasse, Zeitpunkt des Todes«, sagte er. »Das ist eine ganze Menge angesichts dessen, daß so wenige Knochen vorliegen.«

Gideon sagte nichts. Wenn Minor sich streiten wollte, mußte er mit sich selbst streiten. Gideon hatte aus dem Material herausgeholt, was möglich war, seine Bedenken geäußert und würde sich über seine Ergebnisse nicht in spitzfindige Diskussionen ziehen lassen. Sollte Minor damit machen, was er wollte. Gideon runzelte die Stirn, er war überrascht, daß er so in Verteidigungshaltung war. Die Arbeit mußte ihn mehr Nerven gekostet haben, als ihm klar gewesen war.

»Wenn ich es richtig verstehe«, redete Minor mit höflicher Skepsis weiter, »basiert Ihre Schätzung der Größe auf einem einzigen, siebeneinhalb Zentimeter langen Fragment eines Oberschenkelknochens?«

»So ist es«, sagte Gideon, die Stacheln aufgerichtet.

»Dr. Arthur Fenster vertritt die Ansicht, mit weniger als zwei vollständigen Röhrenknochen solle man nie versuchen, die Körpergröße zu schätzen.«

»Bravo. Dr. Arthur Fenster hat recht. Ich kann Dr. Arthur Fenster nur aus vollster Überzeugung beipflichten. Allerdings haben wir keine zwei vollständigen Röhrenknochen und leider nicht einmal *einen* vollständigen Röhrenknochen. Wir haben siebeneinhalb lausige Zentimeter vom *caput femuris* zum... zum...« Er hatte den lateinischen Namen des kleinen Rollhügels vergessen. Warum benutzte er überhaupt die lateinischen Begriffe?

Zum erstenmal lächelte Minor, ein angenehmes, verhaltenes Lächeln. »In Ordnung, schon kapiert«, sagte er. Er warf noch einmal einen Blick auf die Zusammenfassung. »Es sieht also ganz danach aus, als sei es das Mädchen.«

»Ich weiß es nicht. Kann sein.«

»Sie wissen es nicht? Haben Sie die Unterlagen nicht gelesen?« Er zeigte auf einen Aktenordner, den er für Gideon auf den Tisch gelegt hatte.

»Nein, wenn Sie die Unterlagen einer vermißten Person lesen, neigen Sie dazu zu finden, was Sie suchen.«

»Hm, dann«, sagte Minor, »bin ich *allerdings* beeindruckt.« Er schlug den Ordner auf. »Auf den Tag achtzehn, haargenau einsachtundsechzig – nein, ich glaube, da haben Sie sich um einen Zentimeter geirrt.« Er lächelte wieder. »Was kann man von siebeneinhalb lausigen Zentimetern schon erwarten? Und sie wog 58 kg. Und natürlich ist sie am 28. September verschwunden. Vor zwei Wochen. Sie muß es sein.«

»Klingt so.«

»Ja.« Minors sanfte, launige Stimmung verflog, als er in den Ordner schaute. »Haben Sie das Foto von ihr gesehen?«

»Soweit ich mich erinnere, nicht.«

Minor gab Gideon ein Foto. Es war ein kleines Schwarz-Weiß-Foto von der Highschool-Abschlußfeier. Das Mädchen trug das schwarze Gewand und die flache Mütze reichlich unelegant mitten auf dem Kopf. Freundlich lächelnd, mit angeschlagenem Schneidezahn, schaute sie direkt in die Kamera. Ihr glattes, sorgfältig über die Schultern drapiertes langes Haar schien hellbraun zu sein. Sie sah aus wie eine Million anderer Mädchen. Gideon konnte sich gut vorstellen, daß sie unter dem Talar Gammeljeans mit Löchern an den Knien und schmutzige Tennisschuhe anhatte.

Da überlief es ihn langsam von unten nach oben am Rückgrat entlang, seine Schultern bebten. Zwölftausend Jahre alte, trockene, spröde Skelette waren doch eher sein Metier. Knochen ohne Fleisch. Keine Fotografien von lächelnden Gesichtern. Er gab Minor das Bild zurück. »Es ist eine Schande. Sie sieht nett aus.«

»Und was für eine Schande!« stieß Minor vehement hervor. »Eine gottverfluchte Schande!« Als sei ihm sein Gefühlsausbruch peinlich, riß er sich zusammen, fuhr sich mit dem Finger innen um den Kragen und sagte: »Ich möchte mich für Ihren exzellenten Bericht bedanken, Doktor. Sie haben uns sehr geholfen.«

Julie hatte ihm an ihrer Bürotür einen Zettel hinterlassen. »Ich bin nach Hause gegangen«, stand da. »Kannst du vorbeikommen, wenn möglich?«

Als sie ihn einließ, war er sofort beunruhigt. Ihr Gesicht war blaß, fast grau, und um den Mund totenbleich. Sie trug keine Uniform mehr, sondern einfach Bluse und Hose.

»Was ist?« fragte er. »Die Leiche?«

Sie nickte. »Komm herein. Setzen wir uns.«

Besorgt folgte er ihr hinein. Der Anblick ihrer nackten

Füße, die so stark, braun und gesund wie eh und je dahertappten, beruhigte ihn ein wenig.

»Ist es Claire Hornick?« fragte sie, als sie auf dem Sofa saßen. Sie hatte die Hände zu Fäusten auf den Oberschenkeln geballt.

»Ja, es war das Mädchen. Ja.«

Sie funkelte ihn an. »Nicht ›das Mädchen‹... Claire! Sie hatte einen Namen; sie war kein Laborpräparat!« Sie öffnete die Fäuste und legte ihm die Hand aufs Knie. »Ach, Gideon, es tut mir leid. Ich... ich hatte es einfach noch nicht richtig begriffen, aber nun... Da draußen laufen wirklich Mörder rum. Es ist mir egal, ob Indianer oder sonst jemand... Ich kriege Angst, wenn ich daran denke, daß du versuchen willst, sie zu finden.«

»Ich weiß, Julie.« Er legte seine Hand auf ihre.

»Gideon«, sagte sie und mied seinen Blick, »such sie nicht! Ich will sie nicht suchen, und ich will auch nicht, daß du sie suchst.« Sie war kurz davor zu weinen.

»Jetzt mach dir mal keine unnötigen Sorgen«, sagte er leise. »Vergiß nicht, ich weiß ja nicht einmal, wo ich suchen soll.«

Ungeduldig drückte sie seine Hand. »Du mußt mir versprechen, daß du das alles dem FBI überläßt. Du kannst sie studieren, wenn sie sie gefangen haben. Versprich mir, daß du nicht gehst.« Bevor er antworten konnte, sagte sie: »Nein, tut mir leid, ich bin eine richtige Klette, was?« Sie brachte ein zaghaftes, rührendes Lächeln zustande, sein Herz schmolz dahin.

»Und ob!« Er schob ihren Kopf zurück und küßte sie auf die Stirn. »Jetzt sei mal nicht länger das bange Weibchen. Ich muß zurück nach Dungeness und an meiner Grabung weiterarbeiten und möchte einen richtigen Abschiedskuß.«

Sie legte ihm die Hände um den Nacken, er nahm sie in die Arme. Sie lehnten sich an die weichen, alten Kissen, atmeten, ohne sich zu bewegen, und küßten sich lange. Als er sich schließlich von ihr löste, war sie wieder die alte freundliche Julie; keine weiße Haut mehr um den hübschen Mund, kein nervöses Zucken um die Augen. »Gideon, Gideon«, sagte sie und ließ sich wohlig in die Kissen fallen, »du bist die beste Medizin für mich.« Sie lächelte ihn müde an.

»So ist's besser«, sagte er. »Also, lädst du mich jetzt für nächstes Wochenende ein oder nicht?«

»Soll ich nicht lieber ein paar Tage zu dir kommen? Hättest du es nicht gern, wenn ich bei deinem Ding da mitanfasse?«

»War das eine schlüpfrige Anspielung? Ich muß schon sagen, ich bin sehr überrascht.«

Sie lachte. »Du bist schrecklich. Gideon, kann ich kommen? Oder versteckst du eine Geliebte in deinem kleinen Cottage?«

»Zwei, aber die schmeiß ich raus. Bitte komm, Julie. Klar kannst du mir bei der Buddelei helfen. Und es macht dir bestimmt Spaß, Abe kennenzulernen. Ihm auch.« Er schwieg und spürte, wie er sich verkrampfte. »Julie...du mußt wissen...ich mag dich unheimlich gern.« Aus der Fassung gebracht, weil er merkte, wie er ins Stottern geriet und seine Wangen heiß wurden, redete er nicht weiter. Denn die drei simplen Worte »ich liebe dich« bereiteten ihm große Probleme.

Julie lächelte und schaute ihn eher fragend an. »Ich mag dich auch«, sagte sie. »Dann bis Freitag.«

Auf dem Rückweg nach Dungeness hielt er in Port Angeles, kaufte eine große Büchse Earl Grey und eine Fünf-Pfund-Dose schottische Kekse und Marmelade und schickte sie per Post an Mr. Pringle. Dann ging er in einem Fischrestaurant in der Fountain Street Muscheln essen. Als er an den Bayview Cottages ankam, war es schon fast dunkel. Er goß sich einen Whiskey ein, schalt sich, weil er vergessen hatte, Eiswürfel zu machen, ließ Wasser in ein Whiskeyglas laufen, und nahm alles mit nach draußen an den Rand der niedrigen Klippen, wo ein paar Klappstühle standen und man über die Meerengen schauen konnte.

Eigentlich hatte er an Julie denken wollen, nicht an die Indianer, aber sie gingen ihm nicht aus dem Kopf. Die blutrünstige kleine Bande, die jeden Fremden, der in ihre Reichweite kam, ermordete, paßte überhaupt nicht zu Pringles magerer, ängstlicher Gruppe, die sich mit Dankesgeschenken in seine Hütte geschlichen hatte, weil er so freundlich gewesen war, sie nicht zu erschießen.

Gideon war nicht mehr sonderlich versessen darauf, sie zu suchen, obwohl er sich vom Gegenteil überzeugen wollte. Die Sache mit Claire Hornick lag ihm immer noch im Magen, freundliche Gefühle für die Leute, die dieses hübsche, unschuldige Mädchen ermordet hatten, konnte er nicht mehr aufbringen. Er fragte sich, ob sie sie mit einem der primitiven Knochenspeere erstochen oder mit einer Keule erschlagen hatten.

Er schüttelte den Kopf, um die Bilder zu verscheuchen. Sollte John sie finden, es war sein Job. Und wahrscheinlich auch besser so, dachte er verdrießlich. Die Regenzeit stand bevor, und Julie hatte recht, er war kein Waldläufer. Ein wilder Dschungel im Regen war nichts für ihn.

Er hatte seinen Whiskey getrunken, fühlte sich aber zu düster behaglich, um nach drinnen zu gehen und sich noch einen zu holen. Ein Reiher schwebte zum Ufer, die Möwen flogen keifend weg, er watete mit ein paar eleganten Schritten in das ruhige, dunkle Wasser und blickte erhaben zu den weit entfernten Lichtern von Victoria an der kanadischen Küste.

Gideon mußte eingeschlummert sein, denn als in seinem Cottage das Telefon klingelte, fuhr er mit einem

Ruck auf, erschreckte den Reiher, der heiser krächzte und sich mit langsamen, schwerfälligen Flügelschlägen in den purpurroten Himmel erhob.

»Du bist wieder da«, sagte Abe. »Und hast dich nicht mal gemeldet und guten Tag gesagt?«

»Ich war spät, Abe. Ich wollte dich nicht stören.«

»Acht Uhr ist zu spät, um mich zu stören? Bin ich etwa krank? Hast du zu Abend gegessen?«

»Ja, in Port Angeles.«

»Dann komm auf einen Tee und ein Stück Apfelstrudel her. Bertha ist in Port Angeles im Kino, und ich bin ganz allein.«

Gideon schaute aus dem Fenster auf die dunkler werdenden, jetzt dunstig malvenfarbenen Meeresarme. In dieser elegischen Stimmung wollte er allein sein. Er wollte sich noch einen Drink machen, ihn mit nach draußen nehmen und zusehen, wie der Abend zur Nacht wurde. Vielleicht kam der Reiher wieder. »Hm, ich habe einen anstrengenden Tag hinter mir, Abe«, sagte er. »Ich wollte früh ins Bett gehen. Was ist mit morgen?«

»Dienstags läßt der Wärter keine Besucher rein. Nur montags. Los jetzt, ein Glas Tee, ein Stück Kuchen, du erzählst mir, warum es so ein anstrengender Tag war. Und dann...«

»Als du das letztemal ›und dann...‹ gesäuselt hast, bin ich mittenmang in der großen amerikanischen Bigfoot-Debatte gelandet.«

»Nein, nein, diesmal geht es um etwas anderes. Ich muß dir was Interessantes zeigen. Du wirst schon sehen.«

13

»KBYO, Seattle. Was ist denn das, ein Fernsehsender?« fragte Gideon und warf einen Blick auf den Absender des dicken Briefumschlags, den Abe ihm wortlos ausgehändigt hatte, nachdem er aufmerksam dem Bericht zugehört hatte, den Gideon ihm von den letzten drei Tagen im Quinault Valley gegeben hatte.

»Ein Radiosender«, sagte Abe. »Willst du auch keinen Honigkuchen? Der schmeckt lecker zum Tee.«

»Nein, danke.« Er zog den zusammengeklipsten Stoß Seiten aus dem Umschlag und betrachtete den Titel auf dem Deckblatt: *Hotline: mit Joe Ambeau, 28. Februar 1982.* »Ein Skript?«

»Das Manuskript einer Sendung. Habe ich mir gerade schicken lassen. Mir fiel ein, daß ich vor ein paar Monaten so eine Radiosendung gehört habe, wo die Leute anrufen sollen –«

»So was hörst du dir an?« Gideon konnte sich den mißbilligenden Ton nicht verkneifen.

»Warum nicht?« Abe war ehrlich überrascht. »Bin ich nicht an meiner eigenen Kultur interessiert? Darf ich nur Doktoren und Professoren zuhören? Soll ich mir nicht auch mal die Zeit nehmen, LKW-Fahrern und alten Damen zuzuhören? Gideon, du kriegst elitäre Anwandlungen, ist dir das klar? Für einen Anthropologen hast du ein paar ganz schön krause Ideen im Kopf. Hab ich dir das noch nie gesagt?«

»Schon oft.«

»Das ist kein Witz«, murrte Abe. »Los, lies. Fang auf Seite sieben an, wo ich es markiert habe.«

Gideon fand Abes krakelige rote Markierung und machte es sich in seinem Stuhl gemütlich.

MR. AMBEAU Joe Ambeau. Sie sind dran.

Anruferin Hallo, Joe? Bin ich schon dran?
Mr. Ambeau Jawohl, Madam. Schießen Sie los.
Anruferin Ich möchte Ihnen nur sagen, daß sich im Regenwald Wesen verstecken, von denen wir nichts ahnen. Aber es sind keine Gorillas, einfach nur lustige, kleine braune Männlein.
Mr. Ambeau Madam, wir haben uns den ganzen Morgen mit dem Thema beschäftigt, und langsam, langsam kann ich's nicht mehr hören. Also, schreiben Sie es sich bitte hinter die Ohren, alle anderen Freaks auch: Wenn Sie nicht beweisen können, was Sie uns da erzählen, verschonen Sie mich und unsere Hörer doch bitte mit weiteren Schauermärchen über Ungeheuer im Wald.
Anruferin Aber ich habe Beweise, Joe.
Mr. Ambeau Und was für welche, bitte schön?
Anruferin Ich habe das, was sie gesagt haben, in mein Tagebuch geschrieben, das ich zufällig mithatte.
Mr. Ambeau Zufällig mithatte. Ha-ha. Ist da wohl rein zufällig meine alte Freundin, die im letzten Sommer an der Copalis Beach gesehen hat, wie eine riesige fliegende Untertasse gelandet ist?
Anruferin Hm, ja.
Mr. Ambeau Hab ich's mir doch gedacht. Leute, macht euch auf was gefaßt!
Anruferin Also, Joe, jetzt lassen Sie doch mal die Witze. Vor ein paar Jahren war ich im Sommer in der Nähe des alten Weges, den sie geschlossen haben, in der Nähe von dort, wo der Seldes Creek in den Finley Creek fließt, und hab ein bißchen Gold gewaschen –
Mr. Ambeau Aha, Gold gewaschen. Na, so was.
Anruferin Genau, und ich habe mich ein bißchen verirrt und bin eingeschlafen, und da habe ich Stimmen gehört –
Mr. Ambeau Gelobet sei der Herr!
Anruferin Und da habe ich die Augen ein ganz klei-

nes bißchen aufgemacht. Damit sie nicht merkten, daß ich wach war. Und da sah ich sie zwischen den Bäumen herumschleichen, und sie sahen mich an.

Mr. Ambeau Echt faszinierend, Madam. Ich könnte dasitzen und den ganzen Tag mit Ihnen reden, aber wir haben nur noch dreißig Sekunden.

Anruferin Also, ich bin ganz ruhig liegengeblieben und habe gehört, was sie sagten. Nur einer hat geredet, ein kleiner alter Mann. Er sagte: »Kuknama rimi.«

Mr. Ambeau Aha. Und wissen Sie genau, daß es kleine braune Männer waren? Waren es nicht die kleinen grünen Männer aus Ihrer fliegenden Untertasse? Die in den Raumanzügen?

Anruferin O nein, es waren kleine braune Männer. Und sie hatten bloß Schürzchen vor, na ja, so was Ähnliches.

Mr. Ambeau Na denn, tschüß, Werteste. Zeit für die Werbung. Hören Sie, rufen Sie uns wieder an, wenn Vollmond ist, alles klar?

Als Gideon hochschaute, sagte Abe: »Was hältst du davon?«

»Ich weiß nicht. Vielleicht stimmt es ja, aber – verzeih mir, meine Bereitwilligkeit es zu glauben, steigt durch die Geschichte mit der fliegenden Untertasse nicht gerade.«

»Gut«, sagte Abe. »Nette, gesunde Skepsis. Die erste Frage lautet also: Gibt es einen Ort – wie war das? –, wo der Seldes Creek in den Finley Creek mündet?«

»Die Antwort lautet ›Ja‹.«

Abe riß die wäßrigen Augen auf. »Das weißt du?«

»Nein, aber ich sehe, daß du eine topografische Karte auf dem Eßzimmertisch ausgerollt hast, und etwas in meinem Inneren sagt mir, daß du mich gleich hinführst und mir zeigst, daß es, wahrlich! wahrlich! einen solchen

Ort gibt.« Das war es aber nicht allein. Finley Creek kam ihm bekannt vor.

Kaum hatte Abe mit dem Finger auf die Karte gepiekst, fiel es Gideon ein. Und er wußte, sie waren auf der richtigen Fährte! »Da hat Pringle die Speerspitze gefunden: genau da, wo du hinzeigst.«

Abe gluckste leise vor sich hin. »Nu. Was meinst du dazu? Du weißt nicht zufällig noch, wo die beiden Wanderer vor fünf, sechs Jahren verschwunden sind? Die ermordet wurden?«

»Das habe ich, glaube ich, nie gewußt. Sie sind auf dem Friedhof gefunden worden, ein paar Meilen von dort entfernt.«

»Ich hab mal ein bißchen in alten Zeitungen gestöbert. Sieht so aus, als seien beide auf einem neuen Wanderweg gewesen, der gerade eröffnet worden war, dem Matheny Trail, der geht vom Queets River – was für ein Name! – bis hoch oben zum Matheny Creek«, mit dem Finger fuhr er langsam von links nach rechts über die Strecke, »und dann zum North-Fork-Zeltplatz am Big Creek entlang. Und ein paar Meilen läuft er am, nu rate – Finley Creek! – entlang.«

»Warum ist er nicht auf der Karte?«

»Offiziell gibt es ihn nicht mehr. Er wurde 1976 eröffnet, und als binnen eines Monats die Burschen verschwunden sind, haben sie ihn geschlossen und nie wieder geöffnet – war wohl auch besser so. Nach Auffassung des Park Service braucht man ihn eigentlich nicht, und sie haben sowieso kein Geld, um ihn zu unterhalten, undsoweiter undsofort. Deshalb ist er nicht auf der Karte, und Schilder stehen auch keine mehr da. Er ist ganz zugewachsen, und keiner weiß, daß es ihn gibt. Wenn du meine Meinung wissen willst, Herr Knochendetektiv, deine Indianer sind dort.«

»Aber was ist mit dem Felsvorsprung, den wir gefunden haben? Der war oben am Pyrites Creek, mehr als zehn Meilen davon entfernt. Claire Hornicks Leiche auch. Und Pringle hat dort zwei Speerspitzen gefunden. Willst du jetzt auch noch sagen, es seien zwei Gruppen im Wald?«

Abe tat Gideons Äußerungen mit einer Handbewegung ab. »Streng deinen Grips ein bißchen an. Überleg mal, was du über die Yahi weißt –«

»Was haben denn nun wieder die Yahi damit zu tun?«

»Mach dir nicht ins Hemd«, sagte Abe. »Sie sollen nur als Beispiel dienen. Während der langen Jahre, die sich die Yahi in Kalifornien versteckt hielten, hatten sie zwei Dörfer. Im Sommer lebten sie oben auf dem Mount Lassen, da war es hübsch luftig. Im Winter kamen sie herunter und lebten in den Tälern. Da war es viel wärmer. Warum sollen diese Indianer es nicht genauso handhaben?«

»Glaubst du, der Felsen am Pyrites Creek ist ihr Sommerlager, und wenn es kalt wird, ziehen sie zum Finley Creek?«

»Warum nicht? Und wenn du dir wie ich die Mühe machst, einmal genauer hinzuschauen, wirst du feststellen, daß die beiden Wanderer auf dem Matheny Trail im Winter ermordet worden sind, als die Indianer wahrscheinlich dort waren, in der Nähe dieses Finley Creek. Aber das Mädchen ist, wie du sagst, seit zwei Wochen tot, stimmt's? Seit dem Spätsommer. Da waren die Indianer vielleicht immer noch *dort*.« Er zeigte auf den Pyrites Creek. »Doch jetzt, wo es fies und kalt wird, kannst du deinen Allerwertesten darauf verwetten, daß sie weiter nach unten gezogen sind, wo es nicht so kalt ist. Hier.« Er stieß mit dem Finger auf den Finley Creek.

Das erklärte möglicherweise, warum der Vorsprung verlassen war. Die Zanders waren bestimmt darauf gestoßen, kurz nachdem die Indianer aufgebrochen waren.

Am selben Tag noch, wenn sie Rauch gerochen hatten. Da hatten sie Glück gehabt.

»Warum schaust du so finster drein?« sagte Abe. »Kopf hoch. Jetzt habe ich etwas, das dich wirklich umhauen wird.«

Gideon folgte Abe ins Arbeitszimmer. Abe pfiff leise vor sich hin, ein untrügliches Zeichen, daß er seinen Spaß hatte. Steif ließ sich der alte Mann in einem der Ohrensessel vor der Wand mit den Fotografien nieder und nahm ein Buch zur Hand. »Schau her.«

Gideon zog den anderen Stuhl daneben. Es war ein Wörterbuch: Englisch und eine unbekannte Sprache, aber definitiv nicht Indogermanisch.

»Erinnerst du dich an die Dame in der Radiosendung?« fragte Abe. »Erinnerst du dich daran, was der alte Mann gesagt haben soll?«

»*Muna Kamimi*?«

»*Kuknama rimi*. Jetzt sieh hier.«

Gideons Blick folgte dem knorrigen Zeigefinger hinunter zur letzten Zeile auf der Seite, wo er in der Luft stehenblieb. »*Ku'naamari'mi*«, las Gideon, neugierig geworden. »Ziemlich nah dran.«

»Und was steht da, was es bedeutet?« Der Zeigefinger wanderte weiter.

Gideon las vor. »›Alte Frau‹. Donnerwetter! Was ist denn das für ein Wörterbuch? Was ist das für eine Sprache?«

Abe schloß das Buch, damit Gideon den einfachen grauen Einband sehen konnte: *Yahi-Wörterbuch*. Von Edward R. Chapman. Sprachkunde der Indianersprachen Altamerikas: Schriftenreihe der University of California, Vol. 13, 1914. »Faszinierend, was?«

»Yahi!« sagte Gideon aufgeregt. »Aber das ist... Es gibt keine Yahi mehr...« Er fuhr mit der Hand in seine Hemdtasche, fand das kleine Notizbuch und blätterte es rasch nach den Aufzeichnungen durch, die er sich bei seinem Gespräch mit Pringle gemacht hatte. »Schau dir das an, Abe: *cara* und *sin-yah*. Mal sehen, ob wir das finden.«

In zehn Minuten hatten sie beide Wörter gefunden. In Yahi bedeutete *kara* »bitte« und *ciniyaa* »nein«.

»So, so, so«, sagte Abe ruhig.

»Abe ... sie sprechen Yahi. *Yahi!*« Sein Mund war trocken geworden. »Wie ... wer sind sie?«

»Reg dich nicht so auf!« Abe war selbst fürchterlich aufgeregt und rot im Gesicht. »Sei nicht immer so vorschnell. Als du eben in dem Notizbuch geblättert hast, habe ich ein Bild gesehen. Zeig es mir bitte noch einmal.«

Gideon schlug die Zeichnungen von Pringles Körben auf. »Die hier?«

»Komm, wir gehen in die Bibliothek«, sagte Abe plötzlich.

Abe hatte die Wand zwischen Wohnzimmer und großem Schlafzimmer herausreißen lassen – er und Bertha schliefen in kleineren Zimmern –, so daß ein riesiger Raum entstanden war, den er mit Metall-Bibliotheksregalen aus zweiter Hand ausgestattet hatte. Sie standen frei im Raum und an den Wänden und blockierten die Fenster, man fühlte sich so recht wie in einem staubigen Winkel im Magazin der Bibliothek einer anthropologischen Fakultät.

Die Bücher – etwa fünfzehntausend, schätzte Gideon – waren in einer verblüffenden Unordnung, aus der nur Abe schlau wurde, auf die Regale gepackt: in Zweierreihen und Stapeln, auch auf dem Boden türmten sich meterhohe Stöße. Gideon hegte den starken Verdacht, daß ein präzises, aber geheimes Katalogsystem speziell zur Verwirrung von Besuchern existierte. Falls es ein System gab, ihn hatte es mit Erfolg verwirrt.

Respektvoll blieb er in der Tür stehen, während Abe in dem Labyrinth herumwuselte. Alle paar Augenblicke erklang ein »Bah!« oder ein »Pfuii!«, und Abe kam verdrossen um eine Ecke geflitzt, nur um durch einen weiteren verstopften Gang wieder zu entschwinden. Nach einer Weile überwogen die »Ahas!« die »Pfuiis«, und in regelmäßigen Abständen tauchte Abe auf und legte Gideon einen alten, dunklen, gewichtig aussehenden Band in die Hände. Nach zehn Minuten hatte Gideon die Arme voll.

Endlich kam Abe mit einem letzten dicken Buch heraus, ließ es finsteren Blickes auf den Stapel in Gideons Hand plumpsen und schaute ihn an, als sei er erschreckt, ihn hier zu sehen. »Was stehst du da wie ein *Schmegegge*? Leg sie auf den Tisch, damit wir sie uns ansehen können.«

Als die Bücher auf dem Eßzimmertisch standen, stellte Abe Gideons Notizbuch hochkant dagegen und trommelte mit dem Zeigefinger darauf. »Dieses Korbmuster habe ich schon einmal gesehen.«

»Aber das besagt gar nichts. Pringle hat erzählt, ein Student habe ihm erklärt, es sei ein kalifornisches Muster. Sie müßten es eingetauscht haben.«

»Natürlich ist es ein kalifornisches Muster. Jeder Dämlack sieht, daß es ein kalifornisches Muster ist. Deshalb haben wir hier ja auch kalifornische Monographien vor uns liegen. Also, fang an zu suchen.«

Alles klar, dachte Gideon. Jeder Dämlack. Er schlug den unmittelbar greifbaren Band auf, *Materielle Kultur der Ureinwohner Kaliforniens*, und blätterte zum Stichwortzeichnis. »Korbmacherei«, las er, »36–41, 122–23, 174–83...«

Abe hielt sich nicht bei Stichwortverzeichnissen auf. Er begann am Anfang jeden Buchs und blätterte die Seiten mit erstaunlich flinken Fingern um, die er, ohne groß Zeit zu verlieren, nach jeweils fünfzehn bis zwanzig Seiten mit der Zunge anfeuchtete. Er war in der Mitte des dritten Buches, als Gideon mit dem ersten fertig war.

»Da haben wir's«, sagte Abe. Er drehte das Buch so, daß Gideon es sehen konnte. »Ist er das, oder ist er das nicht?«

Er war es, hundertprozentig. Dieselben dunklen, doppelt in Stufen angeordneten Rechtecke auf hellem Hintergrund.

Abes Gesicht glühte. Er schloß das Buch, damit Gideon den Titel sehen konnte: *Korbflechtkunst der Indianer Nordmittelkaliforniens, Vol. VI, Die Yahi.*

»Die Yahi«, murmelte Gideon und merkte, wie sein Herz langsam, aber mächtig schlug. »Wie ist das möglich, Abe? Ishi war der letzte. Noch nie hat jemand eine Splittergruppe erwähnt.«

»Sie müssen fünfhundert Meilen weggewandert sein und sich immer versteckt haben. Über die Berge, durch die Columbia-Schlucht. Aus dem Lande Kanaan, den warmen, fruchtbaren Tälern Kaliforniens, fünfhundert Meilen weiter in die nasseste, dunkelste Gegend Amerikas«, sagte Abe versonnen.

»Und eine der isoliertesten. Vergiß nicht, im neunzehnten Jahrhundert haben die Siedler sie gejagt wie Tiere und der Reihe nach abgeknallt.« Im zwanzigsten Jahrhundert auch noch, nach dem, was Pringle erzählt hatte.

»Ha«, sagte Abe leise, und Gideon sah, wie sehr er das Unglaubliche glauben wollte. Genau wie Gideon. »Ha«, sagte Abe noch einmal und schüttelte den Kopf. »Nein. Nein, das ist zu bizarr, zu romantisch. Nein.«

»Ich kann mich nicht erinnern«, sagte Gideon, »daß dich früher solche kleinmütigen Erwägungen geschert haben.«

Abe schlug mit der Hand auf den Tisch. »Recht hast du. Du hast absolut recht. Das hat Hand und Fuß.« Auf einmal zeigte er auf ein anderes Buch. »Gib mir das doch mal bitte.«

Es handelte sich um *Die Bogenmacherei der Yahi* von Saxton Pope.

Abe blätterte es wieder mit affenartiger Geschwindigkeit durch. In der Mitte hielt er inne und starrte hinein. »So, damit ist alles klar.«

Auf Seite 119 war mit wenigen adretten Linien eine Yahi-Spitze gezeichnet. Von einem Pfeil, nicht von einem Speer, und sie sah aus wie aus Stein, nicht aus Knochen, aber Form und Herstellungstechnik waren einwandfrei wie die der Spitzen in Pringles Kollektion, der, die die Zanders gefunden hatten, und wie die der Spitze in Norris Eckerts siebtem Brustwirbel.

»Ja, damit ist alles klar«, stimmte Gideon zu. Er atmete tief durch. »Die Yahi.« Eine Weile schwiegen sie, in Gedanken versunken. Dann sprach Gideon. »Abe, irgendwas stimmt aber nicht. Die Yahi waren nie ein brutales Volk, und alle, die über Ishi schrieben, waren beeindruckt, was für ein sanfter, freundlicher Mensch er war. Und aus Pringles Geschichte geht auch eher hervor, daß die Indianer nicht gerade angriffslustig waren. Aber die da drin – sie haben mindestens drei Menschen ermordet, vielleicht sogar noch mehr – alles harmlose Camper oder Wanderer. Darunter ein junges Mädchen –«

»Hör mal, Gideon, in den fünfziger Jahren des letzten Jahrhunderts waren sie nicht gerade Engel. Glaub mir«, sagte er, als sei er dabeigewesen, »die Grausamkeiten wurden nicht nur einseitig verübt. Außerdem, wer weiß, wie sie jetzt sind. Einhundert Jahre Isolation, Furcht, Haß. Wer weiß da schon, was in ihren Köpfen vorgeht?«

»Abe«, sagte Gideon plötzlich, »ich würde mir die Bücher gern ausleihen, zumindest die, die sich mit den Yahi beschäftigen, wenn dir das recht ist.«

»Meinst du, heute abend? Warum so eilig? Du hast Zeit bis zum Frühjahr.«

»Nein. Das FBI will sie bis dahin bestimmt längst gefunden haben. Am besten erzähle ich John Lau, was wir entdeckt haben, und dann gehe ich mit ihnen oder vielleicht ein bißchen vorher, um die Wege ein wenig zu ebnen, um vielleicht schon mal mit den Indianern zu reden, so was in der Art...« Er wedelte mit der Hand.

»Sehr wohl, ›so was in der Art‹«, sagte Abe und äffte Gideons vage Geste nach. »Und du weißt genau, was du willst?«

»Nein.«

Abe kaute an seinen Wangen und zeigte auf sein Glas Tee. »Das Zeug mag ich jetzt nicht mehr. Jetzt will ich Wild Turkey. Einen doppelten. Für dich auch einen. Du weißt, wo er steht?«

Als Gideon mit den Bourbons wiederkam, stießen sie schweigend an.

»Das ist ein Ding«, sagte Abe.

»Das ist ein Ding«, sagte Gideon.

»Also gut«, sagte Abe, nun ganz geschäftsmäßig. »Denken wir darüber nach, was passiert, wenn du sie gefunden hast. Du und das FBI.«

»Darüber *habe* ich nachgedacht. Ich kann mir nicht vorstellen, daß die Behörden sie ins Gefängnis stecken wollen. Allerdings können sie sie auch nicht einfach im Regenwald lassen. Zum einen sind sie gefährlich, und zum anderen wäre es inhuman, sie in dem Klima zu lassen. Ich glaube, es wäre ganz gut, wenn du mal deine Beziehungen zum Büro für Indianische Angelegenheiten spielen läßt. Vielleicht ist es möglich, ihnen ein kleines Stück Land zu geben, abgelegen in der Wildnis.«

»Ein Reservat? Gideon, wenn du primitive Menschen aus ihrem eigenen Land, egal, wie heiß, kalt, naß oder trocken, woandershin verpflanzt, selbst mit allen modernen Errungenschaften, dann gehen sie vor die Hunde. Das weißt du.«

»Ja, ich weiß, aber sie gehen doch jetzt schon vor die

Hunde. Und was wäre die Alternative? Sie in ein Betonhochhaus einzuschließen? Da stürben sie mit Sicherheit. So könnten wir sie vielleicht retten. Nicht nur die Menschen, sondern auch das, was von ihrer Kultur übrig ist.«

»Mag sein«, sagte Abe voller Zweifel. »Gut, ich rede mit dem BIA, aber ich weiß nicht. Wahrscheinlich machen sie wieder eine Haupt- und Staatsaktion daraus, um ein Reservat zu schaffen. Aber was für ein komisches Reservat müßte das sein. Man dürfte sie da gar nicht rauslassen.«

»Die ganze Situation ist komisch.« Gideon schaute auf die Uhr. »Halb zwölf. Es war ein ereignisreicher Tag. Ich mach mich mal auf die Socken.«

»Trink deinen Bourbon aus. Wild Turkey verschwendet man nicht.«

Sie stießen noch einmal an. »Auf Ishi«, sagte Abe.

»Und die Yahi.«

Sie leerten die Gläser.

Als Gideon zu Hause ankam, war es Mitternacht, aber ihm ging zuviel im Kopf herum, als daß er hätte einschlafen können. Er stellte die kleine elektrische Heizung an, weil es in den letzten Tagen doch viel kälter und feuchter geworden war, zog einen alten Wollpullover über, setzte sich an den schmalen Resopaltisch und breitete Abes Bücher vor sich aus. Nach ein paar Sekunden sprang er auf und suchte den Wasserkessel. Als Kind hatte er immer zuerst das Gemüse und die Kartoffeln gegessen, damit er sich während des ganzen Essens auf das Fleisch freuen konnte. Auch als Erwachsener hielt er es so: Um nun die Freuden des Forschens noch ein wenig aufzuschieben, braute er sich eine Kanne Earl Grey – er hatte sich auch welchen besorgt – und stöberte im Kühlschrank einen Apfel auf. Vor sich hin summend und trotz des kalten

Zimmers angenehm mollig in dem rauhen, warmen Pullover, setzte er sich wieder hin und fing an.

Er begann mit einem drögen Artikel über den technischen Entwicklungsstand der Yahi, las ein interessantes, gelehrtes Papier über soziale Normen und vertiefte sich dann drei Stunden in die unglaublich komplexe Sprache der Yahi. Um vier Uhr morgens war er zwar erfreut über die sprachlichen Fortschritte, die er zu verzeichnen hatte, aber zu müde, um weiter ernsthaft zu arbeiten. Er warf den Stift hin, rieb sich die Augen und streckte sich. Sein aufgeschlagenes Bett sah allmählich einladend aus, aber er wußte, er war immer noch nicht entspannt genug, um schlafen zu können. Ein heißes Bad, entschied er, das war jetzt das richtige. Ein heißes Bad und was Leichtes zum Lesen, etwas zum Schmökern. Er drehte den Hahn auf, gähnte und langte nach einem der Bücher, die er noch nicht angeschaut hatte, *Es war einmal: Indianer im Alten Kalifornien*, eine Sammlung populärer Erlebnisberichte und Erinnerungen von 1920, zweifellos eine der vielen, die von Ishis überraschendem Auftauchen ein paar Jahre zuvor inspiriert worden waren.

Als er es sich in dem köstlich heißen Wasser bequem gemacht hatte, trocknete er sich die Hände ab, damit das alte Papier nicht naß wurde, und schlug das Buch auf. Der erste Teil bestand aus Geschichten, die in den sechziger Jahren des vorigen Jahrhunderts verfaßt worden waren. Darunter ein Zeitungsbericht darüber, wie eine Yahi-Familie, die ein Schaf gestohlen hatte, blutig skalpiert und ermordet worden war. Im zweiten und dritten Teil waren Stories vom gleichen Kaliber, und der vierte enthielt einen gelehrten Kommentar zu einer Gerichtsentscheidung, in der festgestellt worden war, daß das Rechtsprinzip »berechtigte Eroberung« auf die Aneignung indianischen Landes durch weiße Siedler angewendet werden konnte. Kein Wunder, daß die Yahi ungefähr um diese

Zeit den Entschluß gefaßt hatten zu verschwinden. Weitere alte Artikel bestätigten Abes Aussage in makabren Einzelheiten, daß nicht alle Morde und gräßlichen Verstümmelungen im alten Kalifornien von Weißen begangen worden waren.

Gideon hatte sich soeben zu der Einsicht durchgerungen, daß er zum Entspannen wohl das falsche Buch gewählt hatte, als er auf einen Artikel aus dem Jahre 1919 stieß, der »Mein indianischer Freund Denga« überschrieben war. Eine Frau aus St. Louis erinnerte sich an ihre mehr als fünfzig Jahre zurückliegende Kindheit in Red Bluff. Ihre Eltern hatten in einer kleinen nordkalifornischen Ortschaft den Dorfladen betrieben, und sie hatte ein paar »Stadt«-Yahi kennengelernt, die manchmal gegen Bezahlung mit Mehl und Tee im Laden aushalfen. In gewisser Weise hatte sie sich mit einem indianischen Kind angefreundet und sogar etwas Yahi gelernt, eine Leistung, die Gideon nicht wenig beeindruckte.

Die liebevoll weitschweifig erzählte Geschichte stand in angenehmem Kontrast zu den Zeitungsartikeln, ergab aber wenig relevante Informationen. Bis auf die letzten beiden Seiten.

Ich erinnere mich, wie ich Denga zum letztenmal gesehen habe. Mit seinem Onkel, dem alten Einohr, kam er auf den Hof hinter dem Laden. Ich fand es komisch, daß Einohr ihn nicht zum Spielen bei mir ließ und in den Laden ging, um meinem Vater zu helfen, aber die beiden blieben einfach nur da stehen. Dengas Augen waren voller Tränen, und Einohr war sehr ernst.

»Denga kann nicht mehr spielen«, sagte Einohr. Ich war überrascht, denn er sprach zum erstenmal mit mir. Sonst grinste er immer nur und scharrte mit den Füßen. Wahrscheinlich hatte ihm endlich gedämmert, daß ich Yahi verstand.

»Ist er krank?« fragte ich.

Einohr war verwirrt, und ich dachte, ich hätte vielleicht die falschen Worte benutzt. »Nicht krank«, sagte er endlich, »wir müssen weg.«

Da fing Denga an zu weinen. »Ich muß in das Dunkle Land gehen«, sagte er.

Einohr rüttelte den Jungen bei den Schultern, damit er aufhörte zu schluchzen, und genau in dem Moment kam Vater an die Hintertür und rief Einohr, er solle ihm bei irgend etwas helfen. Der alte Indianer ging zur Tür und zog Denga am Arm mit, aber mein Vater nahm nur Einohr mit hinein. Denga blieb einfach zitternd und traurig an der Tür stehen. Ich rannte zu ihm und fragte ihn, was um alles in der Welt los sei.

Da fing er wieder an zu weinen. »Wir kommen nie mehr hierhin zurück. Wir müssen für immer und ewig weggehen.«

»Aber wo ist denn das Dunkle Land?« fragte ich, weil ich befürchtete, er meinte, sie würden sterben. »Der Himmel?«

Er schaute zur Seite auf den Boden. So sagen sie nein. Dann sagte er: »Es ist ganz weit weg, auf der anderen Seite von Mount Lassen. Da gibt es keine Menschen, und der Farn wächst so hoch wie Bäume, so hoch, daß du die Sonne nie siehst, und der Tag ist wie die Nacht. Und die Luft ist aus Wasser, und es regnet den ganzen Tag.«

Es klang entsetzlich. »Aber warum müßt ihr dahin?« fragte ich.

»Damit der *saltu* uns nicht findet.«

Saltu war ihr Wort für die Weißen, und da hörte ich zum erstenmal, daß die Yahi Grund hatten, uns zu fürchten. Später fand ich natürlich heraus, daß sie viele Gründe hatten.

Einohr kam und schaute Denga böse an, er wußte, daß

er etwas verraten hatte. Auch mich sah er streng an, mit einem seltsamen Ausdruck im Gesicht, als wolle er etwas fragen, aber dann nahm er Dengas Arm und zog ihn weg.

Natürlich glaubte ich damals die Geschichte mit dem Dunklen Land nicht, aber Denga kam nie wieder und die anderen auch nicht. Vater muß sich gedacht haben, daß ich etwas wußte, denn er fragte mich immer wieder, warum sie weggegangen seien, aber ich erinnerte mich des letzten flehentlichen Blicks von Einohr und hielt den Mund. Bis heute, zweiundfünfzig Jahre danach, habe ich die Geschichte in meinem Herzen bewahrt.

Nun klingt das Dunkle Land nicht mehr entsetzlich. Es klingt nach einem schönen Ort, kühl, dämmrig und ruhig, und ich stelle mir vor, daß mein kleiner Freund Denga und der häßliche alte Einohr dort, ganz gleich, hinter welcher irdischen oder himmlischen Gebirgskette es liegt, die friedlichen, glücklichen Tage verleben, die ihnen in ihrem angestammten Heimatland verwehrt worden sind.

Gideon schnürte sich die Kehle eigenartig zusammen, er schloß das Buch und legte es auf den Wannenrand. Dann stieg er aus dem kühler werdenden Wasser, zog einen warmen Veloursbademantel an und ging in die Küche, um sich noch eine Kanne Tee zu kochen. Aber er überlegte es sich anders. Er stellte den Kragen des Bademantels hoch, öffnete die Tür des Cottage und trat in die Nacht. Es wehte kein Wind, aber ein kalter, samtiger Nebel, der nach Ozean roch, durchzog die Luft. Die Nacht war an ihrem schwärzesten, stillsten Punkt angelangt, so daß das sanfte Plätschern der Flut auf den Strandkieseln zwölf Meter unter ihm so nahe klang, als raschelten nur wenige Zentimeter von seinem Ohr entfernt abgefallene Blätter. In der Ferne schrie ein Nachtvogel, eine Eule, zweimal hohl klagend ... Viel näher spritzte es plötzlich im Wasser, dann klatschte es. Ein langsames Flügelschlagen – dieser Nachtjäger hatte Beute gemacht.

Gideons Haar war naß vom Nebel, auf seinen Lidern hatten sich Tröpfchen gesammelt. Da stand er und schaute hinunter zum schwarzen Wasser, das er nicht sehen konnte. Das Dunkle Land. In seinem Inneren hallte der Name wider, unheilverkündend und düster, melancholisch und seltsam schön. Wieder zitterte er, aber diesmal nicht wegen der Kälte.

Friedliche, glückliche Tage. Er lächelte grimmig. Über hundert Jahre selbstauferlegter Isolation, über ein Jahrhundert der Angst, der Einsamkeit und der Entbehrungen. Er versuchte sich vorzustellen, wie entsetzlich der neue Wanderweg für sie gewesen sein mußte. Welche abscheulichen Ausmaße die Geschichten über den *saltu* angenommen haben mußten, nachdem sie durch vier Generationen hindurch immer wieder erzählt worden waren. Was war ihnen wohl durch den Kopf gegangen, als die schnaubenden, alles um und um wühlenden Bulldozer und kreischenden Sägen kamen und eine Schneise am Finley Creek entlangschnitten, vielleicht in Sichtweite des Dorfes, das ihre Heimat gewesen war, länger als sie oder ihre Väter sich zurückerinnern konnten?

Nach einer Weile waren die Maschinen ja weg, aber die Wanderer tauchten auf, nicht mit furchterregenden Monstern, die der Erde die ächzenden Bäume entrissen, sondern schutzlos und allein. Und die Yahi hatten aus Verzweiflung getötet und immer wieder getötet. Dann waren die Wanderer weggeblieben. Und dann war das Mädchen irgendwie in ihr kleines Territorium geraten, und erneut hatten sie gemordet. Und nun, nach mehr als hundert Jahren, jagte der *saltu* sie wieder.

Diesmal würde es kein Blutvergießen und gegenseitiges Verstümmeln geben. Nicht, wenn er und John den

Kopfgeld- und Bigfootjägern zuvorkamen. Und das würden sie, denn Gideon wußte, wo die Indianer waren.

Er ging zurück zum Cottage, blieb an der Tür stehen, atmete ein letztes Mal die neblige, salzige Luft und legte sich dann müde hin. Rasch schlief er ein, schlief durch die graue Dämmerung und bis weit in den nieseligen Morgen.

14

Als er um zehn aufwachte, rief er John in Seattle an, doch der Agent war nicht da, und Gideon ließ ausrichten, er möchte ihn zurückrufen. Es regnete, nicht stark, aber beständig, als werde es nun lange nicht aufhören. Eine Weile stand er am Fenster, schlürfte heißen Kaffee aus einem Becher und fragte sich, wie es wohl war, bei solchem Wetter über einem primitiven Feuerbohrer zu hocken und zu versuchen, eine Flamme zu entfachen.

Er machte sich Rührei, briet Schinken dazu und toastete ein paar Scheiben Brot im Ofen. Dann setzte er sich an den Tisch, kämpfte gegen seine Schuldgefühle und stellte das Yahi-Wörterbuch vor sich hin.

»*Ya'a hushol*«, sagte er, Eier und Schinken kauend. »Hallo.« Er schüttelte den Kopf und versuchte es noch einmal. Wie sollte man die Apostrophe aussprechen? Das Wörterbuch war vor der Erfindung des internationalen phonetischen Alphabets erstellt worden, und die Erläuterung – »Apostrophe stehen für eine beliebige Anzahl übereinstimmender Schnalzlaute« – war nicht sehr hilfreich. »*Ai'niza ma'a wagai*«, sagte er, nicht ohne größte Mühe darauf zu verwenden, übereinstimmende Schnalzlaute zu fabrizieren. »Ich Freund.« Auf Verben, Fälle und andere nicht lebensnotwendige Dinge verzichtete er.

Das Telefon klingelte, und John sprach schon, als Gideon es sich ans Ohr hielt. »Was gibt's, Doc?«

Gideon schluckte ein Stück Toast mit Kaffee herunter. »*Ya'a hushol*«, sagte er.

»Dir auch *Yakahushel*. Der Bericht über Hornick war erste Sahne. Danke schön. Weshalb sollte ich dich anrufen?«

»Wenn du wieder nach Quinault fährst, suchst du dann die Indianer?«

»Sicher doch. Als allererstes werde ich mal diesen Felsvorsprung unter die Lupe nehmen.«

»Ich will mitgehen.« Aber auf dem Vorsprung sind sie nicht, hätte er fast hinzugefügt, überlegte sich die Sache dann jedoch anders. Es war besser, erst Johns Meinung zu erkunden.

»Doc, das geht nicht, wie du sehr wohl weißt.«

»Ich kann ihre Sprache«, sagte Gideon in der Überzeugung, daß ein gewisses Maß an Übertreibung unter diesen Umständen entschuldbar war. »Und ich weiß etwas über ihre Gebräuche.«

»Nein, Doc, auf keinen Fall. Das sind Mörder, die Typen. Ich nehme dich nicht mit. Warum sollte ich?«

»Ich könnte mit ihnen reden, den Weg irgendwie ebnen, dafür sorgen, daß es keine Schießerei gibt –«

»Was heißt hier Schießerei? Wir sind doch nicht im Wilden Westen. Wir holen sie da nur raus. Wenn wir sie finden.«

»Und wenn sie nicht mitkommen wollen? Wenn sie anfangen, Speere zu schleudern? Das sind Leute aus der Steinzeit. Sie verstehen nicht, wer ihr seid oder was ihr von ihnen wollt oder warum ihr was von ihnen wollt. Ihr braucht jemanden –«

»Herr im Himmel, Doc!« John war ärgerlich. »Erzähl ich dir, wie du deinen Job machen sollst?«

»Wann immer sich dir die Gelegenheit bietet.«

»Verdammt noch mal...« Dann, das wußte Gideon, brach John in sein ungezwungenes, kindliches Gelächter aus, melodiös und ansteckend. Und wie immer mußte Gideon auch lächeln.

»Okay«, sagte John, »manchmal vielleicht. Aber hier geht's doch um etwas anderes. Minor und ich und die anderen, wir sind ein Team. Wir wissen im voraus, wie wir jeweils reagieren, verstehst du? Wenn wir jemanden mitnehmen, der nicht ausgebildet ist, der unsere Arbeitsweise nicht kennt, wird es gefährlich für alle. Einschließlich der Indianer.«

Als Gideon schwieg, sagte John: »Gut, was denkst du jetzt?«

»Nichts. Ich schmolle.«

»Nein, stimmt nicht. Du heckst was aus. Was hast du vor, willst du sie selbst suchen?«

»Darüber habe ich nachgedacht, ja.«

»Warum denn, zum Teufel?«

»Was meinst du mit ›warum, zum Teufel‹? Ich will mit ihnen reden, ich will ihnen sagen, daß wir ihnen nichts zuleide tun.«

Das kam Gideon selbst lahm und dümmlich vor. John auch; ein empörtes Schnauben und ein gedämpftes »Herrgott« erklangen durch die Leitung. Gideon stellte sich vor, wie John die Augen zu der neonbeleuchteten Decke in seinem Büro in Seattle verdrehte.

»Hör mal, Doc, drei Leute haben sie schon umgebracht. Bildest du dir ein, du marschierst auf sie zu und sagst: ›Hugh. Ich Freund‹, und dann rennen sie dich vor Freude über den Haufen? Die spießen dich mit einen von den Speeren auf wie ein Hühnchen fürs Barbecue.«

»Jetzt hör doch mal, John –« sagte Gideon wütend, weil es ihn traf, wie der einzige Plan, den er ausgebrütet hatte, kurz, aber überzeugend abgeschmettert wurde.

»Doc, du kommst nicht mit. Und damit basta.«

Gideon preßte die Lippen aufeinander. Wenn John es so wollte, bitte, dann konnte er es so haben. »Okay«, sagte er, »du hast gewonnen.«

Das ging zu leicht, John wurde sofort mißtrauisch. »Was soll das jetzt wieder heißen? Sie sind gar nicht dort, was? Am Pyrites Creek? Doc, wenn du weißt, wo sie sind, sag es mir. Was ist, wenn sie noch jemanden umbringen, wie wird dir dann zumute sein? Du weißt etwas und verschweigst es mir.«

»Bitte, John, du engagierst mich ab und zu für Skelettanalysen und nicht dafür, daß ich deine Ermittlungen für dich erledige, wie du mir oft genug aufs Butterbrot schmierst. Wenn du mich natürlich mitnehmen würdest...«

»Auf keinen Fall, aber wenn du weißt –«

»Ich weiß von nichts, mein Name ist Hase.«

John stöhnte. »Du bist ein verdammt harter Brocken! Lassen wir es dabei bewenden: Ich kann vor Freitag sowieso nicht hin, also tu in drei Teufels Namen, was du nicht lassen kannst. Aber am Freitag erwarte ich von dir, daß du mir alles erzählst, was du weißt. Das sage ich dir nicht zweimal, Doc.«

Gideon zögerte, und John sagte wütend: »Jetzt hör mal, Mann, ich gebe dir drei Tage. Wider besseres Wissen. Bring mich nicht soweit, daß ich dir mit Paragraphen komme. Wir wollen doch Freunde bleiben!«

»Gut, John, alles klar.«

»Okay. Und tu mir einen Gefallen, hörst du? Wenn du die Burschen findest, sei vorsichtig, ja? Edle Wilde sind das nicht.«

»Keine Bange. Glaub mir, ich weiß, was ich tue.« Von wegen, dachte Gideon.

»Von wegen«, sagte John.

Der Kaffee war noch warm, Schinken und Eier noch nicht ganz kalt, deshalb stellte Gideon die Karte auf den

Tisch und studierte sie, während er vor sich hin futterte. Der Finley Creek floß in kaum mehr als einer Meile Entfernung neben der Straße am Nordufer des Lake Quinault entlang, aber es war eine Meile ungezähmten, weglosen Regenwaldes. Unmöglich, dort hineinzugehen. In fünf Minuten hatte er sich verirrt, selbst mit einem Kompaß. Er mußte sieben, acht Meilen weiter zur North Fork Ranger Station fahren und über den aufgegebenen Matheny Trail zurücklaufen. Er war bestimmt noch passierbar, in sechs Jahren konnte er nicht ganz zugewachsen sein. Alles in allem brauchte er von hier aus drei Stunden mit dem Auto und auf einem möglicherweise unwegsamen Pfad weitere fünf bis sechs Stunden zu Fuß bis zum Finley Creek. Wenn er jetzt losfuhr, wäre er bei einsetzender Dunkelheit dort. Keine berauschende Vorstellung. Es war besser, wenn er den Rest des Tages nutzte, um noch ein wenig Yahi zu lernen, und früh am Mittwochmorgen aufbrach. Er dachte kurz daran, Julie anzurufen und über Nacht in Quinault zu bleiben, aber sie würde aus ihm herausleiern, was er dort vorhatte, und entweder versuchen, ihn davon abzubringen, oder darauf bestehen, mitzukommen. Nein, am besten war, den ganzen Tag hier zu arbeiten und gegen vier Uhr morgen früh aufzubrechen. Da wäre er so zeitig am Finley Creek, daß er noch lange Tageslicht hatte. Viel sinnvoller. Er faltete die Karte, aß noch einen Bissen kalten Toast und holte sich das Yahi-Wörterbuch.

Am späten Nachmittag war sein Kopf vollgepackt mit fremden Wortfetzen, und Gideon befürchtete, wenn er noch eine einzige Silbe hineinstopfte, würde er explodieren und die *Huri'ma'anigi's* und *sicin'mauyaa's* würden von allen vier Wänden abprallen. Müde schloß er das Buch, reckte sich, machte sich ein Schinken-Käse-Sandwich, aß es stehend am Abwaschbecken und trank ein

Glas Milch hinterher, ohne auch nur noch über irgend etwas nachzudenken.

Dann zog er sich das Cape über den Kopf, rannte durch den Regen zu seinem Golf und fuhr über die nasse, schwarz glänzende Straße zehn Meilen bis nach Sequim. Für die Expedition mußte er noch ein paar Einkäufe tätigen.

Die Regenschattengötter waren fleißig am Werk. Direkt über Sequim war ein großes, leuchtendblaues, ausgefranstes rundes Loch in den dicken Wolken, das Sonnenlicht fiel in Bahnen hindurch und übergoß die Straßen mit goldenem Glanz. Es wirkte wie ein Fresko von Tiepolo. Nur die Schäferin mit rosigen Brüsten, die durch das Loch lugte, und ein paar pummelige Cherubim auf dem Laternenpfahl an der Ecke East Washington/Sequim Avenue fehlten noch.

Im Kaufhaus Southwood's erstand er ein Leichttunnelzelt für fünf Dollar, von dem ihm jemand erzählt hatte, es sei nützlich im Regen, eine Flasche mit einer Flüssigkeit, die angeblich Schuhe wasserdicht machte, und einen kleinen Rucksack. Sein Bündel in der Hand, marschierte er auf den Ausgang zu, als ihm eine Schachtel mit im Preis herabgesetzten Halsketten, offenbar aus Kugellagern, ins Auge fiel. Schmuck! Wie konnte man losziehen und einen verschollenen Indianerstamm suchen, ohne Schmuck mitzunehmen? Für einen Dollar das Stück kaufte er vier Ketten und ging dann zurück in die Kosmetikabteilung. Spiegel waren ein protokollarisches Muß, er kaufte zwei Taschenspiegel.

Ein paar Meter Stoff würden die obligatorischen Mitbringsel abrunden. Da Southwood's aber keinen Stoff führte, nahm er ein paar abgepackte Küchengardinen, gelb mit roten Lilien. Aus einer plötzlichen Eingebung heraus begab er sich dann noch in die Spielzeugabteilung und erwarb für einen Dollar neun eine Gummischildkröte, die Squeekie hieß und selbstverständlich fröhlich quietschte, wenn man darauf drückte. Schöne Kostproben der Wunder der Zivilisation für zehn Dollar achtundachtzig!

»Sonst noch etwas?« fragte die großmütterliche Verkäuferin und tippte alles in die Kasse. »Was Schönes für Vatis kleinen Liebling?«

»Ja«, sagte Gideon lächelnd. »Und das brauche ich auch noch.« Er nahm ein Einwegplastikfeuerzeug für neunundsechzig Cent. Wenn das kein triftiges Argument war, daß einiges für die Zivilisation sprach, dann wußte er nicht, was sonst.

Er verstaute seine Einkäufe im Auto und ging eine Straße weiter zum Mark-&-Pak-Supermarkt. Das blaue Loch war immer noch direkt über ihm, er genoß den Sonnenschein. Er kaufte einen kleinen Laib Mischbrot, ein Pfund Weintrauben und zehn Dosen Ölsardinen (der Abwechslung halber in Tomatensauce, Senfsauce und Olivenöl). Nicht das appetitanregendste Menü, aber nahrhaft und reich an Proteinen. Er hatte keinen Campingkocher und wollte auch keinen kaufen und schon gar nicht einen auf dem Rücken jeweils zehn Meilen hin und zurück schleppen. Töpfe und Küchengeräte wollte er auch nicht tragen. Ein paar Tage kaltes Essen, davon würde er schon nicht sterben.

Abends war er äußerst guter Dinge. Er hatte soeben einen Brief an John beendet, in dem er beschrieb, was er vorhatte. Den würde er morgen früh in Johns Büro in Quinault abgeben, doch wenn alles gutging, war er sowieso zurück, bevor John den Brief bekam. Und wenn nicht, war die Aussicht, daß das FBI hinter ihm her gestapft kam, beruhigend. Gideon steckte den Brief in einen Umschlag, legte eine Karte des Forest Service dazu, auf der er seine Route mit Leuchtstift markierte, und schloß ihn. Dann packte er seine Tasche, bearbeitete seine Schuhe mit der Flüssigkeit (sie schien zu wirken), werkelte bis neun Uhr zufrieden vor sich hin und ging dann zu Bett.

Als der Wecker rasselte, sah die Sache allerdings anders aus. Um vier Uhr morgens ist niemand ein Held, hat ein kluger Mann einmal gesagt, und Gideon fand, es stimmte. Eine Viertelstunde blieb er unter der Decke liegen, unwillig, sein warmes Bett zu verlassen. Danach – noch unwilliger, sich dem schwarzen, strömenden Regen zu stellen – brauchte er fast eine Stunde, um sich eine Kanne Kaffee und Toast zuzubereiten und einzuverleiben.

Nun, drei Stunden später, verlangsamte er die Fahrt, um auf dem verlassenen Zeltplatz in North Fork anzuhalten. Auf dem Umweg über Quinault hatte er den Brief an Johns Tür geheftet. Wenn er auch nicht gerade unwillig war, in den dunklen, tropfnassen Regenwald zu wandern, so war er doch keineswegs erpicht darauf.

Der Zeltplatz war für den Winter geschlossen, die einzelnen Plätze standen alle leer. Kein Wunder. Wer wollte schon bei so einem Wetter draußen sein? Es war noch nicht richtig hell. Er hörte nur das Pladdern des Regens auf der Kapuze seines Capes, das Tropfen von den Baumästen und das Plätschern in den Rinnen am Rand der Wege. Für jemanden, der Regen immer gemocht hatte, fand er die Szenerie extrem trüb, trostlos und deprimierend. Schon jetzt bereute er seine Entscheidung, keinen Kocher mitzunehmen. Mit einer Tasse heißem Kaffee hätten die Dinge gleich viel rosiger ausgesehen.

Den Beginn des Weges zu finden war zeitaufwendiger, als er gedacht hatte. Eine Stunde lang mußte er den öden Zeltplatz absuchen, und als er schon fürchtete – oder hoffte (was von beidem, war ihm selbst nicht recht klar) –, er würde ihn nicht finden, stieß er darauf. Nicht auf dem Zeltplatz selbst, sondern dreißig Meter zurück an der Straße. Es war ein nicht bezeichneter, verfallener Weg, zerfressen und zerfurcht von sechs Regenzeiten mit einer jährlichen Niederschlagsmenge von drei Meter siebzig, unkenntlich an manchen Stellen unter Massen kräftigen Farns, Schattenblumen und Sauerklee. Trotzdem sah er so aus, als könne man ihn benutzen und ihm leicht folgen. Die aufragenden Wände moosbehangener Zedern und Fichten, die ihn säumten, würden schon dafür sorgen, daß er ihn nicht verlor, obwohl er stellenweise mit kleineren Pflanzen wirklich völlig zugewachsen war.

Gideon ging los, fest entschlossen, sich das leichte Gefühl von Niedergeschlagenheit, mit dem er aufgewacht war, abzuwandern. Und das schaffte er dann auch, unverwüstlich, wie er war. Trotz der Löcher im Weg und der hinderlichen Pflanzen fand er schnell in einen lockeren Gang und erwischte sich sogar dabei, daß er vor sich hin summte und sich darauf freute, die Indianer zu treffen, mit ihnen zu reden und sich mit ihnen anzufreunden. Beim Wandern wurde ihm warm, und der kühle Regen, der ihm übers Gesicht strömte, erfrischte ihn und schmeckte süß, wenn er ihm in den Mund rann. Bis auf Gesicht und Hände war er knochentrocken.

Nach ein paar Meilen begann der Weg leicht anzusteigen. Jetzt läuft er um die südliche Flanke des Finley Peak, räsonierte Gideon, ganz der alte Wandervogel und tüchtige Deuter von Höhenlinienkarten und Regenwäldern. Den Blick auf den unebenen Pfad gerichtet, bemerkte er, daß die Luft ihren grünen Unterwasserschimmer verloren hatte, und als er hochschaute, sah er, daß die Bäume nicht mehr so dicht standen. Er war tatsächlich an der Flanke eines Berges und hatte einen klaren, wunderbaren Ausblick zu seiner Linken.

Er fand einen relativ trockenen Flecken unter einem moosigen Felsüberhang und setzte sich, um die Szenerie zu genießen. Sie ähnelte einem aus einem kleinen Flugzeug aufgenommenen Foto, wie man es am Beginn von

Geschichten aus dem Urwald im *National Geographic* findet, Titel: »Vier Monate im Mato Grosso.«

Vor ihm lag Quinault Valley, ein endloser, nasser, wogender blaugrüner Teppich, der sich an manchen Stellen staute und wölbte wie eine riesige, verklumpte Matratze, die jemand achtlos zwischen die Bergketten geworfen hatte. Hier und da glitzerte der Quinault River matt durch das Grün. Zum Westen hin sah man ein glattes, sichelförmiges Stück des Lake Quinault, der das Grau des Himmels spiegelte und rosa leuchtete, wie die Schale einer Abalonemuschel.

Gideon bemerkte plötzlich, wie hungrig er war; seit der Scheibe Toast vor Morgengrauen hatte er nichts mehr gegessen. Er öffnete eine Dose Sardinen in Olivenöl, fand sie köstlich und gönnte sich eine zweite mit einigen Scheiben Brot und Wasser von einem Bach, der sich über einen Felsen ein paar Meter entfernt ergoß.

Als er satt war, holte er die Karte heraus, verglich sie mit der Gegend und nickte, eins mit sich und der Welt. Der Weg war natürlich nicht auf der Karte, aber er wußte ungefähr, wo er verlief, und war sicher, seinen eigenen Standort genau zu kennen. Die Berge direkt gegenüber auf der anderen Seite des Tals mußten der Colonel Bob und der Mount O'Neill sein. Fünf oder sechs Meilen vor ihm schob sich die südöstliche Schulter des Finley Peak elegant in den Regenwald, genau, wie die Höhenlinien auf der Karte zeigten. Auf dessen anderer Seite, zeigte die Karte auch, in der kleinen Schlucht zwischen dem Finley Peak und dem Matheny Ridge, floß der Finley Creek, und dort würden die Yahi sein. Es sah nicht schwer aus, dorthin zu gelangen. Mit Bergen als Orientierungspunkten zu beiden Seiten war er bestimmt schnell in der Lage, es zu finden, selbst wenn der Weg zu Ende ging. Er machte aber ohnehin keine Anstalten dazu.

Gestärkt, rundum zufrieden und im Vollgefühl desjenigen, der sich in jeder Wildnis zurechtfindet – also bitte, Stadtmensch! –, spazierte er zuversichtlich los.

Zwanzig Minuten später hatte er sich so schlimm verirrt wie noch nie in seinem Leben. Der Pfad führte auf einmal abwärts, zurück in den Regenwald, und war hier tatsächlich zu Ende oder jedenfalls allmählich so mit Heidelbeeren, Schachtelhalm, Farnen und sogar ein paar Baumsprößlingen überwuchert, daß Gideon sich viel mehr darauf hätte konzentrieren müssen. Er indes hatte emsig sein Yahi-Vokabular repetiert.

Als er schließlich begriff, daß er nicht mehr auf dem Weg war, schaute er hoch, um seine Berg-Orientierungspunkte zu orten. Alles, was er sah, waren Bäume, die gewaltigen Stämme von Sitkafichten, monströs wie Elefantenbeine, schlanke, hochragende Hemlocktannen, Föhren mit rauher Rinde. Weder Berge noch Orientierungspunkte, nicht einmal Himmel.

Gideons erste Reaktion war mildes Amüsement, wohlwollend distanziert nach dem Motto: »Oho, sieht glatt so aus, als sei der Große Weiße Jäger doch nicht so ein doller Waldläufer, wie er dachte.« Dann drehte er sich langsam einmal im Kreis, um irgend etwas zu entdecken, das ihm helfen möchte, den Weg zu finden. Nichts. Noch beunruhigender: Jetzt wußte er auch nicht mehr, von welcher Stelle aus er sich einmal umgedreht hatte. Also wußte er weder, in welche Richtung er gegangen, noch, aus welcher er gekommen war.

Das erschütterte ihn dann doch ein wenig, er verspürte ein unbehagliches Prickeln. Es regnete stärker, und die enormen Bärlappgewächse hingen nicht mehr in durchscheinenden Bögen und Girlanden von den Zweigen, sondern wie dicke, vollgesogene Vorhänge aus schleimig gekochtem Spinat. Auf dem Boden waberte grüner, sumpfiger Nebel, der zusehends dichter wurde, düster dramatischer. So ließ sich der ganze verdammte Regenwald beschreiben, dachte er: unheilschwanger und unwirklich. Nein, sagte er sich, in die Gemütsverfassung wollen wir uns doch gar nicht erst bringen. Jetzt war positives Denken angesagt.

Gut. Denk positiv. Er konnte erst vor ein paar Minuten vom Weg abgekommen sein, also war er in der Nähe. Er würde in einer langsam weiter werdenden Spirale gehen, die große Zeder mit dem herunterhängenden Ast sollte der Mittelpunkt sein.

Aber kaum hatte er den Blick von ihr abgewandt, fand er sie zu seiner Verblüffung nicht mehr wieder. Sie verschwand, wurde eine unter Hunderten. Und als er sich unwillkürlich herumdrehte, um sie zu suchen, verließ ihn sein Ortssinn erneut; er hätte nicht angeben können, in welcher Richtung sie stand.

Das unbehagliche Prickeln wurde zur akuten Sorge. Das hier war nicht sein Element, er war ein Eindringling, ein Fremder, der die Spielregeln nicht kannte. Er wischte sich den Regen aus dem klatschnassen Gesicht. »Die Luft ist aus Wasser«, hatte der kleine Junge Denga gesagt. Und ob! Kaum durch zu sehen, schwer zu atmen, einschnürend, drückend, beengend...

Positives Denken. Da es mit der Spirale nicht klappte; würde er es anders probieren. Noch einmal würde er einen großen Baum als Bezugspunkt nehmen – sich aber diesmal vorher genau merken, wie er aussah. Er suchte sich eine Fichte und prägte sich die Konfiguration mehrerer ineinander verschlungener Äste hoch oben am Stamm und den großen, zerfransten Riß im Bärlapp, der davon herabhing, genau ein. Gut. Nun würde er sich, ungefähr fünfzig Meter davon entfernt, einen Baum als Zielpunkt vornehmen. Weiter konnte er in Höhe von etwa fünfundzwanzig Metern über dem Boden sowieso nicht sehen. (Am Boden war die Sichtweite wegen des Unterholzes viel, viel geringer.) Auf den Baum würde er in einer so geraden Linie wie möglich losgehen und sich dabei fortwährend nach der Fichte umschauen. Fand er den Weg nicht, wenn er bei dem Baum ankam, würde er zu der Fichte zurückgehen, als neuen Zielpunkt einen anderen Baum im rechten Winkel ein Stück entfernt von dem ersten aussuchen und so weiter. Mit vier solcher Erkundungsgänge mußte er auf den Weg stoßen, falls er sich innerhalb eines Arreals von etwa fünftausend Quadratmetern befand... Es sei denn natürlich, der Weg bog irgendwo ab. Aber darüber wollte er nun noch nicht nachdenken. Wenn das alles nichts nützte, würde er den Bereich vergrößern und die Bäume, die er vorher angelaufen hatte, als neue Ausgangspunkte benutzen.

Womit er nicht gerechnet hatte, war die große Anzahl von Pfaden – Elchspuren oder von Rotwild, oder den Yahi, was wußte er... Manche sahen aus wie natürlich entstandene, sich durch das Bodengestrüpp schlängelnde Kanäle. Er folgte fünf falschen Fährten, einer fast fünfhundert Meter lang, bis er auf den Weg stieß, nur viereinhalb Meter von dort entfernt, wo er angefangen hatte zu suchen. Dazu hatte er anderthalb Stunden gebraucht.

Bescheidener geworden und viel aufmerksamer, lief er wieder los und folgte gewissenhaft dem Weg. Nach einer Stunde stieg er erneut an. Gerade, als Gideon allmählich wieder Vertrauen zu sich selbst faßte, blieb er angesichts eines sich auftuenden weiten Blicks über das Tal in Richtung des Mount O'Neill und Colonel Bob abrupt stehen – dieselbe Aussicht wie vorher. Haargenau dieselbe. Zuerst empfand er nichts als Verblüffung. War er möglicherweise auf einem Rundweg? War er im Kreise gelaufen? Wahrhaftig; dort war der Felsüberhang, unter dem er die Sardinen verspeist hatte.

Dann traf ihn die Wahrheit mit voller Wucht, und er hätte sich beinahe im Regen hingesetzt und losgeheult. Er war natürlich schlicht und ergreifend in die falsche Richtung gelaufen, als er den Weg wiederentdeckt hatte. Er war zurückgegangen und hatte diese Gefahr auch nicht einen Moment in Betracht gezogen. Darüber mußte er aber im Sitzen nachdenken. Mit dem Rücken gegen die Felswand blieb er eine Weile vornübergebeugt, naß und elend, hocken. Der Wind blies schärfer, so daß der Überhang so gut wie keinen Schutz bot. Die Temperatur fiel. Seine Hände waren rauh und rot und sein Gesicht auch, so wie es sich anfühlte.

Die Chance, den Finley Creek rechtzeitig zu erreichen, damit er heute noch mit den Yahi reden konnte, war dahin. Er mußte über Nacht in diesem kalten, trüben Dschungel bleiben – und von seinem Fünf-Dollar-Plastik-Zelt konnte er ebensowenig Behaglichkeit erwarten wie Wärme von seinem Gasfeuerzeug. Und unter Garantie konnte er mit dem reichlich auf dem Waldboden herumliegenden, mit Wasser vollgesogenen, morschen Holz kein Feuer anzünden. Vielleicht war es sinnvoller, sofort zum Auto zurückzukehren – was sicher, auch nachdem er fünf Stunden im Regenwald herumgebummelt war, weniger als zwei Stunden dauern würde –, loszufahren, irgendwo ein ordentliches Abendessen einzunehmen, dann irgendwo ein warmes Bett zu suchen und am Morgen frisch und fröhlich –

Aber die Idee schlug er sich aus dem Kopf und zwang sich aufzustehen. Er wußte ja, wohin ihn seine Gedanken führten: Ein gutes Abendessen irgendwo hieß in der Lake Quinault Lodge, und ein warmes Bett irgendwo Julies Bett. Nein, ein bißchen mehr Willenskraft besaß er schon, oder Sturheit. Verdammt, er war schließlich nicht aus Zucker, und es würde auch noch so lange hell bleiben, daß er ein ordentliches Stück schaffen konnte. Er rückte den unbequemen Rucksack zurecht und ging festen Schritts den Hügel hinab. Noch war er nicht zu dem Eingeständnis bereit, daß er erledigt war, noch lange nicht.

Drei Stunden später, entmutigt und müde, sehr wohl. Ein böiger Wind aus allen Richtungen trieb ihm den Regen wie Nadeln ins Gesicht, stach ihm in Wangen und Augen und floß ihm manchmal sogar aufwärts in die Nasenlöcher, so daß er hustete und spuckte. Seine Hose, kaum geschützt durch das flatternde Cape, war durchweicht, und allmählich ließ auch die Wirkung der Imprägnierflüssigkeit auf seinen Schuhen nach. Auf dem unebenen, auf- und abführenden Weg war sein flotter Schritt schon seit langem zu einem schleppenden, mechanischen Latschen verkommen.

Als er sich unter einem bißchen offenen Himmel befand, blieb er stehen und schaute dankbar hoch. Er sah bösartig und gelblich-grau aus, aber alles war besser als dieses schwankende, tropfende massivgrüne Dach. Selbst der Regen schien hier nicht gar so übel, er fiel weicher in sanften, fetten Klacksen. Er war irgendwo am Big Creek, vermutlich immer noch gut vier Meilen vom Finley Creek entfernt, und überlegte wie betäubt, daß diese Stelle vielleicht ganz gut war, für heute Schluß zu machen. Er fand einen ebenen, offenen Platz, vier Meter vom Weg abgelegen, mit Blick auf den Himmel, aber umgeben von dichten Büschen und Bäumen, die den Wind abhielten und ein wenig Schutz, wenn auch eher psychologisch als real, gegen den Regen boten.

Ein paar Minuten blieb er einfach mit geschlossenen Augen stehen und versuchte wieder zu Atem zu kommen. Er war den Regenwald und den endlosen Regen gründlich leid; selbst die Yahi, obwohl er die ja noch gar nicht getroffen hatte. Das heißt, er mußte überhaupt erst einmal beweisen, daß sie existierten. Wie, überlegte er benommen, war er überhaupt hierhergeraten? Was für eine unmögliche Kette von Ereignissen hatte dazu geführt, daß ein friedliebender, bequemer Herr Professor mutterseelenallein, durchnäßt und bibbernd tief im einzigen

Dschungel der nördlichen Hemisphäre im graugrünen Nebel stand?

Der Regen trommelte und prasselte ihm auf Augenlider und Cape, Gideon schwankte und wartete, daß ihm darauf eine vernünftige Antwort zuteil wurde, aber vergebens. Zum Teufel, dachte er starrköpfig: Hier bin ich, und das Ding zieh ich durch. Nicht, daß er die Wahl hatte; die Energie, jetzt den langen Weg zu seinem Auto zurückzumarschieren, hatte er nicht mehr.

Er drehte und wand sich, um den Rucksack vom Rücken auf die Brust zu manövrieren, ohne daß er unter dem Cape hervorschaute und naß wurde, und es gelang ihm sogar, das lächerlich mickrige Tunnelzelt herauszuwühlen, das, flach zum Viereck gefaltet, nicht viel größer als ein Taschentuch war. Das Prinzip ist einfach, hatte ihm der Verkäufer gesagt: Legen Sie den blauen Plastikschlauch auf den Boden, ziehen Sie ein Seil durch die Ösen an den Enden, befestigen Sie die Seile an etwas Stabilem, und ecco! fertig ist das Instant-Zelt!

Er hatte keine Plane für den Boden mitgenommen, aber durch den lockeren Humusboden hier im Wald floß das Wasser gleich ab, so daß er halbwegs trocken war. Dem Herrn sei Dank für kleine Wohltaten. Er breitete das Zelt aus, steckte ein Seil durch die Ösen und fand einen niedrigen kräftigen Ast, an dem er es festknoten wollte. Der Ast sah fest und robust aus, aber als Gideon probeweise daran zog, ließ er sich zusammenquetschen wie Pappmaché, das Wasser floß ihm zwischen den Fingern hindurch, und der Ast fiel in matschigen Stücken auf den dunklen Waldboden.

Das verstörte Gideon über Gebühr. Der ganze Wald erschien ihm auf einmal heimtückischer, weniger vertrauenswürdig. Er schaute sich um und bemerkte erst jetzt, daß er sich zum Übernachten eine Umgebung ausgesucht hatte, in der die meisten Bäume vor langer Zeit aus – wie

Julie sie nannte – Nährstämmen gewachsen waren, großen, umgefallenen Stämmen, in die sich Sämlinge einnisteten und sie mit Wurzeln umkrallten, die zum Boden wuchsen. Wenn dann die Stämme verrottet waren, umkrallten die Wurzeln nichts als Luft. Die Wirkung war grotesk. Gideon hatte ein Gefühl, als sei er umgeben von den mächtigen Händen von Riesen, deren gespreizte, wulstige Finger sich im Boden festhielten und deren gigantische Stämme wie Unterarme in das Dach des Waldes ragten.

Jetzt drehte er aber doch durch. Von Bäumen ließ er sich ja nun nicht ins Bockshorn jagen! Er band die beiden Seile um junge Ahornstämme, nicht ohne vorher zu testen, ob sie hielten. Das Zelt sah nun sogar in etwa wie ein Zelt aus, selbst wenn es nach brandneuem Wasserball roch. Der Gestank nach Plastik würde überwältigend sein, wenn er die Enden des Zelts erst einmal verschloß.

Was unmöglich war, stellte er kurz darauf fest, und sein Mut sank mit jeder regentriefenden Minute tiefer. Er hatte nämlich gar kein Seil mehr. Undankbar verfluchte er den Verkäufer, weil er ihn nicht daran erinnert hatte. Er legte seinen Schlafsack, der selbst unter dem Cape feucht geworden war, in das Zelt und nahm Zweige, um die beiden Zeltenden zu verschließen. Das funktionierte aber auch nicht. Der Schlafsack würde klatschnaß werden. Auf dem Boden des Zeltes bildeten sich schon kleine Lachen.

Als er die Plastiktüte mit dem Essen herausholte, mußte er des weiteren feststellen, daß das Brot völlig durchweicht und eher Brei als Brot war und die Weintrauben überhaupt nicht mehr da waren. Offenbar hatte er sie dort liegenlassen, wo er am Morgen gegessen hatte.

Damit war das abendliche Menü erheblich geschrumpft: *M'sieu* möchten *sardines à la sauce moutarde*? *Non*? Dann eventuell *sardines à la sauce de tomates*? Er öffnete eine Konserve mit Senfsauce und starrte den Inhalt wenig begeistert an. In der Dose lagen nur drei sehr große Sardinen und sahen viel mehr wie kalte, tote Fische aus, als es Sardinen von Rechts wegen zustand.

Als Gideon in der nassen, stärker werdenden Dunkelheit über seinem Abendessen hockte, konnte er sich nicht erinnern, daß er schon einmal so trübsinnig und niedergeschlagen gewesen war. Er lächelte zaghaft: Wenn man diese Geschichte beim Steak in einem warmen, trockenen Restaurant zum besten gab, war sie bestimmt sehr amüsant. Aber jetzt war sie gar nicht witzig, fand er, sah zu, wie sich das Wasser in seinem Schlafsack ausbreitete, und musterte seine rauhen, nassen Hände. Und die öligen Fische.

Die Plastikgabel, die er mitgebracht hatte, war nicht aufzutreiben, dafür aber eine spitze, ziemlich harte Holzscheibe, die er als Messer benutzen konnte. Dann bereitete er sich geistig darauf vor, einen der weichen, madenähnlichen Körper in der Dose aufzuspießen. O je...

Er erstarrte, hellwach, es kribbelte ihm im Nacken. Durch das ewig gleiche, laute Prasseln des Regens hörte er ein Geräusch. Ein verrotteter Zweig, der unter dem Gewicht des Wassers brach? Ein großer Vogel, der aufgeschreckt wegflog... aber wodurch aufgeschreckt?

Da war es wieder, ein Schlurfen, und dann wieder; jemand oder etwas bewegte sich, streifte durchs Laubwerk. Er sprang auf die Füße und riß sich die Kapuze des Capes herunter, um besser zu hören. Das Geräusch kam aus der Richtung des Weges, da war er sich ziemlich sicher. Er blieb stehen und versuchte, halbblind von den dicken grauen Regenfäden, etwas zu erkennen. Er hörte sein Herz wie verrückt hämmern. »*Ya'a hushol*!« schrie er. »*Ai'niza ma'a wagai*!«

Plötzlich verstummten die Geräusche, dann wurden

sie wieder lauter, jemand bewegte sich auf ihn zu. Jetzt vernahm er sogar das Quietschen von Schritten. Er atmete schnell und schwer.

Zwischen riesigen Adlerfarnwedeln erwischte er einen kurzen Blick auf eine alarmierend dunkle, unförmige Gestalt, die sich entschlossen durch das Unterholz bewegte – auf ihn zu, da gab's kein Vertun. Die Gestalt verschwand in dem dichten Laub, Gideon stand da, starrte auf die Stelle, wo sie gewesen war, und versuchte, durch das Wasser zu sehen, das ihm in Strömen übers Gesicht lief. Er hielt den Atem an, stellte sich so hin, daß er besseren Halt hatte, und spannte seine mächtigen Arm- und Schultermuskeln an.

Einen Augenblick später wurden die Wedel eines Streifenfarns energisch zur Seite geschoben. Mit einem gewaltigen Satz wirbelte Gideon in die Richtung, ging voll konzentriert in die Hocke und umklammerte den spitzen Holzsplitter fester.

Eingemummelt in einen bolligen Parka, beladen mit einem riesigen Rucksack, kam Julie auf die Lichtung.

»Dr. Oliver, nehme ich an«, sagte sie lächelnd.

15

Sie brauchte fünf Minuten, um das erstaunlich geräumige Trekkingzelt aufzustellen, das sie im Rucksack mitgebracht hatte, und weitere fünf, um ein Überzelt darüber anzubringen. Eine Viertelstunde später blubberte ein Rindfleischeintopf auf dem winzigen Kocher. Daneben kauerte Gideon in einer warmen Ecke des Zeltes, grinste dämlich und war froh, daß er aus dem Regen und dem feuchtklammen Cape heraus war und Julie beobachten konnte, wie sie eifrig herumhantierte.

»Was hast du gequiekst, als ich ankam?« fragte sie beiläufig und rührte in dem Eintopf.

»Ich habe nicht gequiekst. Ich habe Yahi gesprochen.«

»Yahi? Warum Yahi? Woher kannst du Yahi?«

Er erklärte es ihr, während sie nachdenklich weiterrührte. »Hm, du hast mir ganz schön Angst eingejagt«, sagte sie. »Ich dachte, vielleicht bist du es doch nicht. Ich wußte nicht, daß du manchmal quiekst.«

Gideon lachte. »Ich war wohl etwas schreckhaft.«

»Ja, vielleicht ein ganz kleines bißchen. Ich wußte nicht, ob du mich mit dem Zweig erdolchen oder mit dem ekligen Fisch erschlagen wolltest.«

Wieder lachte Gideon, allmählich taute er auf. »Ich dachte, man dürfte im Zelt keinen Kocher anzünden.«

»Darf man auch nicht, aber wenn man es schlau anstellt, kommt man ungeschoren davon.«

»Und wenn man der Chief Ranger ist.«

»Dann auch.« Julie häufte den dampfenden Eintopf in zwei Plastikschüsseln und gab Gideon eine. Sie war genauso hungrig wie er, und ein paar Minuten lang saßen sie im Schneidersitz auf dem Zeltboden und schlangen, ohne zu reden, das heiße Gemüse mit dem Fleisch in sich hinein.

Als die Wärme ihn durchfloß, seufzte Gideon genüßlich und ließ es langsamer angehen. Er schaute von seiner Schüssel hoch, um Julie beim Essen zuzusehen. Sie war wunderbar gesund und fröhlich, ihre Haut rosig golden, ihre Augen funkelten. Als sie merkte, wie er sie anschaute, während sie mit vollen Backen kaute, drohte sie ihm fröhlich mit dem großen Löffel. Sie lachte, ohne die Lippen zu öffnen. In dem formlosen, schlabbrigen Pullover, die Wangen vollgepfropft wie ein Backenhörnchen, das feuchte Haar klebte ihr in der Stirn, sah sie so herzzerreißend schön aus, daß er kaum schlucken konnte.

»Ich liebe dich, Julie«, sagte er.

Endlich.

Sie hatte den Mund zu voll, um sprechen zu können. Statt dessen runzelte sie die Stirn, kaute heftiger, schluckte umständlich und trank heißen Tee nach.

»Ich habe dich schon beim erstenmal gehört«, sagte sie lächelnd.

»Beim erstenmal?«

»Im Schlafsack. Da hast du mit meinem Nacken gesprochen, aber ich nehme an, den Rest von mir hast du auch gemeint.«

»Du hast mich gehört? Ich dachte, du hättest geschlafen.«

»Hab ich auch, aber manche Dinge verpaßt man auch im Schlaf nicht.«

»Und warum hast du nichts gesagt?«

»Hm, es hat mich nicht gerade vom Hocker gehauen. ›Ich liebe dich, glaube ich jedenfalls.‹« Sie lachte und schüttelte den Kopf.

Gideon lachte auch und schaufelte sich eine große Portion Kartoffeln in den Mund. »Mit der lyrischen Ausdruckskraft war's wohl nicht so weit her, was? Aber«, sagte er ernsthafter, »diesmal gilt es ohne jede Einschränkung.«

»Bist du sicher? Sagst du es nicht nur, weil ich mit meinem Rindseintopf und meinem Zelt hier bin? Bist du nicht einfach nur froh, weil dich an einem kalten, nassen Abend ein warmes weibliches Wesen umsorgt?«

Er verneinte. »Nein, vorbehaltlos. Ich liebe dich, Julie Tendler. Und das sage ich nicht sehr oft, das kannst du mir glauben.« In den letzten drei Jahren hatte er es nicht einmal laut gesagt.

»›Ich liebe dich, Julie Tendler‹?« sagte sie. »Warum solltest du das oft –«

»Sch! Du.« Er beugte sich vor und küßte sie zärtlich. Sie gingen auseinander und schauten sich an, küßten sich dann wieder, diesmal länger, immer noch zart. Ihre bebenden heißen Finger lagen auf seiner Wange, seine Hand bedeckte ihren warmen, flaumigen Nacken. Als sie endlich aufhörten, um Atem zu holen, berührte er ihre Nasenspitze mit den Lippen. »Und wie war das?« fragte er. »Du wolltest mich an einem kalten, nassen Abend umsorgen?«

»Männer«, sagte sie. »Wie die Pawlowschen Hunde. Mach sie trocken, wollen sie Essen, mach sie satt, wollen sie ... hm, was anderes.«

»Genau«, sagte Gideon. »Maslows Pyramide der menschlichen Bedürfnisse als Hierarchie von Prioritäten. Sehr treffend formuliert.«

»Das habe ich gesagt?«

»Genau.«

»Was bedeutet es?«

»Es bedeutet, laß uns ins Bett gehen.«

Sie lachte. »Überfordere mich nicht. Ich kann immer nur eine bestimmte Anzahl lyrischer Ausbrüche pro Abend ertragen. Laß uns erst das Geschirr abspülen.«

Rasch erledigten sie das, scheuerten Töpfe und Teller und stellten sie nach draußen, damit der Regen sie abspülte.

»Ich glaube«, sagte sie, als sie in die triefnasse, immer tiefer werdende Dunkelheit hinausschaute, »wir holen deinen Schlafsack besser rein.«

»Der ist schon naß. Aber macht nichts. Es war vor zehn Jahren ein 12.95-Dollar-Sonderangebot. Hergestellt aus echten, recycelten Papiertaschentüchern.«

Sie schloß den Zelteingang und kroch auf Knien zurück. »Du bist mir ein rechter Anthropologe. Ein Schlafsack vom billigsten, ein Fünf-Dollar-Zelt, Sardinen zum Frühstück, Mittag- und Abendessen. Hast du Glück gehabt, daß ich vorbeigekommen bin und dich gefunden habe!«

Er lächelte. Dann zog er die Brauen zusammen. »Julie, was machst du eigentlich hier draußen?«

Sie fing an, die Schlafsäcke auseinanderzunehmen. »Ich habe dich gesucht. Ich hatte Visionen, wie du naß, kalt und hungrig in der Finsternis hockst... wenn es vielleicht auch absurd klingt. Meine mütterlichen Instinkte haben sich geregt. Ich dachte sogar, daß du dich unter Umständen verirrst. Leicht ist der Weg ja nicht. *Hast* du dich verirrt? Sehr weit bist du nicht gekommen.«

»Natürlich nicht«, sagte er verächtlich. »Man muß ja nur dem Weg folgen. Hast *du* dich verirrt?«

»Hm, hm«, sagte sie, ihrerseits ein wenig ehrlicher, und rollte den Schlafsack auseinander.

»Und da hast du das ganze Zeug auf dem Rücken hierhergeschleppt, bist den ganzen Weg gegangen...«

»Für dich«, sagte sie einfach, mit ruhigem, liebevollem Lächeln. »Ich liebe dich nämlich auch, mußt du wissen.«

Gideon wurde wieder ganz mulmig, und schon wieder liefen ihm fast die Tränen aus den Augen. »Aber«, sagte er mürrisch, »woher wußtest du denn, wo ich war?«

»Ich habe den Umschlag an Johns Tür gesehen. Als ich deine Handschrift erkannte, habe ich ihn aufgemacht.«

»Du hast meinen Brief an John geöffnet?«

»Guck nicht so schockiert. Ich wußte, daß du irgendso etwas im Schilde führtest, und hoffte, daß in dem Brief was darüber steht. Natürlich habe ich ihn aufgemacht. Hättest du das nicht getan, wenn du gedacht hättest, ich wäre hier draußen allein?«

»Das kannst du glauben«, sagte er, »aber ich hatte angenommen, daß dir der Sinn absolut nicht danach stand, nähere Bekanntschaft mit den Yahi zu schließen.«

»Ich habe meine Meinung geändert. Das Privileg der Frauen.« Sie klopfte den Schlafsack zurecht und setzte sich. Ihre Miene wurde ernst. »Glaubst du... glaubst du, sie sind hier in der Nähe?«

Gideon lächelte sie an. Er liebte sie, wenn sie so tüchtig ihren Dienst im Park Service versah, und er liebte sie – vielleicht sogar einen Hauch mehr –, wenn sie das verängstigte kleine Mädchen mit den großen schwarzen Augen war. »Nein, ich glaube, sie sind meilenweit von hier weg, und ich kann mir auch nicht vorstellen, daß sie an so einem Abend in der Gegend herumlaufen.«

»Aber was ist mit morgen?«

»Morgen, Julie, gehst du zurück nach Quinault.«

»Denkst du! Wenn du dir einbildest, daß ich den ganzen Weg nach hier draußen für nichts und wieder nichts gemacht habe –«

»Nichts und wieder nichts? Du hast mir Nahrung gebracht, körperliche und seelische, du –«

»Gideon, du Idiot, hör auf, mit mir wie mit einem Kind zu reden!« Ihre Wangen wurden tiefrot, er sah, daß sie bereute, was sie gesagt hatte, aber sie schwieg.

»Julie, morgen –«

»Laß uns morgen über morgen reden«, sagte sie.

»Gut«, sagte Gideon. Sie waren beide gereizt. »Ich bin müde. Laß uns Feierabend machen.«

Das Zelt war nicht hoch genug, daß man stehen konnte, und weil in einer Ecke der Schlafsack und die Ausrüstung lagen, war kaum Platz auf dem Boden. Sie saßen Rücken an Rücken und zogen sich aus.

»Geh du zuerst in den Schlafsack«, sagte Julie, ohne sich umzudrehen.

Gideon kroch hinein und quetschte sich an den Rand, ließ ihr reichlich Raum. Er lag auf der Seite, betrachtete ihren glatten, nackten Rücken und wartete, daß sie ein Friedensangebot machte.

Aber sie sagte nur: »Mach die Augen zu, wenn ich reinkomme.«

»Warum?«

»Weiß ich nicht. Ich schäme mich.«

»Wieso schämst du dich?« Eine dumme Bemerkung, aber eine gute Frage. Warum genierte *er* sich?

»Mach sie einfach zu, bitte.«

Er zuckte mit den Schultern, obwohl sie ihn nicht sehen konnte. »Gut«, sagte er, traurig über die winzige, alberne Spannung zwischen ihnen. An ihren zögernden Bewegungen sah er, daß es auch ihr leid tat.

Natürlich beobachtete er sie durch die Wimpern, während sie sich hinkniete, um den Schlafsack oben aufzumachen. Es war nicht ganz dunkel, ihre weichen Oberschenkel schimmerten matt. Als sie sich vorbeugte, um den Schlafsack zurückzuschlagen, schwangen ihre köstlichen kleinen, vollkommenen Brüste sanft ein paar Zentimeter vor seinem Gesicht.

»Du schmuhlst, stimmt's«, sagte sie und schaute ihn streng an. Er merkte, daß sie sich mit ihm versöhnen wollte. Ach, das wollte er ja auch.

»Ich kann nicht anders«, sagte er. »Du siehst... ich kann gar nicht ausdrücken, wie schön du aussiehst, wenn du dich so vornüberbeugst und deine Brüste hängen –«

»Hängen? *Hängen?* Was meinst du mit hängen?«

»Sei nicht böse. Ich wollte etwas Nettes sagen.«

»Na, was Gemeines werde ich hoffentlich nie von dir hören. Hängen!« Mit den Fingerknöcheln stieß sie ihm in die Rippen. Der kleine Streit, wenn es denn einer gewesen war, war vorüber. Er langte nach ihr, umschlang sie und zog sie zu sich herunter, so daß ihre Brüste direkt über seinem Gesicht waren. Sie trommelte noch ein bißchen auf ihm herum, hielt inne, strich ihm übers Haar und beobachtete ihn aufmerksam, während er langsam den Kopf vor und zurück bewegte und ihre Brüste seine Stirn, Wangen und Augenlider streifen ließ. Er küßte sie sanft auf die Spitzen, spürte, wie sie zitterte, atmete tief auf und lächelte sie an.

»Als ich hängen gesagt habe«, flüsterte er, »habe ich es

nicht im Sinn von Hängebrüsten gemeint, ich habe es im Sinne von frei schwebend gemeint.«

»Schon besser«, sagte sie. »Ich mag's, wenn du wie ein Synonymwörterbuch redest.«

Sie lachten beide, und Julie glitt neben ihn in den Schlafsack. Gideon bewegte seine Hände an ihrem Körper entlang, umfaßte beide Pobacken und drückte sie fest an sich. Sie küßte seine Kehle und rieb die Wange an seiner haarigen Brust.

»Julie, Julie ...«, murmelte er.

»Oh, oh, ich glaube, da setzt wieder jemand zu einem lyrischen Höhenflug an.«

»Du hast recht. Dann will ich es mal anders ausdrükken.« Er tat so, als denke er nach. »Okay. Du hast einen großen, wunderschönen Arsch, den ich so gern drücke. Und es ist echt toll, wenn deine Brüste über meinen Arm fallen wie jetzt. Wie klingt das?«

Er wollte sie zum Lachen bringen, aber sie legte sich auf ihre Seite und schaute ihn mit feuchten, pechschwarzen Augen an. »Ich liebe dich so sehr«, sagte sie ernst und schmiegte den Kopf wieder an seine Brust. Zu seiner Überraschung und ihrer auch, da war er sicher, schliefen sie sofort ein.

Kaum waren sie am nächsten Morgen aufgewacht, schliefen sie miteinander, vielleicht sogar schon eher. Als sie hinterher vor sich hindösten und Gideon ausgestreckt auf dem Rücken lag, Julies Kopf auf seiner Schulter, zuckte er plötzlich zusammen.

»Was ist das?« sagte er.

Sie schlug die Augen auf, ihre Wimpern streiften seine Schulter. »Ich höre nichts.«

»Nein ... vielleicht habe ich geträumt ...« Jäh begriff er, was es war. »Es regnet nicht mehr.«

Außer dem Säuseln einer sanften Brise in den hohen Ästen hörte man nichts. Sie kleideten sich in dem kalten, grauen Licht im Zelt an, zogen den Reißverschluß am Eingang auf und traten hinaus. Mit dem ersten Atemzug schwand Gideons Antipathie gegen den Regenwald dahin. Die Luft duftete nach feuchten grünen Blättern und Kiefernrinde, und der leichte Wind brachte einen Hauch des weitentfernten Ozeans. Der Himmel war blaß grünlich-blau, aber es war noch früh, nicht einmal sieben Uhr, der Morgennebel hing in senkrechten, schimmernden Schleiern im Wald, dazwischen war es klar.

Es war so schön wie ein Gemälde, ein Meisterwerk aus der Renaissance, weiche, gedämpfte Farben und verschwimmende Umrisse, aber wunderbar rein. Alles war frisch und sauber und mit Tautröpfchen bedeckt, die wie durchsichtige Glasperlen aussahen. Matschig und schwammig war nichts mehr. Die Behänge aus Bärlapp und den Ranken des Amerikanischen Weinblättrigen Ahorns waren wieder durchscheinend und filigran, und die Blätter und Kiefernnadeln glänzten in tausend verschiedenen Grüns – smaragdgrün, türkis, irischgrün, oliv, aquamarin.

»Höre ich da nicht Wasser fließen?« fragte Gideon.

Julie nickte. »Der Big Creek. Ich glaube, der ist keine hundert Meter entfernt, hinter dem Hügel.«

Sie faßte ihn an der Hand, gemeinsam genossen sie die Frische. Nach einer Weile fingen Vögel an zu singen. Der Klang war so vollkommen, daß sie einander anschauten und lachten. »Ein Zaunkönig«, sagte Julie.

Drei Meter von ihnen entfernt erschien ein possierliches Eichhörnchen mit vollgepackten Backen auf einem Baumstumpf und setzte sich, überrascht sie zu sehen, aufs Hinterteil. Als Gideon in Lachen ausbrach, huschte es ins Unterholz in Richtung des Flusses.

»Ich konnte nicht anders«, sagte er zu Julie, immer noch lachend. »Ich fühle mich wie mitten in einem Zeichentrickfilm von Walt Disney, die Sonne geht auf, und die Tiere des Waldes regen sich. Ehrlich, ich dachte, das Eichhörnchen reibt sich gleich die Augen und gähnt und fängt an zu singen.«

Er drehte sich zu ihr um, beide lächelten, aber ernst. »Julie, du gehst nicht weiter mit. Ich gehe allein.«

»Nein«, sagte sie fest entschlossen. »Wenn es nicht gefährlich ist, will ich mitgehen. Wenn es gefährlich ist, will ich zwar nicht mitgehen, ich will aber auch nicht, daß du gehst.«

»Es ist *nicht* gefährlich, und ich gehe allein.« Er sprach mit seiner tiefsten, volltönendsten Stimme und versuchte, ihr mit seinem Was-soll-der-Unsinn?-Blick Nachdruck zu verleihen. »Schluß der Debatte.«

»Quatsch«, sagte sie munter. »Wir reden beim Frühstück darüber.« Sie nahm einen Topf und warf ihn ihm zu. »Hol Wasser für den Kaffee. Ich schlage schon mal die Eier.«

»Nein, hör mir zu, Julie –«

Sie stellte sich hin und zog das Kinn ein. »Schluß der Debatte«, knurrte sie. »Ab mit dir!«

Das Eichhörnchen, dessen Backentaschen sich von winzigen Fichtenzapfen wölbten, flitzte über den pflanzenüberwachsenen Boden, sein grauer Schwanz beschrieb eine anmutige Schlangenlinie. Fast zu Hause, nur dreißig Meter von seinem Nest in der alten Zeder entfernt, blieb es auf einmal erschreckt stehen und setzte sich auf die Hinterbacken. Es zitterte und warf den Kopf nervös hin und her. Dann beruhigte es sich wieder, ging auf alle viere und rannte auf den Baum zu. Aber nach ein paar Metern blieb es wieder stehen, stellte sich aufrecht hin und drückte zitternd die Vorderbeinchen an die blasse, pelzige Brust. Seine Nase zuckte.

Die glänzenden Knopfaugen musterten den stillen, braunen Haufen, fast unsichtbar zwischen den Heidelbeeren und Farnen. Das Eichhörnchen erstarrte, als habe es sich zu Stein verwandelt. Lange verharrte es in dem ruhigen, sonnenüberfluteten Gestrüpp und beäugte den ungewohnten bewegungslosen Haufen. Schließlich zuckte die Nase wieder, die Schnurrhaare wippten einmal, zweimal, das Eichhörnchen entschloß sich, auf Nummer Sicher zu gehen, machte einen großen Bogen um den merkwürdigen Haufen und sauste auf Umwegen nach Hause.

Als es fort war, sammelte sich der Haufen, kniete sich hin und wurde ein Mann. Der Mann duckte sich in das dichte Unterholz, seine rauhe Haut war braun. Er sah aus wie ein Teil des uralten Waldes selbst, feuchte Rindenstücke und abgefallene Blätter klebten an dem Schmier, der ihn bedeckte.

Durch seine verfilzten, in die Stirn hängenden Haare beobachtete er aus tiefliegenden Augen, wie der *saltu* den Hügel zu der Kiesbank hinunterkletterte und zum Wasser ging. Der halbnackte braune Mann sang und murmelte in einem hohen Ton vor sich hin, schwang langsam vor und zurück. Seine Schultermuskeln zuckten heftig, und auf der Hand, die die Steinaxt hielt, standen die Adern wie Seile heraus.

Der Big Creek war nicht sehr breit, aber er floß rasch, munter plätschernd dahin. Schwärme kleiner brauner Fische, die vor den braunen Steinen auf dem Grund nicht zu sehen waren, glitzerten silbern auf, wenn sie plötzlich alle gleichzeitig umschwenkten, dann verschwanden sie wieder. An der Wasseroberfläche häuften sich braune Blätter, drehten sich langsam in den winzigen Wellen und wurden dann zum Lake Quinault fortgetragen.

Am Ufer des Baches tauchte Gideon den Topf ein. Eingelullt von dem spritzenden, rauschenden Wasser und der warmen Morgensonne auf dem Nacken, blieb er ein paar Augenblicke lang knien. Als er sich erhob, merkte er, wie sich hinter ihm etwas bewegte. Wahrscheinlich war Julie –

Eine irrsinnige Erschütterung ließ seinen Schädel vibrieren, sein Kopf füllte sich mit weißem Licht, das sich schnell in winzige, gelbe Punkte auf endlosem, schwarzsamtenem Feld verwandelte. Er schwebte, taumelte langsam in die Dunkelheit und hörte einen seltsamen, weit entfernten Lärm, ein unerklärliches Klappern. Er verlor den Kontakt zu seinem Verstand und kämpfte gegen die übermächtige Faszination der winzigen Lichtpunkte an, die sich jetzt sanft im Kreise drehten wie Speichenräder. Das Geräusch, folgerte er messerscharf, kam von dem Topf, der auf dem Kies klapperte. Wie absurd, wie geschmacklos, dachte er, daß er einen solch profanen, gewöhnlichen Krach machte in einem solchen Augenblick, einem so bedeutsamen Moment, einem so verheißungsvollen Stand der Dinge, einem so, so...

Er drehte sich schneller, in umgekehrter Richtung wie die Räder, zu schnell, als daß er seine interessanten Überlegungen hätte fortführen können. Dann zogen sich die Räder wieder zu Lichtpunkten zusammen, die schließlich langsam einer nach dem anderen erloschen.

16

Er lag auf der Seite, den Kopf auf der linken Schulter. Ein leiser Wind wehte, die Luft war süß und frisch. Die harten Kieselsteine drückten sich unangenehm in seine Seite. Er hatte keine Ahnung, wie lange er bewußtlos gewesen war. Sein Kopf schmerzte.

Er öffnete die Augen und schaute in das schüchterne braune Gesicht eines alten Mannes, der drei Meter von ihm entfernt hockte und ihn so ängstlich anschaute, als sei Gideon ein gestrandeter Hai, der vielleicht tot war, vielleicht aber auch nicht. Als Gideon den alten Mann ansah, zuckte der jäh zurück. Die grauen Augenbrauen schossen hoch, und der zahnlose, eingesunkene Mund fiel herunter, ein Zerrbild des Entsetzens.

In seinem benommenen, umwölkten Hirn suchte Gideon die Yahi-Worte. »*Ya'a hushol*«, sagte er, die Silben klopften wie Hammerschläge in seinem Schädel. »*Ai'nisa ma'a wagai.*«

Der alte Mann stieß einen erschreckten Laut aus, halb keuchend, halb wimmernd, zog sich schnell zurück und fuchtelte in dem erbärmlichen Versuch, den Wilden zu mimen, mit einer nicht sehr großen Steinaxt herum.

Eine Steinaxt! Trotz seines wirbelnden chaotischen Kopfes jubelte etwas in Gideon, ein winziger Homunculus-Anthropologe, der sich in einer Ecke seines Hirns verbarg: *Sie existierten. Er hatte sie gefunden.*

Gideon sah, daß der Mann verkrüppelt war, sein linkes Bein war schrecklich atrophiert und sein linker Fuß nicht mehr als ein klumpiger Stumpf, er bewegte sich seitwärts, riß den Fuß nach jedem Schritt hinter sich her. Er war nackt bis auf einen Lendenschurz mit schmalem Hirschlederlappen vorn; ein paar zerzauste Kaninchenfelle hatte er sich über die Schultern gebunden. Authentische Winterkleidung, vermerkte der Anthropologe in Gideons Innerem mit Befriedigung.

Gideon setzte sich und zuckte zusammen, so weh tat sein Kopf. Der alte Mann blieb wie versteinert stehen, machte hektische Kaubewegungen, rollte die Augen und flitzte dann auf die Bäume zu, als gelte es sein Leben.

»Warte!« rief Gideon dummerweise in Englisch, aber der alte Mann hüpfte erstaunlich behende auf dem dicken Waldboden und verschwand einen Moment später im Weidengebüsch am Rand.

Gideon erhob sich unter Schmerzen und faßte sich an den Kopf. Das Blut klebte ihm an den Fingern, aber der Knochen war heil.

»*Ya'a hushol!*« schrie er den Wald an und bemühte sich, einen freundlichen Ton anzuschlagen, aber wie zum Teufel schlug man in Yahi einen freundlichen Ton an?

»So«, sagte Julie und drückte das Pflaster mit kühlen Fingern fest. »In den Haaren hält es nicht gut, aber erst mal reicht es so. Du wirst es überleben.«

Gideon nickte geistesabwesend. Er saß auf einem Baumstamm vor dem Zelt, hatte sich von Julie brav die Wunde säubern und verbinden lassen und träumte vor sich hin.

»Gideon, fehlt dir auch wirklich nichts?«

»Mir soll was fehlen? Julie, mir geht es blendend! Menschen der Altsteinzeit! Das hätte ein Cro-Magnon sein können, der mich da angeschaut hat, oder ein Mann aus dem Moustérien ... na ja, bis auf die Rasse natürlich«, fügte er der Richtigkeit halber hinzu, »die wäre nicht mongolid gewesen. Aber mein Gott, eine Steinaxt, ein Hirschlederlendenschurz, der Körper gegen die Kälte eingefettet ...«

Sie lachte. »Jemand schleicht sich von hinten an dich ran, donnert dir eins über den Schädel, und du freust dich wie ein Schneekönig.« Sie klappte den Erste-Hilfe-Kasten zu und setzte sich rittlings auf den Baumstamm neben ihn. »Gideon«, sagte sie ernst, »warum hat er dich auf den Kopf geschlagen?«

»Ich muß zu nah an ihr Dorf gekommen sein. Vielleicht meinen sie, ich hätte sie gesehen.«

»Warum hat er dich dann aber nicht getötet? Was für einen Sinn hat es, dich nur zu schlagen und dann dort liegenzulassen, damit du deine Erlebnisse in die Welt hinausposaunst? Sie hätten dir doch nur noch mal eins über-

ziehen müssen, als du bewußtlos warst.« Das demonstrierte sie mit einem flotten, kleinen Handkantenschlag gegen die Luft. »So.«
»Mir scheint«, sagte er und fingerte übertrieben behutsam an dem Verband herum, »du hältst den Schlag auf meinen Kopf für ein Kavaliersdelikt. Also, bitte, ›überziehen‹ . . . Egal, vielleicht dachten sie, ich sei tot.«
»Das bezweifle ich. Mit allem gebührenden Respekt vor deinem Kopf, so schlimm ist die Wunde nicht, und viel geblutet hast du auch nicht. Ich glaube nicht, daß du sehr tot ausgesehen hast. Meinst du, der alte Mann hat dir eins übergezogen –«
»Julie«, brummte er, »ich wünschte, du würdest nicht immer ›überziehen‹ sagen. Es trivialisiert eine sehr schmerzhafte –«
Sie beugte sich über ihn und küßte ihn auf den Mund. »Du bist witzig. Wie ist es mit ›überbraten‹?«
Er küßte sie auch und nickte. »Einverstanden, ›überbraten‹ ist akzeptabel.«
»Gut, meinst du, der alte Mann hat dir eins übergebraten? Glaubst du, er ist zu dir hingekrochen, um sein Werk zu vollenden, wenn du wieder aufwachst?«
»Nein, das glaube ich nicht. Er war zu Tode erschrocken. Vorher hat mich bestimmt jemand anderes geschlagen. Dann kam der alte Mann und sah mich da liegen und wollte gerade mal ganz vorsichtig einen Blick riskieren. Als ich aufgewacht bin, habe ich ihn erschreckt. Wie lange war ich insgesamt weg?«
»Nicht einmal zehn Minuten, dann habe ich schon gehört, wie du die komischen Yahi-Worte geschrien hast. Also kannst du nicht sehr lange bewußtlos gewesen sein.«
»Hm«, sagte Gideon, »es kam mir viel länger vor.«
»So«, sagte Julie nach einer Weile, »was tun wir jetzt?«
»Ich suche sie –«

»Du suchst sie, nachdem sie dir eins übergebraten haben –?«

»Na ja, übergezogen. Wenn ich mit ihnen reden kann –«

»Du hast mit dem alten Mann gesprochen und nichts erreicht.«

»Er hatte zuviel Angst. Aber er hat mich verstanden, das konnte ich an seinem Blick erkennen.«

»Na gut«, sagte sie, »dann gehen wir und suchen sie –«

»*Ich* gehe und suche sie. Du gehst zurück nach North Fork, steigst ins Auto und fährst nach Lake Quinault.«

»Du würdest mich losschicken, und ich laufe ganz allein schutz- und wehrlos durch einen Wald voll nackter Männer mit Äxten und Speeren?«

»Hm, das ist ein Argument.«

Es gab noch andere Argumente: Sie kannte den Regenwald unendlich viel besser als er, wußte, wie man ihn las und sich darin zurechtfand, vier Augen sahen mehr als zwei, und sie war eine ziemlich erfahrene Spurenleserin. Hinsichtlich des letzten Punkts war er zwar noch von höflicher Skepsis erfüllt, aber alles andere sprach dafür.

Schließlich gelangten sie übereinstimmend zu der Meinung, daß sie die Yahi zusammen suchen würden. Zelt und Kochutensilien wollten sie lassen, wo sie waren, und die anderen Sachen mitnehmen. Wenn sie die Indianer nicht in ein paar Stunden trafen, würden sie kehrtmachen, damit sie North Fork vor der Dämmerung erreichten. Dann konnte John am nächsten Tag die Suche übernehmen. Julies Schlafsack nahmen sie mit für den Fall, daß sie sich verliefen und die Nacht draußen verbringen mußten.

Sie begannen dort nach den Spuren des alten Mannes zu suchen, wo Gideon ihn zuletzt gesehen hatte. Julie fand schnell ein paar undeutliche Eindrücke im Boden und verkündete, es seien menschliche Spuren aus den letzten beiden Stunden, möglicherweise von einem Menschen mit einem verkrüppelten Fuß.

»Und«, sagte sie und zeigte flußabwärts durch die dichten Bäume, »sie führen dahin. Auf geht's.«

Beeindruckt von ihrem Selbstvertrauen, aber immer noch nicht überzeugt von ihrer Sachkenntnis, folgte Gideon ihr. Eine halbe Stunde später wurden seine Zweifel allerdings restlos beseitigt. Sie waren den schwachen Abdrücken ungefähr dreißig Meter gefolgt, da kamen sie an eine große, nur von einer dünnen Lage Moos bedeckte Granitfläche, auf der sich viele feuchte Blätter gesammelt hatten. Ohne Erdreich war natürlich nichts zu sehen, das auch nur im entferntesten einem Fußabdruck ähnelte.

»Gut, Expertin«, sagte er, »was nun?«

Julie kniete sich hin, legte sich der Länge nach auf den Boden und schob sich auf den Ellbogen hin und her, um die Stelle aus verschiedenen Blickwinkeln zu untersuchen. Nach einigen Minuten stieß sie ein selbstzufriedenes »Aha« aus, stand auf und wischte sich die Blätter ab. »Er ist dahingegangen.«

Gideon untersuchte den Boden. Er sah nichts. »Also, woran merkst du das denn?«

»An den Blättern. Die Unterseiten abgefallener Blätter werden zuerst gelb, und wenn man darauf tritt, rollen sie sich meistens ein. Wenn du dich dicht auf den Boden legst und die eingerollten Blätter schräg anschaust, stechen manchmal die gelben Ecken hervor. Anhand der Anzahl dieser Blätter kriegst du eine Ahnung, wie alt die Spur ist.«

»Ich bin zutiefst beeindruckt, ehrlich«, sagte Gideon. »Du kennst dein Metier.«

»Natürlich kenne ich es. Habe ich das nicht schon immer behauptet?« Er sah, daß sie hocherfreut war.

In den nächsten Stunden verwandelte er sich in einen aufmerksamen, respektvollen Lernenden und erfuhr, daß

Zweige, auf die menschliche Wesen treten, normalerweise zersplittern, während Zweige, auf die Elche oder Hirsche mit scharfen Hufen treten, glatt durchbrechen; daß das abgebrochene Ende eines Zweiges zunächst, kurz nach dem Abbrechen, hell ist und mit der Zeit dunkler wird; daß Gras, auf das man tritt, eine bis sechs Stunden braucht, um sich wieder aufzurichten; daß ein Spinnennetz je nach Spinne in sechs bis acht Stunden neu gewebt ist.

Der Pfad wand und schlängelte sich, manchmal um sich selbst. Zweimal mußten sie auf dem Bauch unter Massen nur sechzig Zentimeter hohen Schwertfarns herkriechen. Der alte Mann hatte sich wirklich wie ein echter Yahi bewegt. Und sehr gelenkig obendrein, wenn man sein Alter und seine Behinderung bedachte.

Um kurz vor eins fanden sie, was sie suchten. Sie waren den Spuren am Fuß eines Felsenriffs entlang gefolgt, und als sie zwischen zwei großen Felsblöcken hindurchgingen, lag es da! Unten an der Felswand waren sehr viele Steine herausgebrochen, so daß eine Höhle von ungefähr vierundzwanzig Metern Länge und neun Metern Höhe entstanden war – eine nicht sehr tiefe, überdachte Höhle mit ebenem Boden. Im Kalksteingebiet der Dordogne hieß eine solche Höhle *Abri*, und jedem Anthropologen, der ihrer ansichtig geworden wäre, hätte es in den Fingern gejuckt, sich eine Schaufel zu schnappen und nach Cro-Magnon-Überresten zu suchen.

Aber kein Anthropologe hätte sie gefunden, höchstens durch einen äußerst glücklichen Zufall. Der herausgebrochene Fels, ein kolossaler, halbrunder Monolith, lag vor der Höhle, die er geschaffen hatte, versperrte die Sicht darauf und erlaubte nur an einer Stelle Zutritt – dort, wo er weit genug abgesplittert war, daß eine Person durchgehen konnte.

Der Ort war perfekt für ein Yahi-Dorf, und dort lag es

auch. Am anderen Ende der Öffnung, auf drei Seiten von Felswänden umgeben, lagen zwei kuppelförmige Hütten wie die am Pyrites Creek, aber da es sich hier um das Winterquartier handelte, waren sie mit Fellen statt Reisig gedeckt. Vor ihnen befand sich eine mit Zedernrinde abgeschirmte Feuermulde, und um das Feuer saßen vier Indianer ruhig vertieft in einfache häusliche Tätigkeiten. Auch der Mann, den Gideon an der Kiesbank erschreckt hatte – beziehungsweise der ihn erschreckt hatte.

Die Szene war tatsächlich sehr häuslich. Es war, als betrachte man ein Diorama in einem Museum: Alltagsleben in der Altsteinzeit. Gideon erkannte auf Anhieb, womit die vier beschäftigt waren, obwohl er bisher nur in alten ethnographischen Filmen gesehen hatte, wie diese Tätigkeiten ausgeführt wurden. Der alte Mann, den er schon kannte, band die beiden Zinken einer Harpune mit Sehne an einen Schaft. Ein noch älterer Mann erhitzte Holzschäfte an einem heißen Stein aus dem Feuer und drückte mit dem Daumen Unebenheiten heraus. Ein dritter rührte etwas in einem großen Topf oder einem Korb und flocht Gräser zu Seil, indem er sie mit der flachen Hand auf dem Oberschenkel rollte. Bei den alten Yahi war das Frauenarbeit gewesen. Der vierte Mann beugte sich über einen Stein in seiner Hand und zersplitterte ihn durch Druck mit einem Stück Geweih.

»Gideon«, flüsterte Julie, »sie sind so alt.«

Wohl wahr; der jüngste schien Mitte sechzig zu sein.

»Sie sehen nicht wie Mörder aus«, sagte Julie. »Sie sehen so ... friedlich aus. Es gibt bestimmt noch mehr, meinst du nicht? Jüngere.«

»Vielleicht, aber nicht viele. Anscheinend gibt es nur zwei Hütten.«

Die Frage wurde durch eine Bewegung links über ihnen beantwortet. Ein fünfter Indianer erhob sich langsam aus seiner sitzenden Position in einer Spalte in dem großen Felsbrocken vor der Höhle und schaute mit einem Ausdruck auf sie herab, der alles andere als friedlich war. Gideon spürte die Feindseligkeit förmlich, die er ausstrahlte.

Wie die alten Leute trug er einen Lendenschurz, aber seine Schultern waren nicht von einem zerlumpten Umhang bedeckt, sondern nackt. Auch er glänzte vor Fett, sein kurzes Haar war verklebt. Doch da hörte die Ähnlichkeit auf. Dieser Mann war schlank und geschmeidig, dreißig oder jünger, und sah aus wie aus dunklem Marmor gehauen. Wie ein barbarischer David von Michelangelo stand er mit vorgeschobenen Hüften entspannt und überaus selbstbewußt und arrogant da, eine sehnige Hand hing locker geballt an der Seite. Die andere in Schulterhöhe hielt aber statt einer Schleuder beinahe lässig einen langen Speer mit Knochenspitze.

17

Der Indianer rief etwas mit lauter, näselnder Stimme, und die klapprigen alten Leute standen rasch auf, sahen die beiden Fremden und sperrten Mund und Nase auf.

Julies eiskalte Finger krochen in Gideons Hand. »Nur Mut«, sagte er so ruhig, daß er selbst überrascht war. »Deshalb sind wir doch hier. Und er zielt nicht mit dem Ding auf uns.«

Julie überraschte ihn auch. »Wenigstens hat er kein Atlatl«, sagte sie munter, aber ihre Stimme war kaum zu hören.

»Du bleibst hier.« Er drückte ihre Finger, ließ ihre Hand los und ging einen Schritt vor.

»*Ya'a hushol*«, sagte er laut und verlegen, weil er es so gekünstelt fand.

»*Ya'a hushol*«, antwortete der Indianer auf dem Felsen – der erste echte Beweis, daß Gideon mit ihnen kommunizieren konnte. Aber die Stimme triefte vor Spott.

Gideon ging vorsichtig auf ihn zu. »*Ai'nisa ma'a wagai*«, sagte er. »Ich bin ein Freund.« Erst jetzt bemerkte er, daß der Indianer eine Steinaxt im Gürtel seines Lendenschurzes stecken hatte. War er es, der ihm beinahe den Schädel eingeschlagen hatte? Instinktiv stahlen sich Gideons Finger zu dem Verband auf seinem Kopf.

Mit ausdrucksloser Miene beobachtete der Indianer, wie Gideon näher auf ihn zukam. Wenn überhaupt etwas, dann lag ein Anflug von Verachtung in den intelligenten schwarzen Augen. Als Gideon nur noch drei Meter von ihm entfernt stand, spannte er die nackten Schultern an, stellte sich breitbeiniger hin und umfaßte den Speer fester.

Gideon blieb stehen und lächelte. »Ich komme in Frieden«, sagte er in Yahi.

Der Indianer antwortete mit einem Kräuseln der Oberlippe. Der Mann war größer, als Gideon gedacht hatte, gewaltige Muskeln, schlank nur an Hüften und Beinen. Sein Gesicht hätte besser zu einem edlen Maya gepaßt als zu einem einfachen Yahi. Solche Gesichter hatte Gideon eingemeißelt in die Ruinenmauern von Tikal und Palenque gesehen: eine kräftige, gebogene Nase mit hohem Rücken, fein geschnittene, mandelförmige Augen, wunderschöne, üppige Lippen. Das alles in einem ovalen, flachen Gesicht mit leeren Flächen und Ecken, so daß der Gesamteffekt merkwürdig verstörend war, als luge ein verführerischer, anmutiger Jugendlicher durch die Augenschlitze einer steinernen, brutal maskulinen Maske.

»Ich komme in Frieden«, sagte Gideon noch einmal.

Die sinnlichen Augen hinter den Schlitzen fuhren fort, ihn mit Muße zu inspizieren. Die wohlgeformte Oberlippe kräuselte sich erneut. In Gideons Welt wäre das der pure Hohn gewesen.

Gideon merkte, wie eine heftige Abneigung in ihm zu köcheln begann. So geht's aber nicht, ermahnte er sich. Er dachte nicht wie ein Anthropologe. Was wußte er schließlich über die Feinheiten der Körperhaltung der Yahi oder ihres Tons? Nichts. Der hochmütige Blick, die arrogante Pose waren Projektionen aus Gideons eigener ethnozentrischer Sichtweise. Woher wollte er wissen, was sie in der Yahi-Kultur bedeuteten?

»Unsinn«, murmelte er in sich hinein – der Mensch, das fehlbare menschliche Wesen sprach mit dem trockenen Wissenschaftler. »Ich weiß doch, wann ich mißtrauisch sein muß.«

Der Indianer auf dem Felsen wurde auf einmal gesprächig. Gideon konnte nicht allem folgen, was er sagte, aber es schien eine Art Willkommensrede zu sein. Mehr als einmal hörte er »Freunde« und »Frieden«. Als der Indianer zu Ende geredet hatte, sprang er aus beträchtlicher Höhe leichtfüßig vom Felsen und gesellte sich zu den anderen. Er bewegte sich, wie Gideon vermutet hatte, mit lässiger, sicherer Eleganz. Wie ein Filmindianer, dachte Gideon unwillkürlich. Die anderen verhielten sich weniger filmreif. Sie kauerten in einem jämmerlichen Haufen beieinander, dicht an dicht mit eingezogenen Schultern, Ellbogen an Ellbogen. Sie zitterten furchtsam.

Der Jüngere schrie etwas, gestikulierte mit dem Speer und drängte Gideon und Julie offenbar, näher zu kommen.

Als sie zögerten, verzog er die vollen Lippen – das war nun garantiert ein höhnisches Grinsen, da ging Gideon jede Wette ein. Dann schleuderte der Indianer den Speer demonstrativ zu Boden und streckte ihnen seine offenen, leeren Hände entgegen. Die Axt in seinem Gürtel blieb, wo sie war.

Was Gideon keineswegs beruhigte, aber er war gekommen, um sie kennenzulernen, und kennenlernen würde er sie nun.

»Bleib du hier«, sagte er zu Julie. »Schau, wie es bei mir läuft.«

»Kommt gar nicht in Frage«, sagte sie, trat aus den Felsen hervor und stellte sich neben ihn.

»Jetzt hör mal zu –«

»Gideon, wir wollen ihnen doch keine Szene hinlegen, oder?« Sie nahm seine Hand. Ihre Finger waren nicht mehr so kalt wie vorher.

»Gut«, sagte er lächelnd. »Es geht sowieso alles klar.«

»Natürlich. Aber behalt den großen Häuptling im Auge.«

»Keine Bange, das werde ich. Gehen wir.« Noch ein Händedruck von ihr, und vorsichtig gingen sie weiter. Gideon nutzte die Gelegenheit, um die vier älteren Yahi in Augenschein zu nehmen. Der patriarchalisch wirkende Älteste, der die Schäfte geglättet hatte, besaß ein Habichtsgesicht mit wilden Augen, als sei er der Stammesälteste, aber sein Rückgrat war von Krankheit oder Verletzung so verzogen, daß sein Rumpf wie ein knorriger alter Baumstamm aussah, plump und asymmetrisch, als sei er verwachsen.

Das große, freundliche Gesicht des Mannes, der den Stein zersplittert hatte, war, vermutlich von Pocken, arg vernarbt, und seine eingedrückte, windschiefe Nase saß wie eine Kartoffel darin. Seine Augen waren sehr groß und sehr sanft. Mit ungefähr fünfundsechzig war er der jüngste und größte und hatte eine massige, breite Brust, die einmal mit mächtigen Muskeln bepackt gewesen sein mußte.

Die dritte, bemerkte Gideon erst jetzt, war eine alte Frau mit spärlichem Haar, so kurz wie das der Männer geschnitten, und flachen Brüsten, die wie zerknitterte, leere Papiertüten aussahen. Sie trug auch fast dasselbe wie die Männer: Ihr Rock war ein wenig länger als deren Lendenschurze, und ihr Umhang bestand aus Federn, nicht aus Fellen. Sie hielt die Schnur, an der sie gearbeitet hatte, noch in der Hand, und Gideons innerer Anthropologe registrierte mit Genugtuung, daß bei den Yahi Frauenarbeit doch noch von den Frauen verrichtet wurde. Sie hatte den Kopf geneigt, als höre sie aufmerksam etwas zu, und starrte fortwährend zur Seite. Sie war blind.

Der andere alte Mann wirkte nicht weniger ängstlich als an der Kiesbank. Und genauso, wie er dort kümmerliche Drohgebärden mit der Axt gemacht hatte, gestikulierte er jetzt immer mal wieder kläglich mit der zweizinkigen Holzharpune, die er zusammengebunden hatte.

Bei jedem Schritt der beiden Eindringlinge drängten sich die vier alten Leute dichter zusammen, als erwüchse ihnen aus der Nähe der anderen Kraft. Als Gideon und Julie nur noch drei Meter von ihnen entfernt standen, konnte der Älteste es nicht länger ertragen und sprach nervös mit dem jungen Indianer. Die anderen fielen sofort ein, alle vier flüsterten und schnatterten aufgeregt durcheinander. Der Junge fuhr sie mit ein paar knappen Worten an, sie verstummten und schauten, wie Gideon fand, reichlich belämmert drein.

Er hatte genug von den Worten und der Körpersprache mitgekriegt, um ihr Gespräch zu verstehen. Die Alten hatten Angst und wollten sofort wegrennen, während der Junge ihnen überraschenderweise erklärt hatte, das sei unhöflich, gar nicht daran zu denken, *kuu Yahi* – nicht die Art der Yahi. Gäste waren mit Respekt zu behandeln. Gideon überlegte unwillkürlich, inwieweit Eckert und die anderen mit Respekt behandelt worden waren, aber er verbannte diese Gedanken schnell aus seinem Kopf. Es war, entschied er, an der Zeit für seinen großen Auftritt, die einzige vollständige, formal korrekte Rede, die er in Yahi hatte auswendig lernen können.

»Euch zu Ehren bringe ich Geschenke«, sagte er. »Ich entschuldige mich dafür, daß sie armselig und wertlos und nicht mit euren Besitztümern zu vergleichen sind, aber ich bitte euch, sie anzunehmen.«

Er hielt seine kleine Ansprache mit, wie er hoffte, angemessen bombastischen Gesten, aber während er sprach, sank ihm doch der Mut. Eine Gummischildkröte zu ihren Ehren?

Die vier älteren Indianer, die immer noch zusammenhockten, zeigten zum erstenmal, daß sie ihn verstanden. Sie tauschten schnelle Blicke, und der Mann mit dem großen, sanften, pockennarbigen Gesicht schaute ihm einen Moment lang in die Augen, bevor er den Blick wieder zu Boden schlug.

Selbst der junge Indianer schien ein wenig verblüfft zu sein. Er verzog die Lippen zur Abwechslung einmal nicht mehr und sah Gideon in die Augen, diesmal sogar ohne Überheblichkeit. »Nein«, sagte er. »Zuerst essen wir. Dann Geschenke.« Er verhielt sich überaus höflich – wieder auf die Art der Yahi – und sprach sehr langsam und einfach, offenbar, damit Gideon ihn verstand.

»Was ist los?« fragte Julie. »Gibt's Probleme?«

»Nur, wenn das Essen schlecht ist. Wir sind gerade zum Abendessen eingeladen worden.«

Das Essen war zunächst mitnichten schlecht. Die Frau deckte einen Erdofen auf – ein Loch im Boden, das mit Steinen ausgelegt und mit feuchten Zweigen bedeckt war –, die alten Männer halfen ihr dabei, und heraus kam ein Schwall würzigen Dampfes. Mit einem grünen Stock, der an einem Ende zu einer Schlaufe gebunden war, holte sie vier Fische aus dem Loch. Die tischte sie Gideon und Julie in einem abgenutzten, wie eine ovale Servierplatte geformten Korb auf. Wortlos und sehr unzeremoniell knallte sie ihnen das Essen hin wie eine müde Serviererin um Mitternacht am Tresen eines Diners.

Der junge Indianer warf sich plötzlich auf den Boden, stützte sich auf einen Ellbogen und beobachtete sie. Sein Speer war in bequemer Reichweite. Die anderen folgten seinem Beispiel, bückten sich und umklammerten ihre knochigen Knie mit spindeldürren Armen. Ihre Gesichter waren teilnahmslos.

Gideon und Julie setzten sich auf die Erde, Gideon langte nach einem Fisch.

»Gideon«, sagte Julie. »Du ißt doch nicht etwa? Sie geben uns ihr Abendessen.«

»Natürlich esse ich«, sagte er, nahm den Fisch, schob mit den Fingern die Haut beiseite und biß in das zarte weiße Rückenfleisch. »Iß bitte auch, Julie. Wenn du nicht ißt, heißt das, es ist dir nicht gut genug oder daß sie nicht genug für sich und uns beide haben.«

»Na, haben sie doch auch nicht.«

»Es wäre aber unhöflich, wenn du zeigst, daß du das weißt. Sie verhalten sich sehr wohlerzogen, und da sollten wir es auch tun. Immerhin wissen wir, daß drei Menschen umgebracht worden sind, weil sie sich nicht verhalten haben, wie es sich geziemte. Jetzt sei still und iß.«

Die Indianer beobachteten sie schweigend. Auch als Julie und Gideon miteinander sprachen, erweckte es nicht das geringste Interesse. Die Yahi schienen es nicht zur Kenntnis zu nehmen. Als seien Gideon und Julie zwei Hunde, die sich etwas zumurmelten.

Gideon hielt seinen Fisch hoch und lächelte die Indianer an. »Gut!« sagte er in Yahi, kaute und lächelte. Keine Reaktion.

»Gideon«, sagte Julie und langte unentschlossen nach einem Fisch, »glaubst du wirklich, diese Leute sind Mörder? Sie haben mehr Angst vor uns als wir vor ihnen. Außer ihm.« Sie deutete mit dem Kopf auf den sich zurücklehnenden Großen Häuptling, der gelangweilt wirkte und ungeduldig, weil er den *saltu* beim Essen zusehen mußte. »Man sieht den Haß ja praktisch aus ihm herausströmen.«

Gideon nickte. »Ja, die anderen sehen nicht gerade blutrünstig aus. Ich glaube, solange wir mit Großem Häuptling nicht allein sind, kann uns nichts passieren.«

Julie riß ein winziges Stück Fisch los, steckte es sich in den Mund und leckte sich die Finger ab. »Selbst wenn wir allein mit ihm wären, würde ich mir keine allzu heftigen Sorgen machen. Ich glaube nicht, daß du große Probleme mit ihm hättest. Nur laß *mich* nicht mit ihm allein.«

Da saß der erlauchte Herr Professor, erlebte als Anthropologe ein Jahrhundertereignis und strahlte ebenso und aus haargenau demselben Grund wie damals, als er dreizehn war und Ruthie Nettle zu ihm sagte, sie wette, er könne Meat Baumhoff, den Fleischkloß, verprügeln. Er nahm noch eine Forelle, biß hinein und winkte Großem Häuptling mutig damit zu. »Guter Fisch!«

»Kannst du nicht mit ihnen reden?« fragte Julie nervös. »Es ist schrecklich ungemütlich, hier zu sitzen, und sie starren uns nur an.«

»Dir ist wahrscheinlich gar nicht klar, wie wenig Yahi ich spreche. Mehr als Ich-Lone-Ranger-Du-Tonto ist nicht drin.«

»Gut, aber wäre es nicht höflich, sie zu fragen, wie sie heißen? Und ihnen zu sagen, wie wir heißen?«

»Nein, das ist unhöflich. Und sie würden es sowieso nicht sagen. Kein Weißer hat je den Namen eines Yahi herausbekommen.«

»Und Ishi?«

»Das war nicht sein Name«, sagte Gideon. »Ishi ist ein Spitzname. Kroeber hat ihn so genannt. Es bedeutet ›Mann‹ in Yahi.« Er saugte die letzten Fleischfetzen von den Gräten, sorgsam darauf bedacht, daß er seine Anerkennung möglichst geräuschvoll ausdrückte, und nahm noch einen Fisch. Die Indianer beobachteten ihn teilnahmslos. »Der Zweck eines Namens besteht für sie nicht darin, jemandem ein Etikett zu verpassen, sondern einen toten Vorfahren gnädig zu stimmen, er ist eine magische Kraftquelle –«

Zu seiner Überraschung brach Julie in Lachen aus. »Hier sitzen wir mitten in einer Szene aus *König Salomons Diamanten*, und du gibst einen wunderbaren, knochentrockenen Vortrag aus *Einführung in primitive Verwandtschaftssysteme* zum besten.«

Um ihr zu zeigen, daß er keineswegs knochentrocken war, schlug er vor, daß sie den Yahi Spitznamen gäben, zum Beispiel Scheuer Büffel für den sanften Mann mit dem schweren Körper und den freundlichen Augen und Erschreckte Maus für den kleinen Zittrigen von der Kiesbank. Der Junge war natürlich Großer Häuptling. Julie steuerte Grauer Spatz für die alte Frau bei und Adlerauge für den alten Patriarchen.

Als sie den Fisch aufgegessen hatten, tastete Grauer Spatz nach dem Korb, mit dem sie vorher beschäftigt gewesen war, einem dichtgewebten, wasserundurchlässigen Kochkorb mit dem Yahi-Treppenmuster, und rührte darin.

»Der nächste Gang, glaube ich«, sagte Gideon. »Hast du schon mal Eichelmus gegessen?«

»Nein. Bekomme ich das jetzt etwa?«

»Ja«, sagte er und verzog das Gesicht. »Ein ganz besonderer Leckerbissen.«

Alle paar Augenblicke hob Grauer Spatz mit zwei Stöcken geschickt einen erhitzten, runden Stein aus dem Feuer, tauchte ihn rasch in einen kleinen Topf mit Wasser, um die Asche abzuwaschen, und ließ ihn in den Korb fallen. Mit einem Stock rollte sie den Stein in dem Korb herum, damit der nicht verbrannte, und in kürzester Zeit kochte das Eichelmus. Sie nahm die Steine heraus und setzte Gideon und Julie den großen Korb vor.

Dieser Gang wurde gemeinsam eingenommen. Zuerst schlenderte Großer Häuptling herbei und setzte sich neben den Korb. Ohne auf die anderen zu warten, tauchte er zwei Finger hinein und leckte den gelblich-weißen Brei ab. Mit einer brüsken Geste mit eben der Hand bedeutete er Gideon und Julie, es ihm gleichzutun. Sie gehorchten, Julie zögerte nur einen kurzen Augenblick. Eine Kopfbewegung nach hinten und ein paar harsche Worte brachten die anderen Indianer zu dem Korb wie eine scheue Rehfamilie, die bei der ersten falschen Bewegung der *saltu* die Flucht ergreifen würde.

Das fade, ölige Eichelmus wurde fast schweigend verzehrt, Gideon und Julie aßen wenig. Gideon unternahm ein paar freundliche Annäherungsversuche, aber die Yahi schauten ihn nicht einmal an, geschweige denn, reagierten darauf.

Als der Korb leer war, kam eine weitere Platte Fisch und Wurzelgemüse aus dem Ofen. Sie wurde Julie und Gideon zwar höflich, aber gleichgültig angeboten, doch sie lehnten ab.

»Zuviel«, sagte Gideon in Yahi, klopfte sich auf den Bauch und lächelte. »Gut.«

Die Indianer stopften sich das Essen in den Mund, ließen freilich die Fremden nicht aus den Augen.

»Na, hast du jetzt ein besseres Gefühl?« fragte Gideon. »Sieht aus, als hätten sie reichlich.«

»Viel besser«, sagte Julie.

Nach dem Essen krochen die alten Indianer wieder weg und betrachteten sie aus der Distanz, aber jetzt lag ein naiver, beinahe bezaubernder Hauch von Erwartung auf ihren Gesichtern. Sie hatten die Geschenke nicht vergessen. Gideon öffnete seinen Rucksack und schaute die Mitbringsel durch. Wenn sie noch nie einen Spiegel gesehen hatten, war die Gelegenheit nun günstig, ihnen einen zu zeigen.

»Dann wolln wir mal«, sagte er zu Julie. »Wenn ich mich nicht gänzlich irre, ist Großer Häuptling der Typ, für den sein eigenes Gesicht das Faszinierendste auf Erden ist.«

Lächelnd hielt er ihm einen der Taschenspiegel hin und drehte ihn so, daß der Indianer sein Spiegelbild sehen konnte, wenn er hinschaute. Er schaute aber nicht hin. Er schloß die Augen und drehte den Kopf weg wie ein ungezogenes Kind, das den Löffel Brei ablehnt. Als Gideon nicht lockerließ, schoß der nackte Arm mit einer ungeduldigen, weitausholendenden Bewegung vor und schickte den kleinen Spiegel zu Boden, wo er auf einen Stein fiel und zerbrach. Die alten Indianer beobachteten es reserviert und mit leeren Gesichtern.

Gideon atmete einmal durch. »Kein rauschender Erfolg«, sagte er zu Julie. »Hoffen wir, daß sie den anderen Sachen etwas abgewinnen können.«

Er nahm die vier Kugellagerhalsketten aus dem Rucksack und ließ sie an seiner Hand baumeln. Großer Häuptling sah mit eisiger Verachtung zu, aber die anderen verrenkten sich die Hälse. Allerdings aus wohlüberlegter Distanz. Gideon ging langsam auf sie zu, nicht ohne einen weiten Bogen um Großer Häuptling zu machen, streckte ihnen die Ketten entgegen und brummte ein paar, wie er hoffte, beschwichtigende Laute.

Die Indianer waren zwischen ihrer Neugierde und dem Wunsch wegzurennen, sichtlich hin- und hergerissen, aber sie hielten tapfer die Stellung. Schließlich streckte Scheuer Büffel vorsichtig die Hand aus. Gideon ließ die Kette rasch über seinen Kopf gleiten, so daß sie wie ein glänzendes, blank poliertes Halsband auf dem dunklen rauhen Fell seines Umhangs lag. Erschrecktes Schweigen, und Gideon überlegte schon, ob er eine hochheilige Yahi-Norm verletzt hatte. Aber dann breitete sich langsam ein Grinsen auf dem Gesicht Scheuen Büffels aus, und seine Finger fuhren über die glatten, schweren Stahlkugeln.

Gideon hielt auch den anderen die Ketten hin, als locke er Tauben mit Brotkrumen. Als sie kamen, gab er jedem eine, und sie legten sie sich um den Hals und murmelten miteinander, weil sie so überrascht von dem Gewicht der Kugellager waren. Sie tauten auf – außer Großem Häuptling, der schweigend im Abseits grollte.

»Woher wußtest du, daß du vier mitbringen mußtest?« fragte Julie.

»Pures Glück. Hoffentlich hält es an.«

Die Vorhänge erzielten den größten Erfolg, aber anders, als erwartet. Als Gideon das Paket aufriß, folgte ein verblüfftes Gegrummel, und vier Paar Hände langten nicht nach dem leuchtenden Stoff, sondern der durchsichtigen Plastikverpackung. Die Indianer hielten sie sich vor die Augen, drückten sie sich an die Gesichter, zerknautschten sie und glätteten sie wieder. Die Vorhänge selbst wurden höflich betastet und dann ignoriert.

In fast zwei Stunden hatte keiner der alten Yahi direkt mit dem *saltu* gesprochen, aber als Gideon die unerwünschten Vorhänge in der Hand hielt und wie ein geprügelter Hund dreinschaute, brachen alle Dämme. Urplötzlich begann Adlerauge auf Gideon einzureden. Gideon war aufgeregt, weil endlich eine verbale Verständigung möglich zu sein schien, aber so sehr er sich auch bemühte, er begriff kein Wort.

»Ich verstehe nichts«, sagte er kläglich. »*Ulisi.*«

Adlerauge zeigte auf den Stoff und wiederholte, was er gesagt hatte. Diesmal schrie er Gideon direkt ins Ohr.

»Ich verstehe es nicht«, wiederholte Gideon mit einer hilflosen Geste.

Die Indianer schauten einander an und flüsterten ungläubig. Was sie meinten, war klar: Ist es denn möglich, daß ein menschliches Wesen unsere Sprache nicht versteht? Nein, so was!

Grauer Spatz probierte auch einmal, Gideon ins Ohr zu schreien, aber Scheuer Büffel löste das Problem, indem er auf den Vorhang spuckte, Gideons Hand nahm, über den nassen Fleck rieb und wie wild gestikulierte: Wozu ist ein Stoff nütze, wenn er naß wird?

Im Regenwald war das ein überzeugendes Argument.

»Ah, ich verstehe«, sagte Gideon in Yahi.

»Ah, ich verstehe«, wiederholten sie entzückt und äfften Gideons wunderlichen Akzent nach, aber ohne Häme. Sie lachten gutmütig, und Gideon lachte mit, weil er merkte, daß das Eis endlich gebrochen war.

Als er Squeekie, die Schildkröte, aus dem Rucksack fischte, gab es noch mehr Gelächter, das lauter wurde, als er sie zusammendrückte und sie leise quäkte.

Auf einmal entstand neben ihm eine heftige, abrupte Bewegung, ein muskulöser Arm sauste hernieder, und das Spielzeug fiel zur Erde. Gideon sprang äußerst erschrocken zurück; er hatte Großen Häuptling beinahe vergessen. Der junge Indianer starrte ihn zornig an, kampfbereit umfaßte er den Griff der Axt in seinem Gürtel. In der plötzlichen Stille wichen die alten Yahi langsam zurück.

Gideon langte hinter sich und schob Julie sanft weg. Er wußte nicht, warum Großer Häuptling so erbost war, aber wenn er auch nur die geringsten Anstalten machte, die Axt aus dem Gürtel zu ziehen, würde er ihn anspringen, sich mit der linken Hand die Axt schnappen und mit dem rechten Unterarm dem Yahi gegen die Kehle schlagen. Er konzentrierte seinen Blick auf den vorstehenden Adamsapfel an dem muskulösen Hals, sein Körper spannte sich an. Das war sicher sehr unprofessionell für einen Anthropologen, aber die Axt hatte ihn schon einmal beinahe getötet, ein zweitesmal würde er es nicht zulassen. Großer Häuptling schien seine Absichten zu erraten. Er ließ die Hand lässig fallen, wie ein Revolverheld aus dem Alten Westen, dessen Herausforderung pariert worden ist. Sein verhangener, feindseliger Blick änderte sich deutlich von angriffsbereit zu verächtlich. Die vollen, nun blassen Lippen verzogen sich wieder spöttisch.

Die unerhörte Spannung in der Luft ließ nach. Gideon fing wieder an zu atmen und hörte auch Julie hinter sich tief aufatmen. Die vier älteren Yahi, die erneut zu dem dichten, kleinen Haufen zusammengeschrumpft waren, lösten sich ein wenig voneinander. Gideon wußte, daß er etwas erreicht hatte, wenn auch nicht genau, was, und der Zeitpunkt schien gerade recht, um das Erreichte zu konsolidieren. Mit festem Blick auf Großen Häuptling, der ihn, ohne sich zu regen, beobachtete, bückte Gideon sich, nahm das Gummispielzeug und ging schnell zu den kauernden Indianern. Als er die Schildkröte hatte quietschen lassen, war ihm nämlich aufgefallen, wie sich die Miene von Grauer Spatz aufgehellt hatte. Jetzt drückte er das Viech wieder zusammen, legte es ihr in die Hand und schloß ihre Finger darum herum, damit die Schildkröte ihre Piepser von sich gab.

»Squeekie«, sagte Gideon und ermunterte Grauen Spatz noch einmal, damit zu spielen. Sie versuchte es selbst, und das abgehärmte, blinde alte Gesicht strahlte vor Vergnügen. »Kwiki!« krächzte sie. »Kwiki!« Sie drückte immer weiter, hielt sie sich ans Ohr und lachte lauthals los, wobei sie graues Zahnfleisch und an jeder Seite einen braunen Backenzahnstummel entblößte. Gideon lachte mit, und bald lachten alle. Erstaunlicherweise rang sich selbst Großer Häuptling ein Lächeln ab, und einen Augenblick lang leuchtete in seinen Katzenaugen sogar so etwas wie Wärme auf.

Erfreut über den Gang der Ereignisse präsentierte Gideon das Feuerzeug. Wie erwartet, rief es aufgeregtes Nach-Luft-Schnappen hervor, als er am Rand des Feuers ein paar Zweige damit anzündete. Nur zwei der Yahi konnte er überreden, es auszuprobieren, aber weder Adlerauge noch Scheuer Büffel brachten es zum Funktionieren. Ihre Finger hantierten zu ungeschickt mit dem fremden Gegenstand. Trotz Gideons geduldiger Anleitung hielten sie es verkehrt herum oder in beiden Händen oder ließen es fallen. Nach wenigen Minuten waren beide frustriert und schmollten, und Gideon hielt es für das beste, das Feuerzeug in seine Jackentasche zu stekken.

Das war nun allerdings eine Sensation. Taschen waren allem Anschein nach genauso interessant wie durchsichtige Plastikverpackungen. Gideon mußte das Feuerzeug ein dutzendmal aus der Tasche nehmen und wieder hineinstecken, und schon bald probierten Adlerauge, Scheuer Büffel und Grauer Spatz es auch aus. Erschreckte Maus verharrte wie üblich nervös im Hintergrund, und Großer Häuptling drohte zwar seit der Angelegenheit mit der Schildkröte weder mit Worten noch Gebärden, strafte aber diese *saltu*-Effekthascherei mit Verachtung. Über solche Dinge war er haushoch erhaben.

Im großen und ganzen hatten sich die Geschenke als Erfolg erwiesen. Die Yahi umringten Gideon und berührten ihn sogar, ohne Angst zu haben. Gideon dachte, nun sei es an der Zeit, zur Sache zu kommen.

»Häuptling«, sagte er und benutzte den Titel, um Großer Häuptling anzusprechen. »Wir reden jetzt.«

Großer Häuptling deutete mit dem Kinn auf Scheuen Büffel. »Er ist der Häuptling«, sagte er zu Gideons Überraschung.

Scheuer Büffel lächelte schüchtern. »Ja, ich bin der Häuptling.« Er sprach stockend und langsam, und Gideon verstand den Sinn, was mehr war, als er von den kehligen, flinken Lauten der anderen älteren Yahi zu behaupten vermochte. Bevor sie reden konnten, sagte Scheuer Büffel, müßten die *saltu* auch Geschenke erhalten. Er machte ihnen Zeichen, ihm zu folgen, drehte sich um und ging langsam auf die größere der beiden Hütten zu.

Sie hatte einen Durchmesser von ungefähr drei Meter fünfzig, war größer als die am Pyrites Creek und so hoch, daß man aufrecht darin stehen konnte, ansonsten glich sie den anderen: runde Wände aus Reisig, das über einem Gerüst aus den Stämmen von Scoulersweiden befestigt war, schwarz vom Qualm und schmierig von den Feuern vieler Winter. Die süßlichen, durchdringenden Gerüche nach Rauch, menschlichen Wesen und nicht allzu penibel konserviertem Fleisch waren stark, aber alles in allem war es ganz nett darin. Am niedrigen Eingang stand ein Stapel halbfertiger und fertiger Körbe, manche mit dem Yahi-Treppenmuster, manche ohne Muster. Kochkörbe, Körbe zum Sieben und Tragekörbe mit Durchbruchgewebe, bestimmt alles die Handarbeit von Grauem Spatz.

An der Wand befanden sich weitere große Vorratskörbe mit Deckel. In den offenen sah man reiche Vorräte getrockneten, fast schwarzen Fleisches, in Streifen geschnitten, ganze getrocknete Fische und Samen und Wurzeln, die Gideon nicht kannte.

»Jetzt brauche ich mir ja keine Sorgen mehr zu machen, daß sie Hunger leiden«, sagte Julie. »Allein hier steht ja schon soviel, daß sie drei Monate davon leben können.« Um die Feuermulde voll Asche in der Mitte lagen zerwühlte, behagliche Decken aus aneinandergenähten braunen Kaninchenfellen. Weitere Gegenstände waren über den Boden verstreut: eine Auflage für einen Feuerbohrer, der Bohrer steckte in dem Loch, ein vergammelter, mit Gras gefüllter Hirschkopf – vermutlich ein Köder zum Jagen –, zwei Steinhämmer, ein paar Speere und Harpunen an der Wand, Steinmesser, Krummäxte mit kurzem Stiel, ein paar noch nicht fertige Holzgriffe mit Einkerbungen. Und ein Atlatl.

»Nicht gerade tipp-topp«, sagte Julie. »Ich wette, Grauer Spatz wohnt hier nicht. Sieht aus wie eine Junggesellenbude.«

»Da wirst du recht haben«, sagte Gideon, »aber so schlimm ist es auch wieder nicht, es sieht bewohnt aus. An einem regnerischen Tag ist es hier am Feuer sicher gemütlich. Ich kann mir Schlimmeres vorstellen, als an einem kalten, trüben Tag am Feuer auf Kaninchenfellteppichen zu liegen und trockenen Fisch zu mümmeln.«

Mit Gesten und Worten gab ihnen Scheuer Büffel zu verstehen, daß sie sich aus den Besitztümern der Yahi aussuchen könnten, was sie wollten.

»Ich gehe davon aus, daß wir aus Höflichkeit etwas nehmen müssen?« fragte Julie hoffnungsfroh.

»Selbstverständlich«, sagte Gideon lächelnd. »Wir wollen sie doch nicht kränken.«

Sie suchte sich einen wunderschön geflochteten, reich dekorierten kleinen Korb aus. Anthropologen hätten diese Art als Schmuckkorb bezeichnet. Gideon bat um eine der Steinäxte, was Scheuen Büffel höchst entzückte. Mit verhaltenem Stolz wies er darauf hin, daß er sie gemacht habe.

Julie war weniger entzückt. »Du meinst wohl«, sagte sie stirnrunzelnd zu Gideon, »daß sie vielleicht nützlich ist, wenn wir hier heil rauskommen wollen?«

»Ach ja?« fragte er in Gedanken versunken. Stimmte das?

Als Scheuer Büffel Grauem Spatz, die Squeekie immer noch an sich drückte, erzählte, was Julie sich ausgesucht hatte, lächelte sie, ging aber in die Hütte und kam einen Augenblick später mit einem häßlichen großen Korb zurück, der mit Asche verschmiert und nicht verziert war. Den warf sie Julie zu und schnappte sich den kleineren, wobei sie unentwegt schwatzte. Julie hielt den großen Korb im Arm und schaute Gideon verdutzt an.

»Ich glaube«, sagte er, »sie erzählt dir, daß der, den du ausgesucht hast, nichts taugt. Zu klein, man kann nicht drin kochen, und er läßt Wasser durch. Der andere ist viel praktischer.«

Gideon schaltete sich mit seinem Anfänger-Yahi ein, und Julie durfte ihren Schmuckkorb behalten. Angesichts solcher Narretei brummelte Grauer Spatz gutmütig in sich hinein.

Nachdem das Essen erledigt und die Geschenke ausgetauscht waren, kam nun endlich die Zeit, wo geredet werden konnte. Der Abend nahte, und es wurde kühl; das Gespräch sollte in der großen Hütte stattfinden. Bei den Yahi vor hundert Jahren bedeutete ernsthaftes Reden Männergespräche, und als Julie die Hütte mit Gideon betrat, sah Gideon an den unbehaglichen Mienen der Männer, daß dem immer noch so war.

Scheuer Büffel fing auf seine zögernde, ehrerbietige Weise an zu erklären, daß sie nicht bleiben könne, aber Großer Häuptling fiel ihm brüsk ins Wort. »Männer reden mit Männern«, sagte er direkt zu Gideon und sprach wieder mit ihm, als sei er reichlich schwer von Kapee. »Frauen gehen ins Frauenhaus.«

Julie schaute Gideon an, damit er es ihr übersetzte.

»Für Damen verboten«, sagte er.

»Was soll ich machen?«

»Ich glaube, du und Grauer Spatz sollen ein gepflegtes Schwätzchen in ihrem Haus halten, während wir Jungs die wichtigen Dinge regeln. Julie«, sagte er, plötzlich sehr ernst, »nimm dich in acht.«

»Vor Grauem Spatz?«

»Vor allem und jedem. Vergiß nicht, hier sind Menschen umgebracht worden. Und soweit wir wissen, haben sie alle etwas damit zu tun.«

Seine Worte schienen sie zu erschrecken. »Weißt du, ich habe wahrhaftig gar nicht mehr daran gedacht. Paß du auch auf. Laß Großen Häuptling nicht hinter dich. Er hängt immer an der Seite herum, als laure er auf seine Chance.«

»Glaub mir, ich passe schon auf. Außerdem habe ich jetzt meine bewährte Kriegskeule.« Auch Gideon mußte sich immer wieder vergegenwärtigen, daß Gefahr bestand. Überzeugende Mörder waren die Yahi nicht. Selbst Großer Häuptling, so schroff er war, sah kaum so aus, als werde er ihn mit seiner Axt angreifen. War der Angriff heute morgen ein Mißverständnis gewesen? Ein Irrtum? Gideon berührte seinen immer noch schmerzenden Kopf. Doch was für ein Mißverständnis . . .

In der Hütte nahmen die drei alten Yahi unter allerlei Grunzen, Keuchen und Seufzen Platz. Ihm gegenüber auf der anderen Seite des Feuers lehnte Adlerauge seinen Kartoffelsack von Körper an ein Bündel Speere, Erschreckte Maus schob seinen kaputten Fuß unter sich, Scheuer Büffel setzte sich freundlich würdevoll hin. Großer Häuptling lungerte wie gehabt im Abseits. Gideon setzte sich so hin, daß er ihn im Blick behielt.

Die Fröhlichkeit, die beim Geschenkeaustauschen geherrscht hatte, war verflogen. Die alten Männer warteten mit bedächtigen, aber nervösen Mienen darauf, daß er sprach. Gideon wurde auf einmal heftig an drei alte, gebrechliche Rhesusaffen erinnert, denen man ihr Leben lang übel mitgespielt hat und die, schwergebeutelt, todernst und geduldig darauf warten, was für neue Demütigungen und Mißhandlungen ihrer nun wieder harren.

»Edle Yahi«, sagte er höflich. Er benutzte die alte, würdevolle Form der Anrede. »Edles Volk.« Das war's dann aber auch schon an korrektem Yahi. »Ich bin gekommen, um euch zu helfen«, fuhr er in seiner eigenen gebrochenen Variante fort. »Die *saltu* sind eure Freunde, nicht eure Feinde.«

18

»Nein, im Ernst«, sagte Gideon. »Sie hielten es für das Größte seit Menschengedenken.«

»Das Gefängnis?« sagte Julie. »Wie das?«

Ja, wie das? Er drehte sich auf den Rücken, faltete die Hände unter dem Kopf, schaute in den wolkigen, mondhellen Himmel hinter der geschwungenen Linie des Felsüberhangs und dachte über die außergewöhnliche Unterredung in der Hütte nach. Er und Julie lagen vollständig angezogen im Schlafsack, am Fuße des riesigen Felsblocks, der das Dorf abschirmte – sehr zur Verblüffung der Yahi, die entsetzt gewesen waren, als sie die gastlichen, warmen Hütten ablehnten und lieber draußen schlafen wollten.

»Das ist die Art der *saltu*«, hatte Gideon geheimnisvoll erklärt, und sie hatten ernst geantwortet: »Aah.«

»Eigentlich wollte ich gar nicht mit ihnen über das Gefängnis reden«, sagte Gideon. »Je mehr ich darüber nachdachte, desto wahnsinniger erschien mir die Idee. Wozu soll das gut sein?«

Sie lag auf der Seite, Hände unter den Kopf geschoben. »Da bin ich ganz deiner Meinung.«

»Also fing ich an, ihnen zu erzählen, daß wir vielleicht ein Reservat für sie finden könnten: eigenes Land, Flüsse zum Fischen, Tiere zum Jagen, ein Ort, an dem sie ihr Dorf bauen, in Frieden leben könnten und so weiter.«

»Das konntest du alles in Yahi?«

»Mehr oder weniger. Auf Klippschulebene.«

»Und?«
»Sie hatten keine Ahnung, worüber ich sprach. Sie sagten, das hätten sie doch alles schon. Deshalb fing ich irgendwann mit dem Gefängnis an. Ich glaube, ich wollte ihnen erklären, wieviel besser das Leben in einem Reservat sei als in einem Gefängnis.« Er fing an zu lachen. »Hm, ich habe ihnen erzählt, daß das Gefängnis eine große Hütte aus Stein ist... Schlau, was? Und da haben sie gefragt, ob auch kein Regen durchkäme, und ich habe nein gesagt. Ob es warm sei, haben sie gefragt, und ich sagte ja. Dann wollten sie wissen, ob es in der Nacht hell sei – wahrscheinlich haben sie die Häuser am Lake Quinault von weitem gesehen –, und natürlich habe ich gesagt, es sei hell. Als ich merkte, wie sie einander anschauten, besonders Scheuer Büffel und Adlerauge, habe ich gesagt, das sei schlecht; sie müßten die ganze Zeit im Haus bleiben und dürften nie raus.«

»Und da wurden sie nicht hellhörig?«

»Doch. Adlerauge erkundigte sich, wie sie denn dann Essen kriegten, wenn sie nicht rauskönnten, und da habe ich ihnen –«

»– gesagt, daß ihnen jemand das Essen bringen würde.«

»So ungefähr. Jetzt können sie es gar nicht abwarten.«

»Faszinierend«, sagte Julie. »Ich habe nur gelernt, wie man Yahi-Körbe macht. Und ich habe Grauem Spatz gesagt, wie ich heiße, selbst wenn es taktlos ist. Ihr hat es gefallen, sie mußte lachen. Sie nennt mich ›Dulie‹.«

»Dulie«, sagte Gideon. »Gefällt mir auch. Ihren hat sie dir nicht verraten, oder?«

»Nein, nach einer Stunde ist sie eingeschlafen, die alberne Schildkröte in der Hand. Sie ist wirklich lieb, Gideon, schüchtern und fröhlich und total freundlich. Ich bin froh, daß ich die Möglichkeit hatte, sie kennenzulernen. Ich wünschte, ich hätte mit ihr reden können.«

Sie legte sich auf den Rücken. Die Nacht war mild, und

der Schlafsack war an den Seiten offen, so daß sie viel Platz hatten. »Was ist mit Großem Häuptling?« fragte sie nach einer Weile. »War er auch so erpicht aufs Gefängnis?«

»Ich weiß nicht. Er hat die ganze Zeit kein Wort gesagt. Nur mit dem überheblichen Ausdruck im Gesicht zugeschaut. Adlerauge und Scheuer Büffel haben die Unterhaltung bestritten. Nicht, daß wir viel geredet haben. Das heißt, ich schon.«

Gideon setzte sich und schlang die Arme um die Knie. »Als ich ihnen erzählt habe, wie wir am Pyrites Creek Claire Hornick gefunden haben und Eckert und Hartman auf dem Friedhof, konnte ich mich des Eindrucks nicht erwehren, daß Adlerauge und Scheuer Büffel meinten, es sei eine Geschichte, die ich mir nur zu Ihrem Vergnügen ausgedacht hätte. Sie kicherten jedesmal, wenn ich etwas erwähnte, das ihnen bekannt war – die Dörfer, den Friedhof, den Fluß –, wie Kinder, wenn man ihnen eine aufregende Geschichte erzählt und sie und ihre Häuser und ihre Straße miteinflicht. Nur Großer Häuptling hat nicht gelacht; ich will nicht sagen, daß er besorgt aussah, aber doch nahe dran; behagt hat es ihm nicht.«

Julie setzte sich, lehnte sich mit dem Rücken an Gideons Schulter und schaute in die Nacht hinaus. »Glaubst du, wir haben recht? Hat Großer Häuptling die Morde allein begangen, und die anderen wissen nichts davon?«

»Außer Erschreckter Maus. Er weiß, glaube ich, Bescheid. Er hat Großen Häuptling fast die ganze Zeit mit so einem komischen Gesichtsausdruck angeschaut. Weißt du, ich bin ziemlich sicher, daß ich ihm mein Leben verdanke. Großer Häuptling muß mich an der Kiesbank niedergeschlagen haben, und Erschreckte Maus muß zufällig vorbeigekommen sein und ihm Angst gemacht haben, bevor er –«

»Großem Häuptling Angst gemacht haben? Erschreckte Maus?«

»Er hat ihn natürlich nicht körperlich bedroht. Aber was wissen wir, vielleicht ist er sein Großvater oder sein Großonkel, und das würde ihm in der Yahi-Kultur große Autorität verleihen. Übrigens einfach schon die pure Tatsache, daß er zu den Alten gehört.«

Gideon schwang die Beine aus dem Schlafsack und zog die Schuhe an. »Laß uns den Schlafsack woanders hinlegen«, sagte er.

»Woandershin? Warum?«

»Großer Häuptling weiß genau, wo wir sind. Wenn er für heute nacht was plant, wäre mir lieber, daß er uns nicht so leicht findet.«

»Aber die anderen würden doch nicht zulassen, daß er uns was tut, oder?«

»Wer weiß? Vergiß nicht, daß wir vielleicht alles falsch verstehen. Womöglich stecken sie alle mit drin. Vielleicht ist das ihre normale Vorgehensweise: Füttere den *saltu*, lull ihn ein, daß er fest und friedlich schläft, und dann pirsch dich im Dunkel der Nacht mit den grausigen Speeren –«

»Schon gut. Ich bin überzeugt. Brr.«

Sie fanden eine – jedenfalls ihrer Meinung nach – gute Stelle oben auf dem riesigen Felsblock: eine rauhe, beinahe horizontale, vorspringende Platte ungefähr drei Meter über dem Boden. Durch die dichter werdende Decke der Wolkenfetzen strahlte der Mond so hell, daß sie sich leise auf den Felsen schleichen und dort schnell einrichten konnten. Die Sicht war weit, jeder, der auf sie zukroch, würde leicht zu sehen sein. Gideon hatte Julies Jacke und sein Cape unten liegenlassen und so arrangiert, daß sie wie ein Schlafsack wirkten.

»So ist es besser«, sagte er und legte die Steinaxt dreißig Zentimeter von da entfernt, wo sein Kopf liegen würde.

»Hoffen wir, daß es nicht regnet. Wir sind jetzt nicht mehr unter dem Überhang.«

»Gideon«, sagte Julie, »was tun wir jetzt? Morgen, meine ich.«

»Eigentlich nichts. Ich finde, wir haben erreicht, was wir konnten. Morgen früh kriegt John meinen Brief und wird sofort losziehen. Am besten reden wir so lange mit ihnen, bis er hier ist. Dann kommen sie unter Aufsicht – friedlich –, und das Morden hat ein Ende.«

»Und was passiert mit ihnen?«

»Angenommen, Großer Häuptling hat die Morde begangen – was mit ihm wird, weiß ich nicht. Man kann ihn ja nicht einfach frei rumlaufen lassen. Was die anderen angeht: Abe versucht schon, ihnen irgendwo, sehr abgelegen, ein Stück Land zu besorgen. Zu dumm, daß sie nicht hierbleiben können. Oder ginge das?«

»Ich glaube nicht. Der Matheny Trail ist immer noch in dem Erschließungsplan. Nächstes Jahr fangen sie wieder an, daran zu arbeiten. Außerdem: mitten in einem Nationalpark ein Reservat?«

»Weißt du«, sagte Gideon, verschwommen erinnerte er sich an etwas, »in Florida gab es einen Fall, da hat ein Indianer – ein Seminole, glaube ich – eine weiße Frau umgebracht. Die Verteidigung argumentierte mit der Tatsache, daß die Vereinigten Staaten nie einen Friedensvertrag mit den Seminolen unterzeichnet haben und folglich die Tat eine Kriegshandlung war, kein Mord. Ich frage mich, ob etwas Ähnliches hier gelten könnte.«

»Wie ging der Prozeß aus?«

»Weiß ich nicht mehr.«

»Sehr lehrreich, Herr Professor.« Julie band sich die Schuhe auf und legte sich in den Schlafsack. »Vielleicht sollten wir zusehen, daß wir ein bißchen Schlaf kriegen, und uns morgen darüber Gedanken machen. Am besten bleiben wir abwechselnd wach, was meinst du?«

»Stimmt«, sagte Gideon und glitt neben sie. Er lag an der Außenseite des Vorsprungs, in Richtung der Hütten. »Ich übernehme die erste Wache.« Er langte nach der Axt, um sich zu vergewissern, wo sie lag. »Es wird schon nichts passieren.«

»Gut«, sagte Julie und gähnte schon. Sie kuschelte sich an seinen Rücken. »Versprichst du mir, mich in zwei Stunden zu wecken?«

»Versprochen. Ich wecke dich um elf. Schlaf jetzt. Ich liebe dich.«

»Ich dich auch. Nacht.«

Sie tätschelte zur Sicherheit noch einmal seine Hüfte, ließ die Hand dort liegen und schlief sofort ein. Ihr Atem war warm in seinem Nacken. Gideon lächelte. Wie schnell hatten sie zu dieser wunderschönen Vertrautheit gefunden, wie ein altes Ehepaar. Abends mit ihr einzuschlafen war schon das Natürlichste der Welt. Wie war er bloß all die Jahre ohne sie zurechtgekommen? Sacht liebkoste er die Hand, die selbstverständlich und besitzergreifend auf seinem Oberschenkel lag, und legte sich so, daß er das Terrain unter sich besser überblicken konnte. Die Wolken waren dichter geworden, und es roch nach Regen, aber die Nacht war noch klar und mild. Hellwach, die Hand auf der Axt, lag er da und wartete. Nicht, daß er wirklich damit rechnete, daß etwas passierte.

Es passierte auch nichts. Nach zwei Stunden wurde Julie von selbst wach und bestand darauf, die Wache zu übernehmen. Gideon schlummerte ein wenig, und bei seiner zweiten Wache fiel es ihm dann sehr schwer, wach zu bleiben, mehr aus Langeweile als aus Müdigkeit. In den Hütten war es vollkommen ruhig, im Wald auch. Keine Vogelschreie, keine Insektengeräusche, kein Rauschen des Windes. Um drei Uhr war er froh, daß Julie ihn ablöste. Er rollte sich, ihr zugewandt, auf seiner Seite zusammen, seine rechte Hand lag auf ihrer Taille, die Linke unter ihrem Kinn, wo es so schön weich war. Er spürte ihren Pulsschlag an seinem Zeigefinger. Mit einem tiefen Atemzug ließ er sich in Schlaf sinken. In ein paar Stunden würde der Morgen dämmern. Falls Großer Häuptling etwas vorgehabt hatte, hätte er es bestimmt schon versucht.

Er spürte, wie ihn jemand eindringlich an der Schulter packte, und war sofort wach. »Was?«

»Die große Hütte«, flüsterte sie. »Da bewegt sich jemand.«

Vorsichtig drehte er sich auf die andere Seite, um die Hütten sehen zu können. Es war nun schwieriger, etwas zu erkennen. Feiner, nieseliger Regen schwebte wieder hernieder, und die Luft war suppig. Durch die Wolken sickerte diffuses, weiches Mondlicht, aber es brachte nichts, es behinderte die Sicht eher noch, wie Scheinwerfer im Nebel. Sein Haar war naß, der Schlafsack schwer von der Feuchtigkeit.

Er starrte auf die Hütte, blinzelte, um die Nässe, die sich auf seinen Lidern gesammelt hatte, loszuwerden, und lauschte angestrengt. Kein Geräusch. Nichts rührte sich.

»Bist du sicher? Vielleicht hat sich nur jemand im Schlaf herumgewälzt.«

»Ich glaube nicht«, flüsterte sie atemlos, beinahe zischend. Wieder fühlte er sie an seinem Hals atmen, aber es war ein flaches Keuchen. »Da!«

Ein leises Rascheln. Die Pfähle am Eingang der Hütte bewegten sich, jemand kroch durch. Gideons Hand fand den Axtgriff. Die Gestalt kam auf die Füße, blieb aber reglos gebückt stehen. Nein, nicht gebückt. Verkrüppelt. Es war Erschreckte Maus.

»Puh«, sagte Gideon und merkte, daß er selbst kaum geatmet hatte.

»Aber warum ist er draußen?« sagte Julie in seinen Nacken.

»Psst.«

Der alte Mann trug keinen Umhang, der Regen glitzerte auf seinen mageren Schultern. Es sah aus, als starre er sie direkt an, aber Gideon bezweifelte, daß er sie sehen konnte. Wenig später drehte er sich nach links und humpelte rasch ans andere Ende der Höhle.

Gideon lächelte. »Er muß mal für kleine Jungs«, sagte er. Etwas mehr als zwanzig Meter weiter war eine Toilettengrube, so eben außer Sichtweite.

»O weia«, sagte Julie und umarmte ihn von hinten. »Da hab ich aber ganz schön Bammel gehabt. Hat er uns gesehen?«

Bevor Gideon antworten konnte, tauchte aus der Hütte mit hektischen, abrupten Bewegungen eine zweite Gestalt auf: Großer Häuptling, ehrfurchtgebietend und gigantisch vor den zerbrechlichen Hütten, ein halbnackter, muskelbepackter Riese wie aus dem Märchen, seltsam verzerrt in dem dichten Nebel. Er rannte schnell dorthin, wo Gideon und Julie vorher gelegen hatten, direkt unter der Platte. Offenbar war er sehr überrascht, als er das Cape und den Parka anstelle des Schlafsacks fand, und trat böse in die Klamotten. Er war wütend, zitterte vor Zorn, ein furchterregender Anblick. Seine mächtigen Rückenmuskeln spannten sich, man sah es so deutlich wie auf den Illustrationen in einem Anatomiebuch, sie glänzten vor Fett und Regen. Großer Häuptling schüttelte den wilden Kopf heftig und suchte sie.

Aus erschreckend geringer Entfernung, nicht mehr als einen Meter zwanzig, schaute Gideon direkt auf ihn hinab, so nahe, daß er sein schweres, panisches Atmen hörte. Plötzlich hob der Yahi das Gesicht in den Regen, schloß die Augen, verzog die üppigen Lippen, so daß seine Zähne sichtbar wurden, und heulte: wahrhaftig ein tiefes wolfsähnliches Jaulen. Bei dem Ton standen Gideon die Haare zu Berge, Julie vergrub das Gesicht zwischen seinen Schultern und hielt sich an ihm fest. Er spürte, wie sie zitterte und bebte. Sein Herz hämmerte wie verrückt. Seine rauhe, trockene Zunge schien Mund und Hals auszufüllen. Mit vagem, ärgerlichem Mißfallen konstatierte er, daß er entsetzliche Angst hatte. Er stemmte sich gegen den Felsvorsprung, so gut er konnte, ergriff die Axt und bereitete sich vor – komme, was da wolle.

Der klagende Ton des Yahi verklang, er senkte das regenüberströmte Gesicht mit den geschlossenen, geschlitzten Augen. Und dann war er fort, er sprang geräuschlos durch den Nebel und verschwand hinter einer Felsnase.

Julie hatte die Stirn immer noch fest an Gideons Rücken gepreßt, ihre Hände verkrallten sich im Stoff seines Hemdes. Wieder spürte er nicht nur das Hämmern seines eigenen Herzens, sondern auch ihres an seinem Rücken.

»Psst«, wisperte er und streichelte ihren Arm. »Alles klar. Er ist weg.«

Was geschehen war, schien eindeutig. Großer Häuptling hatte gesehen, daß der alte Mann aufgestanden war, um zur Toilettengrube zu gehen – vielleicht war das jede Nacht so, und der junge Indianer hatte auf diese Gelegenheit gewartet. Sobald sich Erschreckte Maus außer Sichtweite befand, war Großer Häuptling dorthin gerannt, wo seiner Meinung nach die *saltu* schliefen. Wenn das der Fall gewesen wäre, dachte Gideon, hätten sie jetzt mit eingeschlagenen Köpfen dort gelegen und Großer Häuptling hätte bei der Rückkehr des alten Mannes längst wieder, in sein Fell gerollt, in der Hütte geschnarcht. Morgens wäre Großer Häuptling genauso überrascht gewesen wie die anderen, daß die beiden Fremden tot waren. Erschreckte Maus hätte vielleicht Verdacht geschöpft, aber wie sollte er sicher in Erfahrung bringen, was vorgefallen war?

»Wo... wo ist er hingegangen?« fragte Julie, ohne sich zu rühren.

»Ich weiß nicht. Wahrscheinlich auf die Jagd nach uns. Aber hier oben wird er nicht nachschauen.«

Wenig überzeugt, fragte Julie: »Warum nicht?«

»Weil«, flüsterte Gideon und bemühte sich, locker zu klingen, »ich diese Stelle mit dem Scharfsinn ausgewählt habe, für den ich so berühmt bin. Ishi hat Kroeber erzählt, daß man nicht unter freiem Himmel schläft. Da lauern alle möglichen Geister und Krankheiten. Ein Yahi käme nie auf die Idee, daß wir so bescheuert wären, von dem Platz unter dem Überhang wegzugehen.«

Julie fand langsam zu ihrer alten Form zurück. »Mit ›bescheuert‹ haben sie recht«, sagte sie. »Wir sind quatschnaß.«

Er spürte, daß sie ruhiger wurde, was wiederum ihn beruhigte.

Leise schlug er den Schlafsack auf und erhob sich.

»Wo gehst du hin?« fragte sie streng. »Nicht –«

»Psst, ich gehe nirgendwo hin. Ich will mich nur hinstellen und umschauen, damit ich sehen kann, wo er hingerannt ist.« Er lugte vorsichtig über den großen Felsblock und konnte bis hin zum Rand des von den Felsen eingeschlossenen Bereichs sehen, bis zu dem schmalen Spalt, durch den Julie und er gekommen waren.

»Siehst du ihn?«

»Nichts. Aber dahinten wird der Himmel heller. Es wird bald Tag.«

»Gott sei Dank.«

Die kleine Siedlung, erfüllt von der grauen Stille vor der Morgendämmerung, lag vor ihm. Er wischte sich das Wasser von den Augen. Der merkwürdig durchdringende Nebel hatte sein Hemd durchnäßt und tröpfelte ihm eisig über den Rücken. Es konnte aber ebensogut kalter Schweiß sein. Wo war Großer Häuptling? Was war mit Erschreckter Maus? Gideon schaute auf den Boden zu seinen Füßen. Wo war die Axt?

Die markerschütternden, entsetzten Schreie explodierten nacheinander in seinem Ohr.

»*Ciniyaa*!« schrie jemand hinter ihm. »*Nein*!«

Hinter ihm... auf der *anderen* Seite des großen Felsbrockens, weg von der Höhle! Großer Häuptling mußte durch den engen Eingang nach draußen gerannt sein, darum herumgelaufen und sich von hinten an ihn herangeschlichen haben...

Gideon wirbelte herum, als Julie schrie: »*Gideon*! O Gott...!«

Die glänzende nackte Gestalt, die oben auf dem Felsen hockte, wuchs empor und reckte sich drohend über ihm, grau in dem dämmrigen Licht. Die entsetzliche Steinaxt war hoch erhoben, kam schon heruntergeschossen.

Ohne zu überlegen, sprang Gideon nach vorn, um sie abzufangen. Seine Hand schnellte vor, packte das herabsausende Handgelenk, umfing es und riß es hoch. Wilde schwarze Augen starrten ihn, nur Zentimeter von seinen eigenen entfernt, haßerfüllt und wie wahnsinnig an, während die Axt kreiselte, schwer auf Gideons Schulter fiel und über seinen Rücken rutschte. Lange bevor sie auf der Erde aufschlug, hatte er seine rechte Hand zur Faust geballt und sie in den glänzenden dunklen Bauch gerammt. Seine Schultermuskeln hatten die Kraft, den Schlag sicher zu landen, längst gesammelt, bevor der sinnlose rote Rausch plötzlicher Gewalt abrupt verflog. Er sah, wer vor ihm stand.

Erschreckte Maus.

Voll Mitleid und Abscheu ließ Gideon das sich windende, glitschige Handgelenk los – es war so fragil und dürr wie Abes. Auch der alte Mann schüttelte sich, als ekle er sich vor der Berührung des *saltu*, und schrie – einen Yahi-Fluch oder einen wortlosen Schrei des Hasses.

Wie eine Spinne rannte er ein paar Meter über den Felsblock, zog seinen verkrüppelten Fuß hinter sich her. Dort lag lockeres Felsgeröll in einer Vertiefung. Er versuchte einen Stein aufzuheben. Der war zu schwer, er stöhnte vor Enttäuschung. Dann ergriff er mit beiden Händen einen kleineren Stein und stemmte ihn schwankend über den Kopf. Sein Gesicht verzerrte sich vor Anstrengung.

Wieder ertönte in Yahi ein Schrei von der anderen Seite des Felsblocks. »*Ciniyaa*!« Dort unten im grauen Regen stand Großer Häuptling, sein glattes Gesicht zu dem alten Mann erhoben. Erschreckte Maus schaute hinter sich, und Gideon sah, wie sein gesunder Fuß auf dem nassen Felsen ein wenig ausrutschte. Von dem Gewicht des Steins aus dem Gleichgewicht gebracht, hing der alte Mann rückwärts über der Kante des Felsblocks.

»Der Stein!« schrie Gideon. »Wirf ihn hin!«

Gideon lief zu ihm, auch Julie rannte mit ausgestreckten Händen los. Unten breitete Großer Häuptling die Arme aus und stellte sich so hin, daß er den alten Yahi auffangen konnte. Gideon wußte, daß sie ihn beide nicht rechtzeitig erreichen würden, und er wußte, daß es auch die anderen wußten.

Auch Erschreckte Maus wußte es. Mit hocherhobenen, steifen Armen hielt er den Stein. Das faltige alte Gesicht voller Verachtung, der schlaffe, nervöse Mund nun fest zusammengepreßt. Dann neigte sich der alte Mann langsam nach hinten und hing hoffnungslos verloren in der Luft, als stürze eine bizarre Statue von ihrem Sockel – als schleudere ein kippender, erbärmlicher Moses die Gesetzestafeln hinunter. Beinahe hätte Gideon ihn noch erreicht, aber der Stein fiel, und Erschreckte Maus fiel kopfüber hinterher.

Gnädigerweise erstickte das Krachen des Steins die Geräusche der fragilen, nur dünn gepolsterten Knochen, die auf dem felsigen Untergrund drei Meter weiter unten aufschlugen. Rasch kletterte Gideon an der Seite des Felsblocks hinunter, aber Großer Häuptling war vor ihm da; er kniete bereits neben Erschreckter Maus.

Der alte Mann war tot. Er war auf dem Hinterkopf gelandet, und der spröde Schädel war geborsten, so daß Gehirn und Blut sich schon mit dem Regen mischten. Das Gesicht war unzerstört, aber sein Mund stand wieder auf, und die Augen schielten gespenstisch, eines war fast geschlossen; das andere, offen, blickte ins Leere.

Gideon hörte, wie Julie hinter ihn trat. »Oh!« sagte sie leise. Instinktiv kniete sich Gideon hin und schloß die alten Augen sacht mit zwei Fingern. Er schaute auf. Großer Häuptling, das Gesicht regenüberströmt, starrte ihn seltsam an. Ein langes, langes Schweigen entstand. Der Indianer hockte sich auf die Fersen. Die sinnlichen Nasenflügel weiteten sich, als er tief einatmete.

»Wissen Sie«, sagte er in makellosem Englisch, »er hatte allen Grund, so böse zu sein.«

19

»Ja«, sagte Großer Häuptling, »ich bin Dennis Blackpath.« Der ehemalige Forschungsstudent beugte sich vor und blies in die Moos- und Rindenfetzen, die er aus dem Hirschlederbeutel an seinem Hals geholt hatte, und der Funke zuckte, kroch, flackerte und loderte auf zu einer Flamme. In den Händen des jungen Indianers schien sich der Feuerbohrer lächerlich einfach zu handhaben. Er legte kleine Holzstücke dazu, nach und nach größere. Sie saßen alle zusammen auf dem Boden, und als das Feuer gut brannte, setzten sie sich näher darum herum. Julie und Gideon zitterten in ihren nassen Kleidern. Blackpath schien nicht zu frieren, obwohl sich die Feuchtigkeit in Perlen auf seiner eingeschmierten Haut fing.

»Sie haben die ganze Zeit mit ihnen zusammengelebt?« fragte Julie und machte kein Hehl aus ihrem Erstaunen. »Seit 1975?«

»Ja«, sagte Blackpath und legte Holz nach. »Niemand hat damals geglaubt, daß hier Indianer seien, aber ich habe sie gefunden. Und als ich sie gefunden hatte, bin ich geblieben. Ich hatte die verrottete Welt des Weißen Mannes bis obenhin satt. Seitdem lebe ich, wie meine Vorväter gelebt haben, in Harmonie mit der Natur. In Frieden.«

Solche abgedroschenen Phrasen fand Gideon normalerweise banal und langweilig. Aber bei Blackpath verhielt es sich anders. Er hatte seinen Ideen sieben Jahre seines Lebens gewidmet; er hatte sie verwirklicht. Nur den Frieden nicht.

»Ich nehme an«, sagte Blackpath mürrisch und verbog einen langen dünnen Stock wie ein Fechter, der seinen Degen prüft, »Sie wollen ein paar Erklärungen.«

»Das wäre nett«, sagte Gideon.

»Zu den Morden.« Mit gesenktem Kopf sprach Blackpath zu dem Stock, in Englisch so hochmütig wie in Yahi.

»Es wäre vielleicht ganz gut, damit anzufangen«, sagte Gideon freundlich, aber er war schon wieder auf hundertachtzig. Wenn jemand Grund hatte, böse zu sein, dann doch sicher er, nach zwei Mordversuchen und einer schmerzhaften Beule am Kopf, und nicht dieser schnöselige Student, der die Rothaut mimte. Etwas in seinem Tonfall mußte seine Gedanken verraten haben, denn Blackpath schaute ihn auf einmal an und zerbrach den Stock.

Julie mischte sich ein. »Sie haben gesagt, daß Erschreckte ... Wie hieß er? Ich möchte ihn nicht mehr so nennen.«

»Ihre Namen gehören ihnen«, sagte Blackpath schroff. »Erschreckte Maus tut's auch.« *Für Leute wie euch.*

Julie ließ sich nicht beirren. »Sie meinen, er habe allen Grund gehabt, so böse zu sein«, sagte sie ruhig.

Blackpath warf die Holzstücke ins Feuer. »Haben Sie seinen Fuß gesehen?«

»Ja«, sagte Julie.

»Der wurde ihm abgeschossen, vor langer Zeit –«

»1913, als er klein war«, sagte Gideon langsam und erinnerte sich. »Und seine Mutter wurde ermordet, als sie in einer Jagdhütte am Canoe Creek etwas gestohlen hatten. Zwei hartgekochte Eier.«

»Sie haben mit Pringle gesprochen«, sagte Blackpath.

»Das ist ja schrecklich«, sagte Julie, »aber –«

»Aber was?« Er antwortete Julie, doch sein Blick war provozierend auf Gideon gerichtet. »Das ist keine Entschuldigung dafür, siebzig Jahre später Leute zu ermorden?«

Gideon sah ihn schweigend an. Etwas in Blackpath sank zusammen. Er schaute aufs Feuer. »Ach, verdammt«, sagte er, »komisch, nach all der Zeit wieder Englisch zu sprechen.« Er schwieg. »Sie haben recht. Sie haben recht. Es ist keine Entschuldigung.« Er schien die richtigen Worte zu suchen, gab aber schulterzuckend auf. Der Morgen graute; Gideon konnte ihn nun deutlicher sehen und war erneut von der eigentümlichen Schönheit des maskenhaften Gesichts beeindruckt.

»Ich habe den alten Mann wirklich geliebt. Wirklich.« Die Worte waren kaum zu hören. »Er hat mich als erster akzeptiert. Er nannte mich seinen Enkel. Ich nannte ihn Großvater.« Er räusperte sich. »Aber, mein Gott, wie er die *saltu* haßte. Ich glaube, er war immer ein bißchen verrückt.« Großer Häuptling war den Tränen nahe. »Als er jung war, hat er ein paar Leute umgebracht«, fuhr er fort, »aber als ich ihn und die anderen gefunden habe, hat er mich nicht bedroht. Dann wurde die verdammte Straße direkt hier durchgebaut –«

»Der Matheny Trail«, sagte Julie.

»So heißt sie?« fragte er ohne jegliches Interesse. »Hm, da drehte er durch. Tötete den ersten Wanderer, den er sah.«

»Aber er ist so zierlich«, sagte Julie, »so klein –«

»Vergessen Sie nicht, das war vor sechs Jahren. Da war er stärker. Außerdem hat er ein Atlatl benutzt. Eine Speerschleuder.« Blackpath nahm feuchte Erde, zerkrümelte sie in der Hand und ließ sie durch seine Finger rieseln. »Ich habe immer wieder mit ihm geredet, versucht, ihm zu erklären, daß das Morden zu nichts führen würde. Ich dachte, ich hätte ihn überzeugt. Und dann erschlug er noch jemanden.«

»Hartman«, sagte Gideon.

»Wen auch immer. Ich fand den armen Burschen mit eingeschlagenem Schädel auf dem Weg. Furchtbar...« Er hielt inne. Gideon wußte, er dachte an Erschreckte Maus, der auf der anderen Seite des Felsblocks lag, dort, wo er hingefallen war, zugedeckt mit Gideons Cape. Blackpath schloß die Augen. »Ich habe ihn mit ins Dorf genommen. Hierher. Adlerauge – der Name paßt gut zu ihm – erinnerte sich daran, wie man trepaniert, und eine Zeitlang dachte ich, der Typ überlebt. Aber er starb.«

Blackpath starrte ins Feuer. »Ich dachte, das wär's gewesen. Aber dann muß er nach all den Jahren vor ein paar Wochen in der Nähe des Sommerdorfes auf das Mädchen gestoßen sein. Darüber wissen Sie Bescheid?«

Gideon nickte.

»Das war schlimm. Und jetzt hat er versucht, Sie zu töten. Zweimal.« Er seufzte. »So ist es wahrscheinlich am besten.«

»Was ist mit den anderen?« fragte Gideon. »Hatten sie nichts damit zu tun? Wußten sie nichts davon?«

Blackpath zuckte wieder mit den Schultern. »Sie wußten es und wußten es auch wieder nicht. Wie man nichts über die japanischen Internierungslager wußte. Wie die Deutschen nichts über Dachau wußten. Sie haben die beiden Typen schließlich begraben, stimmt's? Aber nein, mit den Morden hatten sie nichts zu tun, wenn Sie das meinen. Es sind gute Leute, tun niemandem etwas zuleide.«

»Was ist mit Ihnen?« fragte Julie plötzlich. »Sie sind seit sieben Jahren hier. Haben Sie gefunden, was Sie gesucht haben?«

»Klar«, stieß Blackpath hervor. »Erscheint Ihnen das so unmöglich? Was habe ich denn so Wunderbares aufgegeben? Die Welt da draußen ist Müll! Schlimm genug für einen Weißen! Aber für einen Indianer!« Seine Stimme wurde weicher. »Sie haben mir geholfen, ein Indianer zu werden, ein echter, anständiger Indianer. Und ich habe ihnen geholfen.«

»Sie haben ihnen geholfen?« fragte Gideon.

Blackpath schaute ins Feuer, schien laut nachzudenken. »Als ich zu ihnen kam, lebten sie wie Hunde, von Unrat, sie trieben sich um die Abfallhaufen auf den Zeltplätzen herum und suchten sich Essen und alte Klamotten. Sie hatten vergessen, wie man fischt, wie man Angelhaken macht, wie man die Hütten deckt. Sie hatten seit Jahrzehnten kein Werkzeug mehr hergestellt. Die alte Frau hatte seit ihrer Kindheit keinen Korb mehr geflochten. Sie kämpften mit den Adlern um verrotteten Lachs. Sie hatten vergessen, wie man Fleisch konserviert, wie man Kleider näht.«

»Und Sie«, sagte Gideon und schaute ihn mit wachsendem Respekt an, »haben sie die alten Sitten und Gebräuche gelehrt.«

Blackpath reagierte wieder gereizt. »Ja, ich habe sie die alten Sitten und Gebräuche gelehrt. Was soll daran falsch sein?«

»Hören Sie«, sagte Gideon, »kapieren Sie doch, daß ich auf Ihrer Seite bin. Wir sind hierhergekommen, um zu helfen.«

»Gut«, sagte Blackpath. »Tut mir leid. Ich weiß. Okay, ich habe sie die alten Sitten und Gebräuche gelehrt. Soweit ich sie kannte. Wissen Sie, daß sie alle in derselben Hütte schliefen, als ich sie gefunden habe? Die Frau zusammen mit den Männern?« Er schien ehrlich entrüstet. »Schauen Sie, wie sie jetzt leben. Ihr eigenes Werkzeug, ihr eigenes Essen, ihr eigenes Zuhause. Ich habe sie wieder zu Indianern gemacht.«

Nicht nur zu Indianern, sondern unbestreitbar zu Yahi. Dennis Blackpath hatte eine phänomenale Leistung vollbracht.

»Aber Sie sind doch kein Yahi«, sagte Gideon. »Woher kannten Sie die alten Sitten und Gebräuche?«

Er zuckte die Schultern. »Aus Büchern.«

»Da haben Sie etwas Beachtliches geschafft«, sagte Gideon.

Das Lob behagte Blackpath nicht. »Und was geschieht jetzt?« fragte er ärgerlich. »Bilden Sie sich nicht ein, wir hausen im Museum, à la Ishi!«

»Die Chancen für ein Reservat«, sagte Gideon, »stehen gut –«

»Herr im Himmel, wie stellen Sie sich denn das vor? Sollen diese Leute mit dem Büro für indianische Angelegenheiten verhandeln? Und ständig haben sie die Anthropologen mit ihren Fragebogen auf der Pelle: ›Und wie ist die informelle Beziehung zwischen dem Bruder der Mutter und dem Parallel-Cousin väterlicherseits beschaffen?‹ Wenn –«

Gideon hob lächelnd die Hand. »Richtig. Gut, was sollte denn Ihrer Meinung nach passieren?«

»Nichts, Sie brauchen gar nichts zu tun. Am besten lassen Sie uns einfach hier in Ruhe. Vergessen Sie uns. Wir wollen keine Hilfe. Wir brauchen keine Quietscheschildkröten.«

Gideon errötete, lächelte wieder. »Aber die alte Frau hat wirklich Spaß daran gehabt, oder etwa nicht?«

Blackpath lächelte auch. »Ja, stimmt. Schauen Sie, Sie beide sind die einzigen, die von uns wissen. Können wir es nicht dabei belassen? Können wir nicht einfach hierbleiben?«

Julie schüttelte den Kopf. »Der Wanderweg wird wieder eröffnet. Das ist nicht zu verhindern.«

»O Gott«, sagte Blackpath, »brauchen Sie wirklich noch einen Weg hier durch? Noch mehr Bierdosen ... Ich meine, die Leute leben doch sowieso nicht mehr lange. Können Sie nicht noch ein paar Jahre warten?«

Sie schüttelte wieder den Kopf. »Nein, das geht nicht.«

»Herrgott«, sagte Blackpath, »ich weiß nicht, was wir tun sollen. In das Sommerdorf können wir nicht zurück. Letzte Woche sind so ein paar dämliche Typen darauf gestoßen und hätten uns beinahe gefunden. Sie müssen es weitererzählt haben, denn am nächsten Tag schnüffelten dort schon wieder zwei herum –« Plötzlich schaute er auf. »Das waren Sie, stimmt's?«

»Ja«, sagte Gideon, »und das komische Gefühl im Nacken waren Sie.«

»Einen Moment mal«, sagte Julie langsam, »es gibt einen Ort, ungefähr fünfundzwanzig Meilen nordöstlich von hier, in der Nähe des Hayes Passes.« Während sie sich allmählich erinnerte, fuhr sie versonnen fort: »Die Niederschläge dort betragen die Hälfte von dem, was wir hier haben. Vor zwei Jahren wurde der Vorschlag, dort einen Weg anzulegen, fallengelassen. Zu teuer, zu schwierig, dorthin zu kommen. Kaum jemand kennt den Ort. Ich habe ihn selbst erst einmal gesehen. Es ist ein sanftes, grünes, fünf Meilen langes Tal, durch das ein wunderschöner Fluß fließt. Am oberen Ende ist ein großer blauer hängender Gletscher. Als ich dort war, wimmelte es von Elchen und Rotwild ...«

»Es klingt wie ein Paradies«, sagte Blackpath.

»Es ist auch eins. Wunderschön. Und in einem Umkreis von fünf Meilen gibt es keinen Wanderweg. Ach, es wäre perfekt!« sagte sie aufgeregt. »Warum ist mir das nicht schon früher eingefallen? Ich kann Ihnen auf der Karte zeigen, wo es ist.« Sie runzelte die Stirn. »Mist. Die Karte ist an unserer Lagerstelle. Und das ist mindestens zwei Stunden von hier.«

»Zwanzig Minuten. Sie sind den Spuren des alten Mannes gefolgt, und er war vorsichtig. So ungefähr das einzige, das sie nicht vergessen hatten. Gehen wir.«

»Was ist mit den anderen?« fragte Gideon. »Die wachen gleich auf. Es ist schon hell.«

Blackpath schaute in den tropfenden grauen Himmel. »Vor einer Stunde nicht.«

»Meinen Sie, sie stehen nicht im Morgengrauen auf?« sagte Julie in aller Unschuld.

»Wenn Sie in einer Hütte lebten«, sagte Blackpath, »und an zwei von drei Morgen wäre es so wie heute, was würden Sie tun?«

Sie brauchten genau zwanzig Minuten zum Lager. Julie breitete die Karte auf dem trockenen Zeltboden aus, Blackpath beugte sich darüber, während sie mit einem Stift den besten Weg zum Hayes Pass einzeichnete. Schließlich nickte er und schaute auf, starrte ihr so lange in die Augen, bis sie sie niederschlug. Dann nahm er Gideon ins Visier.

Die Frage wurde nicht ausgesprochen, aber Gideon beantwortete sie. »Sie können uns vertrauen«, sagte er.

»Mir bleibt ja wohl nichts anderes übrig.« Er musterte Gideon immer noch mit diesem verschleierten Blick. »Ich vertraue Ihnen«, sagte er entschiedener. »Wir gehen dorthin. Sofort. Sobald wir Klares Wasser begraben haben, so hieß er. Klares Wasser, nicht Erschreckte Maus.« Das war ein Geschenk an sie, es sollte sie versöhnlich stimmen.

Sie wurden von einem dröhnenden Knattern aufgeschreckt und schauten durch den Zelteingang. Wie ein Grashüpfer flog ein Hubschrauber durch den grauen Regen aus Richtung Lake Quinault auf sie zu.

»John«, sagte Julie. Sie sah, daß Gideon überrascht war. »Hast du gedacht, sie kämen auf Schusters Rappen?«

Genau das hatte er. Er hatte vergessen, daß sie sich im zwanzigsten Jahrhundert befanden, und damit gerechnet, daß ihnen bis zu Johns Eintreffen noch fünf, sechs Stunden blieben. »Die Höhle finden sie bestimmt nicht, aber unser Zelt sofort«, sagte er. »In fünf Minuten sind sie hier.«

Er ergriff einen plötzlich mißtrauischen Blackpath am Ellbogen und schob ihn aus dem Zelt über die schmale Lichtung in den dichten grünen Wald. Julie kam hinter ihnen her gerannt.

»Wir haben nicht viel Zeit«, sagte Gideon zu Blackpath. »Hören Sie, es ist besser, Sie lassen Erschreckte – Klares Wasser –, wo er ist. Dann können wir dem FBI eine Leiche präsentieren, und sie können den Fall abschließen. Nach Ihnen kräht dann kein Hahn mehr.«

»Das geht nicht!« Zum erstenmal sah Gideon ihn verstört. »Er muß begraben werden. Er müßte sogar verbrannt werden. Sein Geist findet erst Ruhe, wenn er begraben ist. Ich meine«, fügte er schnell hinzu, »das glauben sie.« Erregt blickte er in Richtung des immer lauter werdenden Geratters, aber man konnte den Hubschrauber durch den Blätterbaldachin nicht sehen.

»Ich sorge dafür, daß er begraben wird!« schrie Gideon durch den Lärm. »Und verbrannt! Ich verspreche es!«

Blackpath war immer noch unentschlossen, was bestimmt selten vorkam. Wieder schaute er hoch zu dem Lärm. Der Hubschrauber blieb in der Luft stehen. Sie hatten das Zelt gefunden. Blackpath nickte schnell und stopfte sich die Karte in den Gürtel.

»Danke« schrie er, und das fiel ihm sichtlich schwer.

Er wandte sich langsam ab. Der unsichtbare Hubschrauber setzte, offenbar auf der Kiesbank in der Nähe, zur Landung an. Julie packte Blackpath am nackten Arm und beugte sich vor, um ihm etwas ins Ohr zu flüstern. Gideon las es von ihren Lippen ab. »Sagen Sie Grauem Spatz auf Wiedersehen.«

Blackpath nickte. »Danke schön!« rief er noch einmal, aber die Worte verloren sich. Er drehte sich um und rannte ins Gestrüpp.

Gideon fragte sich, wann er wohl das nächstemal wieder Englisch sprechen würde und ob überhaupt. Er glitt elegant zwischen die Bäume, der Regen glitzerte auf seinem nackten Rücken, er verschmolz mit dem tropfenden grünen Wald. Er schien die Person Dennis Blackpath abgestreift, zu ihren Füßen liegengelassen zu haben und wieder ein Teil des Regenwaldes geworden zu sein: ein Yahi, Ishi, sozusagen im Rückwärtsgang.

»Was macht er, wenn sie alle tot sind?« fragte Julie.

Gideon schüttelte den Kopf. »Keine Ahnung. Hoffentlich findet er einen neuen verschollenen Stamm. Komm, wir begrüßen John.«

Julian Minor und ein weiterer FBI-Agent, ein großnasiger, ernsthafter junger Mensch namens Simkins, machten sich mit spitzen Fingern an der Leiche zu schaffen. Ein paar Meter weiter redete John leise mit Julie und Gideon. Gideons Blick schweifte über Johns Schulter zu dem Spalt, wo der Schlafsack gewesen war. Er lag nicht mehr dort, sondern naß und verkrumpelt unten auf der Erde. Blackpath mußte ihn hinuntergeworfen haben, weil ihm klar war, daß jeder, der dort hochkletterte, die Hütten auf der anderen Seite des Felsblocks entdecken würde. Die Geschenke – die Axt und der Korb – waren auch nicht mehr da. Gideon und Julie mußten einmal wiederkommen, um zu sehen, ob sie in der Höhle waren. Eines Tages. Eines fernen Tages.

»Doc«, sagte John liebenswürdig, den Kopf zur Seite geneigt, »deine Story ist nicht sehr kohärent.« Er meinte Gideons erheblich gekürzte Fassung der Ereignisse der vergangenen Nacht, aus der alle Namen und Personen außer Klarem Wasser getilgt waren. Er lehnte mit einer Hand an dem riesigen Monolithen, auf dessen anderer Seite – nicht mehr als sechs Meter entfernt, wenn man wußte, wie man dort hinkam – die verlassenen Yahi-Hütten lagen.

»Ich weiß, John. Schau, glaubst du mir – und gibst dich damit zufrieden –, wenn ich dir sage, daß der kleine Kerl wirklich der Mörder ist? Und wenn ich dir garantieren kann, daß es mit dem Morden ein Ende hat?«

»Ich weiß nicht. Stimmt das? Sonst war niemand daran beteiligt?«

»Es stimmt«, sagte Gideon. Je nachdem, was man unter »beteiligt« verstand . . .

Er sagte es ein wenig zu zögernd. »Aber da steckt doch noch mehr dahinter«, murrte John.

»Nein, John«, sagte Julie. »Wirklich nicht.«

John schüttelte den Kopf. Er trug nichts auf dem Kopf, sie alle nicht, der Regen floß ihm in Bächen über die breite Stirn. »Ich weiß nicht«, sagte er. Gideon sah, daß er gekränkt war, weil er ausgeschlossen wurde. Und mit vollem Recht. Er und Gideon hatten eine Menge Geheimnisse geteilt, aus guten Gründen.

»John, ich würde dir den Rest zu gern als Freund erzählen, ja, liebend gern, aber das Problem ist, du bist auch Special Agent des FBI.«

John nickte. »Und wie du weißt, würde ich mit meiner wohlbekannten, treu-doofen Integrität alles berichten, was du mir erzählst, und dann würde das, was du unter Verschluß halten willst, herauskommen.«

»So ist es. Aber ich erzähle es dir trotzdem, wenn du willst.«

John lachte und wurde lockerer. »Nöh«, sagte er. »Wenn du mir sagst, das Morden hat ein Ende, und wir haben den Typ, der die Morde begangen hat, dann zählt allein das, stimmt's? Mehr brauchst du mir nicht zu sagen. Meine Integrität ist ja eh schon unter einer Zerreißprobe. Den Rest kannst du mir erzählen, wenn ich in Rente bin.«

»Das werde ich«, sagte Gideon.

»Gut. Ich geh in ein paar Minuten wieder zum Flieger. Ich muß zurück und mich um den Pathologen kümmern. Wir nehmen euch mit.«

»Toll«, sagte Julie.

»Nein, danke«, sagte Gideon. »Wir laufen zurück.«

John zog die Augenbrauen hoch. Er wedelte mit der Hand in Richtung des nassen Waldes. »Bei dem Wetter?«

»Wir müssen über ein paar Dinge reden«, sagte Gideon. »Ein netter langer Spaziergang gibt uns dazu die Gelegenheit.«

John wischte sich das Wasser aus dem Gesicht und schlug es mit einer Handbewegung auf den Boden. Er fragte Julie: »Sie wollen wirklich zurücklaufen?«

»Werd ich wohl müssen. Sie wissen ja, er hat so was Gebieterisches.«

»Tun Sie, was Sie nicht lassen können«, sagte John, schüttelte den Kopf und sah Julie an. »Sie werden noch genauso verspleent wie er.« Er schlug Gideon auf den Rücken und drückte ihm die Schulter. »Wir können ja alle zusammen in der Lodge zu Abend essen – wenn ihr bis dahin zurück seid.« Kopfschüttelnd begab er sich zu den anderen.

Die ersten paar hundert Meter spazierten sie Hand in Hand schweigend durch den Nieselregen. »Gideon«, sagte Julie schließlich. »Worüber müssen wir sechs Stunden lang reden?«

»Wie wär's damit, wenn wir mal anfangen, über die nächsten vierzig Jahre zu reden?«

»Gut«, sagte sie, und ihre Stimme war so weich wie der Regen. »Das ist schon mal was. Für den Anfang.«

Aaron Elkins, geboren 1936, verdiente sich sein Studium der biologischen Anthropologie als Boxer, bis er nach acht gewonnenen Kämpfen drei hintereinander verlor und sich aufs Servieren verlegte; er war Dozent für Betriebswirtschaft, bis er 1982 von einem Lehrauftrag an einem NATO-Stützpunkt zurückkehrte und sich als Arbeitsloser wiederfand; seither arbeitet er als freier Schriftsteller und lebt in Sequim, Washington. Für seinen Gideon-Oliver-Krimi *Alte Knochen* erhielt er den Edgar der amerikanischen Kriminalautoren für das beste Buch 1987. Im Haffmans Verlag sind die Gideon-Oliver-Krimis *Alte Knochen* und *Fluch!* erschienen.

SIR ARTHUR CONAN DOYLE

ALLE GESCHICHTEN UND ROMANE UM SHERLOCK HOLMES
IN 9 BÄNDEN
NACH DEN ERSTAUSGABEN NEU UND GETREU ÜBERSETZT

Eine Studie in Scharlachrot
Romane Bd. I
Deutsch von Gisbert Haefs

Das Zeichen der Vier
Romane Bd. II
Deutsch von Leslie Giger

Der Hund der Baskervilles
Romane Bd. III
Deutsch von Gisbert Haefs

Das Tal der Angst
Romane Bd. IV
Deutsch von Hans Wolf

Die Abenteuer des Sherlock Holmes
Erzählungen Bd. I
Deutsch von Gisbert Haefs

Die Memoiren des Sherlock Holmes
Erzählungen Bd. II
Deutsch von Nikolaus Stingl

Die Rückkehr des Sherlock Holmes
Erzählungen Bd. III
Deutsch von Werner Schmitz

Seine Abschiedsvorstellung
Erzählungen Bd. IV
Deutsch von Leslie Giger

Sherlock Holmes' Buch der Fälle
Erzählungen Bd. V
Deutsch von Hans Wolf

sowie: *Das umfassende*
SHERLOCK-HOLMES-HANDBUCH
Inhalt: Conan-Doyle-Chronik.
Die Plots aller Fälle. Who-is-who in Sherlock Holmes.
Holmes-Illustrationen.
Holmes-Verfilmungen.
Karten, Fotos und vieles mehr.
Herausgegeben von
Zeus Weinstein

HAFFMANS VERLAG